Fritz Deppert

Buttmei tappt im Dunkeln

Ein Darmstadt-Krimi

vmn
Verlag M. Naumann

Verlag M. Naumann, vmn, Hanau, 2012
Druck: Aalexx Buchproduktion GmbH, Großburgwedel

Umschlagfoto: Alexander Deppert

ISBN 978-3-943206-13-5

1. Auflage 2012

Bibliografische Information der Deutschen Nationalbibliothek
Die Deutsche Nationalibliothek verzeichnet diese Publikation in der Deutschen Nationalbibliografie; detaillierte bibliografische Daten sind im Internet über http://dnb.ddb.de abrufbar.

Fritz Deppert

wurde 1932 in Darmstadt geboren, ist verheiratet und hat zwei Söhne. Promoviert (Dr. phil.) über die Dramen Ernst Barlachs, Leiter der Bertolt-Brecht-Schule in Darmstadt bis 1996, Lektor des Literarischen März von Beginn an, langjähriger Präsident der Kogge, nun Ehrenpräsident und Koggeringträger, Mitglied des P.E.N., Johann-Heinrich-Merck-Ehrung der Stadt Darmstadt.
Veröffentlichungen: mehrere Gedichtbände, ein Roman, ein Essayband, Aphorismen, Kurzgeschichten und Bücher zu historischen Themen wie der Stadtgeschichte Darmstadts, Herausgeber mehrerer literarischer und stadtgeschichtlicher Anthologien.
Die Kriminalgeschichten sind entstanden, um die originelle Figur des Kommissar Philipp Buttmei vor dem regionalen Hintergrund Darmstadt und Odenwald agieren zu lassen.

Ex-Kommissar Buttmei aus Darmstadt, der für Einheimische zum Straßenbild des Johannes- und des Martinsviertels gehörte, war schon von weitem zu erkennen an den braunen Cordanzügen, die er sommers wie winters trug und durch neue ersetzte, wenn sie an den Ellenbogen und Knien zu sehr abgewetzt waren. Man merkte, dass er allein lebte und dass keine Frau seine Kleidung zurechtzupfte, bevor er ausging, oder ihm sagte: »Du musst deine Schuhe putzen« oder »Du musst mal wieder zum Friseur gehen«.

Seine Nachbarn kannten sogar den Geruch seiner Pfeife; er gehörte zu ihm, wie der Hund zu ihm gehörte, der stets neben ihm her oder um ihn herum lief. Sie kannten sogar den Namen, Theo, und wussten, dass es ein Hund war, der selten kläffte, knurrte oder bellte, aber mit schräg gestelltem Kopf misstrauisch blickte, wenn einer seinem Besitzer zu nahe kam. Theo war ein Hund, den man mit keinem anderen verwechseln konnte, eine Promenadenmischung aus schwarzem Dackel und weißem Spitz. Für einen Dackel hatte er zu hohe Beine, für einen Spitz waren die Beine zu krumm. Sein weißes Fell war glatt und schwarz gefleckt. Der kräftige, offensichtlich zu gut gefütterte Körper war jedoch sehr beweglich. Wenn Buttmei ihn von der Leine ließ, was er so oft wie möglich tat, sauste Theo so heftig im Kreis, dass ihm die Hinterbeine wegrutschten und die Ohren über den Hals nach hinten flatterten wie kleine Fahnen.

Er war, damals kläglich winselnd und bedroht, getötet zu werden, kurz vor der Pensionierung in Buttmeis Leben hineingelaufen und inzwischen nicht mehr daraus wegzudenken, unzertrennlich Herr und Hund, wobei Zuschauer nicht immer wussten, wer eigentlich der Herr war.

Das Gesicht des Mannes wirkte freundlich. Er und sein Hund schienen stets gut gelaunt, so als genössen sie ihr gemeinsames Dasein. Wenn Buttmei ohne Hund unterwegs war, sahen ihm die Nachbarn besorgt nach oder fragten sogar: »Was ist mit Theo?«

So war das in diesen Vierteln. Man kannte sich. Man kam sich zwar nicht zu nahe, aber man grüßte und redete auch einmal ein paar Sätze miteinander – und wenn es nur über das Wetter war. Selbst die jungen Leute gingen nicht vorüber, ohne »Hallo!« zu rufen.

Buttmei sprach die ihm Entgegenkommenden von sich aus eigentlich nie an, aber er fand es durchaus in Ordnung, dass man ihn hin und wieder nicht nur begrüßte, sondern auch versuchte, ein paar Sätze mit ihm zu wechseln.

Einen gewissen Respekt genoss er, weil man wusste, dass er Kommissar bei der Mordkommission gewesen war, aber man wusste auch, dass er nach der Pensionierung Fälle gelöst hatte, und hätte ihn am liebsten danach ausgefragt, aber er verweigerte es mit freundlicher Hartnäckigkeit, und die Leute respektierten es.

Besonders gut kannten die Menschen ihn und seinen Hund, die wie er im Herrngarten spazieren gingen oder ihre Hunde ausführten. Zum Beispiel den Comfortländer, den Nachbarn ausführten. Er war etwa gleichgroß wie Theo, aber schlanker und mit einem dichteren weißen Fell, das hellbraun gefleckt war, und einem hochaufgereckten buschigen Schwanz. Ein Hund, der lebhaft und fröhlich wirkte, verspielt und auf seine Besitzer bezogen. Zu anderen wie Buttmei und Theo verhielt er sich sehr distanziert, nahm sie so gut wie nicht zur Kenntnis. Die intelligenten Augen unter den zu Dreiecken abgeknickten Ohren richteten sich fast ausschließlich auf seine Besitzer.

»Theo, das ist ein feiner Hund, mit Rasse und Seltenheitswert. Es gibt gerade mal 800 in Deutschland.«

Theo schien antworten zu wollen, dass er ein einmaliges Exemplar war, weil die Menschen in der Regel verhinderten, dass Bastarde wie er in die Welt gesetzt würden.

***

An dem Tag, an dem diese Geschichte ihren Anfang nimmt, hatte der Frühling endlich das tagelange Grau aus den Straßen und den Wipfeln der Parkbäume vertrieben. Trotzdem blieb Buttmei griesgrämig. Der Herrngarten, den er insgeheim als seine Landschaft zum Spazierengehen mit Hund Theo empfand, füllte sich mehr und mehr mit Menschen. Sie lagerten auf den Wiesen, radelten auf den Wegen. Das Klingeln der Handys und das laute Sprechen, das diese Geräte offensichtlich verlangten, überdeckten das Rauschen der Blätter. Nur der Springbrunnen und die Rufe spielender Kinder kamen dagegen an. Er war kein Menschenfeind. Aber wenn er spazieren ging, wollte er die Landschaft genießen und seinen Gedanken nachsinnen können. Das fiel ihm schwerer, je älter er wurde, besonders, wenn ihn viele Bewegungen und Geräusche umgaben. Eine leichte Schwerhörigkeit schränkte seine Wahrnehmungen ein, ohne die störenden Geräusche wegzufiltern.

Noch schwerer wog, dass er Theo nicht frei laufen lassen konnte. Seinen übermütigen Kreisen, die er mit fliegenden Ohren und hochgestelltem Schwanz rannte, stellten sich nun viele Hindernisse entgegen: Räder, Beine und knurrende, an Leinen geführte Hunde. Es machte also weder ihm noch seinem Herren Spaß, und das sollte es doch, wenn sie gemeinsam unterwegs waren.

Dazu kam das laute Geschimpfe, wenn Theo in seinem Übermut Wege schnitt, und die barschen Aufforderungen, den Hund an die Leine zu nehmen, und hinterher noch die Belehrung, dass es verboten sei, Hunde frei laufen zu lassen. Er knurrte dann in sich hinein, viele von euch müsste man an die Leine nehmen, schämte sich aber schon nach einigen Schritten dafür, weil er nicht mit den Vorschriften hadern wollte, denn er hatte es in seiner aktiven Zeit als Kommissar sehr oft erlebt, dass Menschen sich über die Vorschriften, die er an Tatorten und anderswo machen musste, aufgeregt hatten.

Widerwillig hatte er eine neue Leine gekauft, mit der er die Länge des Auslaufes bestimmten konnte; kurze Leine, lange Leine – ein Druck auf die Rolle in seiner Hand gab es vor. Es war jedoch nur ein begrenztes Vergnügen, Theo riss an der Leine, wenn er ihn bremste, stolperte über seine krummen und zu schnellen Beine und sah ihn vorwurfsvoll an. Er konnte sich kaum mehr irgendwelchen Nachdenklichkeiten überlassen, weil er dann zu lange Leine ließ und oft einen Zusammenstoß eines Fußgängers oder Radfahrers mit der Leine verursachte. Er fühlte sich selbst an die Leine gelegt.

Sie saßen frustriert an ihrem ursprünglichen Lieblingsplatz, der Treppe zur Informatik der Technischen Universität. Beide ließen die Ohren hängen, Theo sichtbar und er seinen Gefühlen nach. Buttmei kaute an der nicht mehr brennenden Pfeife und schmeckte nur noch die kalten Rückstände des Rauchs. Auch kam es ihm so vor, als deute auch der spitz gebogene Steinschnabel des Adlers über dem Treppenaufgang zu ihnen herab. Die im Kreis blühenden Krokusse, die seit Jahren zuverlässig ihr Gelb und Blau an der gleichen Stelle entfalten, konnten ihn nicht aufmuntern.

»Theo, wir müssen uns einen anderen Auslauf suchen, auch wenn wir deutlich länger unterwegs sein müssen, um dort anzukommen.«

Theo stellte die Ohren und sah ihn von der Seite her an.

»Morgen machen wir uns auf den Weg.«

Theo schien zu fragen: Warum erst morgen?

»Ich muss nachdenken, wohin wir gehen können. Das geht am besten bei einem Glas Rotwein und hochgelegten Beinen. Verstehst du?«

Theo schien zu verstehen; er ließ jedenfalls die Ohren nicht mehr hängen.

Am Abend füllte sich Buttmei das Glas mit Rotwein, kippte den Sessel so, dass die Beine hoch lagen, entzündete eine neue Pfeife und entfaltete einen Stadtplan. Theo in seinem Korb kaute eine Weile noch an einem Knochen, blinzelte dann zum Sessel herüber und schlief mit leisem Schnarchen ein.

Er suchte nach Parks und ihren Grünflächen. Aber das, was er im Zentrum der Stadt entdeckte, schien ihm ungeeignet für Spaziergänge mit Theo. Bei dem zweiten Glas Rotwein studierte er die Stadtränder. In seinem Kopf entstand eine Liste der Orte, die er in den kommenden Tagen auf ihre Tauglichkeit erproben wollte. Bevor er die Liste auf einem zurechtgelegten Zettel notierte, strich er alle Ziele, die nicht mit der Straßenbahn erreichbar waren. Theo liebte das Straßenbahnfahren, und wenn man zur rechten Zeit fuhr, fanden auch beide Platz, ohne in ihrer Nähe gerümpfte Nasen oder scharrende Füße erleben zu müssen. Als Pensionär konnte er sich die Zeit aussuchen, und wenn

Theo dringende Bedürfnisse vor dieser Zeit hatte, gab es in der Nähe des Hauses Bäume genug, die er beschnuppern und markieren konnte. Diese Bäume waren sogar besonders aufregend. Rivalen waren unterwegs, einige von ihnen schon früh am Morgen, weil ihre Besitzer arbeiten gingen und ihre Vierbeiner vorher zu den Bäume brachten. Theos Nase hatte also viele Gerüche zu verkraften und oft das Bein zu heben, um sie mit der eigenen Duftmarke zu übertreffen.

Beim dritten Glas Wein stand auf seinem Zettel der Name Flugwiese. So hieß sie schon in seiner Kindheit, obwohl bereits damals niemand mehr auf dieser Wiese abflog oder landete.

Er grübelte, was noch infrage käme. Waldstücke eigneten sich nicht. Er und Theo brauchten Auslauf mit Weitsicht, damit er ihm rechtzeitig die Leine anlegen konnte, wenn Gefahr im Verzug war, weil von irgendwoher ein uniformierter Mann auftauchte.

Er überflog den Stadtplan. Der Westen der Stadt kam nicht infrage, weil er sich dort nicht auskannte. Das wäre zwar einerseits ein guter Grund gewesen, sich umzusehen, aber solche Gründe galten ihm nicht mehr allzu viel.

Er studierte also die Vororte. Eberstadt. Streuwiesen. Das klang gut. Das Wegstück von der Straßenbahnhaltestelle dorthin war zu bewältigen. Jedenfalls sollten sie es ausprobieren. Also schrieb er »Streuwiesen« auf den Zettel.

Arheilgen. Da gab es Wege zwischen Häusern und Wald; außerdem reizte es ihn, die neue Straßenbahnführung zu erkunden. Dazu tauchte ein Kindheitsbild in ihm auf. Dianaburg. Ein Reizwort schon wegen der Silbe ›-burg‹. Sicher war der Weg für tägliche Ausgänge zu weit. Aber bevor er sich auf die Langeweile der Flugwiese einließ, meinte er, könnten sie wenigstens einmal diesen Ausflug unternehmen und je nach den Erfahrungen mit den Wegen weitersehen. Er schrieb das Wort »Dianaburg« auf den Zettel und machte ein Ausrufezeichen dahinter. Schon als Kind hatte ihn dieser Name neugierig gemacht, und er hatte sich Geschichten ausgedacht, die dort hätten spielen können. Einmal hatten ihn die Eltern auf diesen Spaziergang mitgenommen. Der Weg war als sehr lange für seine kleinen Beine im Gedächtnis geblieben, doch eine Burg hatte er nicht vorgefunden – nur ein Gebäude, das die Erwachsenen anzuziehen schien, aber seine Kinderfantasie wenig beschäftigte.

Inzwischen kam ihm der Stadtplan vor wie ein einbeiniger Mensch mit Eberstadt als Standbein und Arheilgen als Kopf. Er rutschte tiefer in den Sessel, nippte an seinem Glas und schlief ein.

Als er gerädert und mit leichtem Kopfbrummen aufwachte, beschloss er, dass dieser Tag der richtige war, um den Körper und die Glieder zu bewegen und gründlich zu lüften. Der Blick aus dem Fester auf einen nahezu unbewölkten Himmel bestärkte ihn.

»Theo, wir fahren nach Arheilgen!«, rief er.

***

Theo, der schon eine Weile zu ihm hin geäugt und sich nicht getraut hatte, ihn mit der Schnauze anzustoßen, weil er wusste, wie schlecht gelaunt Buttmei war, wenn man ihn vorzeitig weckte, stand sofort auf seinen krummen vier Beinen, schüttelte sich und wartete auf ein weiteres Signal, das den Aufbruch ankündigte. Doch ganz so schnell kam es nicht, denn Buttmei brauchte zuerst einen starken Kaffee; frühstücken wollte er ebenfalls, und auch Theo bekam den Fressnapf gefüllt.

Dann stapften sie einträchtig, Herr mit Hund an der Leine, zur Straßenbahnhaltestelle. Enttäuscht stellte Buttmei fest, dass der Mandelbaum entfernt worden war, der viele Jahre zuverlässig mit rosa-weißen Blüten den Frühling angekündigt hatte. Das Haus, ein Backsteingebirge mit Türmchen, Giebelchen und einem aufragenden Dachreiter, hatte seinen Glanz verloren und wirkte schmutzig rot mit einem Gelbschimmer. Auch die pseudoromanischen Bögen über den Fenstern vermochten es nicht aufzuhellen.

Sie bestiegen die Linie 8 und fuhren gen Arheilgen. Buttmei merkte rasch, dass er lange nicht mehr über die Kernstadtgrenze hinausgefahren war. Zur linken Seite war ein großes Gebäude entstanden, das seine Fassade mit den Fensterreihen zur Straße hin ausstreckt. »HSE«, las er an der Einfahrt und hob Theo vom Boden auf und zeigte ihm das eindrucksvolle Gebäude, das zwei Arme aus Glasfenstern zu ihnen herüber ausbreitete, als wollte es sie hereinbitten. Sie formten ein weit offenes Ypsilon.

»Da residieren die, die uns durch immer höhere Strompreise abzocken. Wenn das strafbar wäre, würde ich gern noch einmal den aktiven Kommissar spielen. Merk dir das, Theo. Wenn wir jetzt zu Fuß wären, dürftest du laut bellen.«

Theo verstand das Wort ›bellen‹ und fing schon mal an zu knurren.

Buttmei streichelte ihn über den Kopf, um weitere Geräusche zu verhindern, und erklärte beruhigend: »Immerhin verkaufen sie uns keinen Atomstrom. Da zahle ich gern ein bisschen mehr.«

Den Tonfall verstand Theo und begriff, dass er nicht

mehr bellen sollte. Vor den Scheiben der schnell fahrenden Bahn zog ein weites Feld vorüber. Buttmei sah es mit Staunen. Nur die grauen zementspitzen Bunker erinnerten ihn an die Vergangenheit, denn sie hockten mit breiten Fundamenten auf dieser Erde, solange er zurückdenken konnte. Noch bevor er sich an Sirenengeräusche, Bombendonner und Feuer erinnern konnte, waren sie auch schon an diesen hässlichen und wie vergammelte Zuckerhüte aussehenden Gebilden vorüber. Vor ihnen der alte Wasserturm mit seinem Wasserkopf über vieleckigem Backsteinmauerwerk und einem verblichenen Holzaufsatz mit Ausguckfenstern. Die Bahn sauste so schnell vorüber, dass Buttmei die Ecken nicht zählen konnte. Wahrscheinlich waren es acht. Er nahm sich vor, es auf dem Rückweg zu tun.

Sie fuhren die Firma Merck entlang mit ihrem neuen Glaspyramidenzugang, der zwar das Gebäude nicht aufwerten konnte, aber so etwas wie ein freundliches Satzzeichen vor die Firma setzte. Er wirkte zwar deplatziert, zog aber durchaus die Blicke an, weil man das Gefühl hatte, dass er nicht in das Werksgelände, sondern in den Untergrund und in irgendwelche Gewölbe führe. Das Gegenstück dazu war der aufragende Turm mit einem Grünspanaufsatz und einer mächtigen goldenen Uhr. Er demonstrierte mit seinen beige und weiß aufstrebenden Wänden Tradition und Selbstbewusstsein. Während er überlegte, ob die Reihung verschiedener Farben und Baumaterialien auf dem Firmengelände – Backsteinrot und Backsteingelb, Zementgrau und weißer Anstrich – eine seltsame oder eine architektonisch wohltuende Abwechslung vorführte, huschten sie auch schon vorüber. Die ersten Häuser Arheilgens tauchten auf. Zwei- oder dreistöckig und auf Abstand zwischen Mauern und Gärten gesetzt, mal gelb, mal sandfarben. Dazwischen ein einsamer, hoch aufragender Baum. Im noch kahlen Geäst entdeckte er das Nest einer Elster. Reihenhäuser folgten. Erste Fachwerkhäuser, die Giebel zur Straße ausgerichtet. TV-Schüsseln auf den Dächern. Als sie sich dem Ortskern näherten, häuften sich im Parterre der Häuser Schaufenster, die die ganze Breite einnahmen und hinter den Scheiben ihre Ware anpriesen.

Die Straßenbahn fuhr einen Halbkreis. Station Hofgasse. Sie stiegen aus und liefen durch das Städtchen, das in vielen Gassen seinen dörflichen oder kleinstädtischen Charakter bewahrt hatte. Kleine Häuser, auch wenige ein Stockwerk höher. Oft duckten sie sich unter zum Parterre heruntergezogene Ziegeldächer. Frische Farben – helles Weiß, leuchtendes Gelb – gaben ihnen freundliche Gesichter.

Als sie am Ruthsenbach entlanggingen, setzten blaue Fensterläden zusätzliche Farbtupfer. Das Wasser rauschte nur leise, oder Buttmeis Gehör hatte nachgelassen. Ein Schild fiel ihm auf: »Hunde anleinen«. Aber er ließ Theo trotzdem frei laufen. Der traute sich in der fremden Umgebung nicht weit weg, zumal es keine Bäume und keine Laternenpfähle gab.

Die Gasse mit dem Grün der Gärten, der Ufermauer, den Schilfstauden, dem fließenden Wasser und den kleinen, sich aneinanderlehnenden oder sogar ineinander verschachtelnden Häuschen schuf eine Idylle, wie er sie aus der Stadt nicht kannte. Dazu passte auch die hoch und weiß aus diesen Dächern aufragende spätgotische Kirche. Ihr barocker Turmhelm mit dem mächtigen Kreis seiner Golduhr ragte wie der Schirmherr über die niedrigen Gassen.

Hinter der Kirche bogen sie ab zum Feld und der fernen Horizontlinie des Waldes.

Im Kalkofenweg las er an einem Tor das Schild: »Forget the dog, beware of owner« und schmunzelte, weil mancher Gauner, den er in der Vergangenheit gejagt hatte, das gleiche hätte denken können. Theo brauchte er es nicht vorzulesen, weil er bereits das Feld und viele aufregenden Gerüche witterte.

Da saß eine schwarze Katze auf einer Mauer und beäugte Vögel in einem Baum. Theo schlich sich, den Bauch fast auf dem Boden, an das Fundament der Mauer heran. Aber er konnte nicht klettern. Als er ärgerlich bellte, verschwand die Katze. Dann sahen sie zu beiden Seiten Pferde auf einer Koppel mit glänzendem braunen Fell. Es roch nach den Tieren und nach einem Misthaufen, den sie auch bald in einem Hof erspähten. Buttmei hatte schon lange keinen Misthaufen gesehen und fand, dass Pferdemist nicht unangenehm roch.

Dann liefen sie in einer Ebene, die sich weithin erstreckte. Zuerst kamen sie an weiteren Pferdeweiden vorüber. Die Tiere standen zwar nahe am Straßenzaun, nahmen sie aber nicht zur Kenntnis. Buttmei hielt inne und hätte am liebsten das glatte und braun in der Sonne glänzende Fell der Tiere gestreichelt. Doch seine Hände reichten nicht bis zu den Pferden hinüber. Hin und wieder hob eines den Kopf, doch nicht, um ihn ihnen zuzudrehen, sondern um hörbar in die Frühlingsluft hineinzuschnauben.

Auf den Feldern wuchsen Gras und niedriges Kraut. Der noch nicht weit zurückliegende Winter hatte beides gestutzt, und es reckte sich nur allmählich in die Höhe.

Über ihnen bemerkten sie erst jetzt Flugzeuge, die sehr tief flogen und laut dröhnten. Es waren Passagiermaschinen mit zwei oder vier Turbinen. Ihre Umrisse waren deutlich zu erkennen und, wenn er die Typen hätte bestimmen können, wäre es ein leichtes gewesen, es zu tun. Sie flogen zielstrebig zu fernen Landebahnen.

Doch Buttmei wusste nicht, was Fernweh ist. Er hatte seine Stadt nie mehr als ein paar Tage bei Anne Weber im Odenwald verlassen, sah auch keinen Grund, dies zu tun, weil er sich hier wohl fühlte. Er kannte alle Wege, erkannte viele Gesichter, die ihm begegneten. Zwar wusste er nicht genau, warum er diese Stadt liebte, denn nur weil er hier geboren war, konnte es nicht so sein. Das Wort Heimat hatte ebenfalls keine tiefere Bedeutung für ihn. Es konnte aber auch sein, dass er auf Grund seiner Jugenderlebnisse nicht zugeben wollte, ein Heimatgefühl zu haben.

Die Flugzeuge mochten also ruhig ihre Bahn ziehen, auch wenn sie es für sein Empfinden mit zu viel Lärm taten. Er würde weiter auf den Kalkofen und den Dianateich zulaufen. Nach der dritten Maschine hob auch Theo nicht einmal mehr den Kopf. Er lief im Kreis auf den Wiesen, steckte die Nase zwischen die Halme und schnüffelte, rannte weiter und blieb erneut stehen, um zu schnüffeln.

Buttmeis Beine wurden müde, sein Genick schmerzte, weil er den Kopf zu oft gehoben hatte, um zu sehen, was über sie hinweg in den Himmel stieg. Da Theo stets im Kreis lief, blieb er immer wieder stehen und streckte sich. Er wäre am liebsten umgekehrt und dachte mit Kummer an den Rückweg. Aber der Wald war bereits so nahe, dass einzelne Bäume zu erkennen waren, so dass das Gasthaus ›Zum alten Forsthaus Kalkofen‹ nicht mehr weit sein konnte und er daher nicht aufgeben wollte.

Der Weg führte nun durch Plastikplanen, unter

denen die Spargel für die neue Saison kältegeschützt wachsen sollten. Dann erreichten sie das Forsthaus. Unter dem bayrischen Holzgiebel hatte eine Theke geöffnet, man konnte sich selbst bedienen. Buttmei holte Kaffee für sich und Wasser für sie beide und auch ein Stück Streuselkuchen. Als sie saßen, erholte er sich allmählich und sah sich um. Die Holztische und Stühle standen im Halbkreis um eine große Voliere. Wasser blinkte in der Frühjahrsonne. Ein Pfau stolzierte an ihnen vorüber.

»Theo, sieh dir den an. Das ist ein Prachtstück! Der leuchtend blaue Hals, das Krönchen auf dem Hinterkopf, die lange grün und blau schillernden Schleppe mit ebenfalls in diesen Farben schillernde Augen. Und wie er schreitet auf seinen geraden Beinen. Da kannst du noch was lernen.«

Theo hatte zwar auch den Pfau entdeckt und beäugt, aber er scheute vor dem fremden und in seinen Augen allzu bunten Tier zurück und konzentrierte sich auf das Wasser, das ihm Buttmei hingestellt hatte.

Neugierig wurde Theo, als ein Hahn krähte. In einem Maschendrahtverschlag schritt er vor seinem Harem auf und ab. Ein mächtiges Federbündel, als wäre er aufgeblasen. Produkt einer Züchtung. Es fehlten an seinem angeberisch emporgereckten Hals nur die Orden für irgendwelche Prämierungen. Seine Haremsdamen waren kleiner als er und drängten sich in einer Ecke zusammen. Jedes Mal, wenn er krähte, schielte er nach anderen Hähnen, die im gleichen Verschlag ihre Schönheit zur Schau stellten.

Buttmei hatte sich durch die Kaffeepause so gut erholt, dass er beschloss weiterzugehen in Richtung Dianaburg. Als er »0,3 km« als Entfernung zur Burg las, ging er beschwingten Schrittes in die Waldschneise mit Namen ›Damenschneise‹ hinein. Die Bezeichnung irritierte ihn als männliches Wesen einen Augenblick lang, so als wäre der Weg für ihn nicht vorgesehen. Aber ein ›Herrenweg‹ hätte sich als Bezeichnung ebenfalls nicht für ihn geeignet.

Die Schneise führte durch Niederwald und Gehölz, das verwahrlost wirkte, weil zwischen Birkenstämmen und allerlei Wildwuchs kreuz und quer abgebrochene Äste herumlagen. In einem Rinnsal neben dem Weg entdeckte Theo eine Kröte und schnupperte in ihre Richtung. Sie verschwand im Wasser – bis auf ihre Glotzaugen, mit denen sie Theo fixierte, dann tauchte sie unter. In den Kreisen, die ihr Rückzug im Wasser hinterließ, entdeckte Buttmei ganze Ballen mit Laich. Es schwamm gallertartig zwischen Gräsern und kündete durch schwarze Punkte in den einzelnen Gallertkügelchen an, dass eine neue Krötengeneration heranwachsen würde.

Dann hatten sie ihr Ziel erreicht. Das frisch geweißte Gebäude stand auf einem Hügel. Wahrscheinlich sollte es so eindrucksvoller wirken. Es hatte weder Ähnlichkeit mit einer Burg noch mit dem alten Pavillon. Seine Bedeutung bestand wohl darin, Ziel für Spaziergänge oder Wanderungen zu sein. Viele Waldgänger brauchen solche Ziele, um sich auf den Weg zu begeben. Dazu kam der verlockende Name, die Zusammenfügung der Jagdgöttin Diana mit einer Burg. In dem unscheinbaren und nur durch seine vielen Ecken auffallenden Bauwerk konnte er sich allerdings weder eine Göttin noch eine wehrhafte Ritterburg vorstellen. Als er das Gebäude umkreiste, fand er außer einer Tafel mit einer Zeichnung des barocken Vorbildes nichts, was von besonderer Bedeutung gewesen wäre. Dass es einmal ein wichtiges Bauwerk gewesen war, verrieten die zahlreichen Schneisen, die, von hier ausgehend, sternförmig in den Wald geschlagen worden waren und vor den Augen der fürstlichen Jäger kein Versteck für das Wild, das ihre Beute werden sollten, zuließen. Bestimmt hing manches Hirschgeweih aus diesem Revier im Kranichsteiner Jagdschloss.

Eine Bank lud ihn ein, sich zu setzen und eine Pfeife zu rauchen. Theo ließ er von der Leine, schärfte ihm aber ein, sich nicht zu entfernen. Er gehorchte und schnüffelte die Bäume im nahen Umkreis ab. Auch die Mahnung seines Herrn, vorüberkommende Radfahrer nicht zu verbellen, befolgte er. Buttmei lehnte sich also zurück und genoss den Tabakgeschmack. Ein Zitronenfalter flog um die Bank. Der erste, den er in diesem Jahr sah.

Als er die Pfeife zu Ende geraucht hatte, rief er Theo zu sich und sagte. »Jetzt sind wir so weit gekommen. Jetzt gehen wir auch noch zum Dianateich.«

Er suchte die Schneise, die dorthin führen sollte. Doch die Wege waren zugewachsen. Man konnte nur ahnen, wo sie gewesen sein könnte. Da er das Risiko, durch den wildwüchsigen Wald zu stolpern, nicht auf sich nehmen wollte, lief er die breite Dianaschneise ostwärts. Nach hundert Metern entdeckte er einen Querweg, der zum Teich führen könnte und so aussah, als könne man ihn gehen. Eine Ziffer an einem Baum deutete an, dass es ein Wanderweg sein soll. Das Schild mit dem Schneisennamen war verschwunden, im Chaos des ungepflegten Waldes untergegangen. Vielleicht wollen die Forstmeister keine Spaziergänger haben, die diese Wege gehen und das bereits dezimierte Wild noch weiter verscheuchen. Er wagte es.

Nach wenigen Schritten lagen auch hier Äste und kleine Stämme und bildeten Fußangeln. Er ließ Theo von der Leine, damit sie nicht gemeinsam stolperten. Aber aufgeben wollte er jetzt nicht mehr. Bald standen sie auf einer kleinen Böschung am Teichrand.

Unter ihnen breitete sich eine verschilfte Fläche mit gelb ausgetrockneten Wasserpflanzen und dem wenigen Grün nachwachsender Wassergräser. Als Theo die Schräge hinunterrutschte, warnte ihn Buttmei: »Vorsicht, das könnte versumpft sein! Dann sinkst du ein, und ich muss sehen, wie ich dich wieder herausziehe.«

Im Dämmerlicht des Waldes lag der etwas größere Wasserspiegel des Teiches. Kein Windzug kräuselte die fast schwarze Oberfläche. Ihre Ränder streckten große und kleine Wasserzungen in das Ufergebüsch. Theo hatte wie sein Herr Respekt vor dem versumpften Teil des Gewässers und verschwand im niedrigem Ufergestrüpp.

Buttmei hörte ihn zuerst knurren, dann kamen der Schwanz und die Hinterbeine zum Vorschein. Sie bewegten sich rückwärts. Er zerrte einen Gegenstand vor sich her. Buttmei bückte sich und erkannte, dass Theo eine Aktenmappe in den Zähnen hatte und sie aus den Gräsern und Zweigen zog, um sie ihm zu Füßen zu legen. Nach dem er dies getan hatte, wollte er gelobt werden. Fast vergaß es Buttmei vor Erstaunen über den Fund. Doch der Blick und die erwartungsvolle Sitzhaltung des Hundes erinnerten ihn nachdrücklich, also streichelte er ihn, bis das Schwanzwackeln belegte, dass er zufrieden war. Die Mappe war aus feinem schwarzen Leder, ein Monogramm war angebracht, Metallbuchstaben, wahrscheinlich vergoldet: Dr. E. M.

Er bückte sich und öffnete den Deckel der Mappe, der offensichtlich durch Theos Attacke aus seinem Verschluss gesprungen war. Der im Unterbewusstsein immer noch vorhandene Kommissar in ihm ließ ihn den Pfeifenstiel benutzen, um die Klappe ganz aufzudrücken. Auf den erste Blick erkannte er, dass irgendwelche Akten in der Tasche steckten und – das ließ ihn stutzen – ein Reisepass. Er zog mit dem Taschentuch in der Hand den Pass heraus und öffnete ihn. Dr. jur. M., ein ihm bekannter Darmstädter Name. Der konnte diese Mappe unmöglich weggeworfen oder verloren haben. Das sah nach Überfall und Diebstahl aus.

Bevor er die Mappe aufhob, um sie ihrem Besitzer zurückzubringen, lief er die kleine Böschung hinunter und ein Stück am Ufer entlang, um den Fundort auszumachen. Er erschrak. Im Wasser schwamm – so sah es jedenfalls aus – ein Toter. Er sah zwar nur die schwarze Jacke und ihre ausgebreiteten Ärmel und weder einen Kopf noch Beine. Aber die Mappe und der Anblick dieser Jacke ergaben zusammen einen Befund, der ihn alarmierte. Es konnte sich um ein Verbrechen handeln, auch um Freitod, schoss es ihm durch den Kopf, doch es war nicht seine Aufgabe, das zu klären. »Kein neuer Fall«, murmelt er, »Buttmei, bitte, kein neuer Fall, in den du dich verwickeln lässt!« Zugleich wusste er, dass er nicht einfach seines Weges gehen konnte. Er musste handeln.

Da er kein Handy besaß, richtete er sich auf und lief so rasch wie möglich zur Dianaschneise zurück. Er kurvte um die Äste, die über dem Weg lagen, über andere sprang er zum Erstaunen Theos hinweg und befeuerte dadurch auch ihn zu einem schnellen Slalomlauf, als ginge es darum, wer Erster werden würde.

Nachdem sie den Hürdenlauf mit Theo als Sieger hinter sich hatten, suchte Buttmei nach Bewegung auf den breiteren Waldwegen. Theo war wieder schneller als er. Er witterte einen anderen Hund, richte sich auf, setzte sich wie zum Sprung und starrte in die Richtung, aus der auch Buttmei einen Mann, der von einem Hund umkreist wurde, herankommen sah. Rasch leinte er Theo an und wartete, bis der Mann in Rufweite herangekommen war. Der Hund, der den Mann umkreiste, ein Boxer, hatte Theo entdeckt und fing an, ihn zu verbellen. Daraufhin wurde auch er angeleint. Nun standen sich die beiden Männer gegenüber mit einem Abstand, der den Leinenlängen entsprach und verhinderte, dass die Hunde sich zu nahe kamen.

Buttmei eröffnete das Gespräch: »Guten Morgen.«

»G'morsche.«

»Ich bräuchte Ihre Hilfe.«

»Kommt druff an, wozu.«

»Hier ist etwas passiert. Ich muss die Polizei rufen.«

»Wo is was passiert?«, fragte der Mann, und sein Gesicht gab alle Zurückhaltung auf. Er wurde neugierig.

Buttmei zeigte ihm die Mappe und sprach von der im Dianateich treibenden Jacke.

»Wie sinn Se dann dohie kumme?«

»Über die Äste weg.«

»Un, gibd's e Leich?«

»Das weiß ich noch nicht. Möglich ist es.«

»Un wos kann isch jedzd fer Sie dun?«

»Haben Sie ein Handy?«

»Hob ich.«

»Würden Sie bitte das Darmstädter Kommissariat anrufen.«

»Hawe Sie kaa Handy?«

»Nein, hab' ich nicht.«

»Gibt's des aa noch?«

Buttmei wurde ungeduldig: »Sie sehen doch, dass ich kein Handy habe. Ich würde es doch sonst benutzen. In so einer Situation!«

»Ei, dann gäwwe Se mer mol die Nummer.« Der Mann wählte und reichte Buttmei das Handy.

Nach kurzem Klingeln meldete sich die Sekretärin. Sie begrüßte Buttmei herzlich, fragte dann aber mit einem lächelnden Unterton, ob er wieder einen Fall hätte.

»Ich nicht«, antwortete er, »aber vielleicht Ihr Chef. Wichtig ist es auf jeden Fall.«

Sie vermittelte weiter, und er vernahm die bekannte Stimme des Oberkommissars, wie er ihn insgeheim nannte.

»Na, Buttmei, wo brennt's?«

»Ich weiß es nicht, aber ich befinde mich auf dem Weg von Arheilgen zur Dianaburg und habe einen seltsamen Fund gemacht.«

Er schilderte den Vorgang. Kommissar Rotemeier, sein Nachfolger in der Mordkommission, hörte zunächst nur oberflächlich zu und unterbrach mit Bemerkungen wie: »Was machen Sie denn in Arheilgen? Das ist doch nicht Ihr Revier.«

Oder: »Ach, die Schnüffelnase von Theo! Ich verstehe.«

Rotemeier kannte sowohl Buttmei als auch seinen Hund Theo sehr gut. Beide hatten sich schon mehrmals in Fälle eingemischt, die in seine Zuständigkeit gehörten, ohne dass er darüber begeistert gewesen wäre.

Still wurde es am andern Ende der Leitung, als er den Namen aus dem Reisepass vorlas. Es entstand eine Pause. Dann ertönte wieder die Stimme, jetzt jedoch in einem anderen Tonfall, es klang dienstlich und trotzdem aufgeregt.

»Wo genau befinden Sie sich?«

Mit Hilfe des anderen Hundebesitzers beschrieb

Buttmei den Ort: »Hinter dem Kalkofen und der Dianaburg auf der Dianaschneise in Richtung Messel.«

»Saache Sie, dass er bis hierher mit dem Auto fahrn kann!«

Buttmei tat es und erhielt als abschließenden Antwort: »Bleiben Sie dort. Wir kommen, so schnell wir können!«

»Also doch ein neuer Fall«, seufzte Buttmei innerlich und setzte tröstend dazu, »aber nicht meiner« und gab das Handy zurück.

Sein Gegenüber sah ihn fragend an.

»Die Polizei kommt und überprüft, was hier geschehen ist.«

»Vielleichd wor's en Dieb und hot die Dasch do weggeworfe.«

»Aber die Kleider?«

»Viellescht is aach aaner ins Wasser gange, weil er net mehr läwwe wolld!« Der Mann sprach nun, als könnte er den Fall lösen.

»Ich weiß es nicht.«

»Awwer eischentlisch is der Deisch dofür net tief genuch.«

»Wir werden es erfahren, sobald die Beamten hier sind.«

»Beamte howwe es jo net so asch eilisch«, kommentierte sein Gegenüber, über den eigenen Witz grinsend.

»Die schon!«, konterte er.

»Ei, isch hob noch e bisje Zeid, do bleib isch bei Ihne und word's ab, wos kimmd. Die Hunde scheine sich ja zu verdroche.«

Buttmei nickte, denn er hatte auch beobachtet, wie die beiden Tiere gegenseitig ihre Hinterteile beschnuppert hatten und offensichtlich mit dem Ergebnis zufrieden waren. Sie ließen sie von den Leinen und über die Felder toben. Der Boxer war krummbeinig, größer als Theo, aber er wackelte beim Rennen genauso mit dem Hinterteil. Als beide Hunde auch ihre Besitzer als Ziel nahmen und umkreisten, bevor sie wieder in die Wiese rannten, scheute Buttmei ein wenig vor dem sabbernden Maul des fremden Hundes. Das kannte er von Theo nicht. Aber der lächelnd wirkende Gesichtsausdruck ließ ihn sein Zögern rasch vergessen.

Als das Polizeifahrzeug kam, riefen sie die Hunde zurück und leinten sie an. Beide schienen in Gedanken noch eine Weile weiterzurennen. Ihre Hinterteile zuckten, als wollten sie immer noch irgendwelche Kurven kriegen.

Buttmei und Schorsch, so hatte sich der andere vorgestellt, sprachen wenig. Der eine war wohl von Natur aus so wortkarg wie der andere. Sie stellten gerade einmal fest, dass sie beide Rentner waren und Zeit hatten, ihre Hunde auszuführen.

Das Fahrzeug kam über den Schneisenweg ohne Sirene. Es hielt neben den beiden. Vom Rücksitz erhob sich der Kommissar, kam auf die beiden zu, schüttelte ihnen die Hand. Die begrüßende Bemerkung »Isch bin de Schorsch« nahm Kommissar Rotemeier nur nebenbei zur Kenntnis, auch mit seinem ehemaligen Kollegen sprach er nur das, was sich auf den Fund bezog. Dann besichtigte er den Inhalt der Mappe.

Was er in der Hand hielt, schien ihn zu beunruhigen. Er fragte nach dem kürzesten Weg, stürmte in den Wald, hörte nicht mehr die Warnung der beiden Männer vor den Fußangeln und Unebenheiten, stolperte, sprang über die Äste, stellte sich an das Ufer des Teichs und sah zu der schwimmenden Jacke hinüber. Anschließend kam er, sehr viel langsamer und auf die Unebenheiten des Weges achtend, zum Auto zurück und rief dem Fahrer zu: »Wir brauchen die Spurensicherung und einen Taucher, und zwar umgehend!«

Buttmeis Kommentar »Also wird der Dr. M. vermisst« erntete einen zuerst erstaunten und dann verständnisvollen Blick, der ihm zeigte, dass er ins Schwarze getroffen hatte. »Uns liegt eine Vermisstenanzeige vor.«

»Dann haben Sie einen Fall!«

»Und was für einen! Seien Sie froh, Buttmei, dass Sie nicht darin verwickelt sind. Ich wäre es lieber auch nicht.«

Diese Bemerkung genügte Buttmei. Er wusste, dass er jetzt nicht nachfragen konnte, und erwiderte nur: »Gott sei Dank kein Fall für mich. Brisante Fälle interessieren mich nun wirklich nicht mehr.«

Er bekam keine Antwort und sah dem Gesicht des Beamten an, dass er über den Fund wenig erfreut war und ihn nicht weiter als Zeugen dabei haben wollte.

»Na, dann geh ich mal. Viel Glück!«

Schorsch fragte die Beamten: »Mei Adress habt ihr ja. Brauchd ihr misch noch?«

Es wurde verneint, und er begleitete Buttmei auf dem Rückweg bis zum Ortsrand. Sie schwiegen vor sich hin und beschäftigten sich wohl innerlich mit dem, was sie gerade erlebt hatten. Als sie zwischen den ersten Häusern gingen, kamen ihnen mit Sirenengeheul mehrere Polizeiwagen entgegen. Buttmei winkte den Beamten zu.

Die Frage Schorschs »Sie kenne die?« beantwortete Buttmei mit »Ich war mal Kommissar.«

»Na dann. Ei, vieilleischd sähe mer uns jo mol widder.«

Als sie sich verabschiedeten, mussten sie die Hunde auseinanderziehen.

Auf dem Rückweg war Buttmei in Gedanken bei dem Ereignis mit oder ohne Leiche. Er achtete nur wenig auf die Straßen, die er ging, und nahm den kürzesten Weg. Nur Weniges am Wegrand drang in sein Bewusstsein vor. Die Polizeistation und die blau-graue Farbe der geparkten Polizeiautos. Die Goethe- und Merckplakette am ehemaligen Hotel ›Zum weißen Roß‹, das nicht mehr existiert. ›Der weiße Schwan‹, der noch in Betrieb war. Und vor der Haltestelle ›Der goldene Löwe‹ mit seinem Prachttor und den grimmigen Fratzen des Löwen im gelben Torschmuck und wiederholt im weißlackierten Holz des schwungvollen Eingangportals zum Saal.

Er versuchte am Automaten der Haltstelle eine Karte zu ziehen. Es gelang ihm nicht. Schließlich las er ein Schild: »Außer Betrieb«.

In der anfahrenden Bahn stand er auf wackligen Beinen und studierte mühsam das Display des Automaten für Fahrkarten, bis er den richtigen Knopf fand. Dann musste er, sich mit einer Hand festhaltend, das Portemonnaie aus der Tasche ziehen und abgezähltes Kleingeld zusammensuchen. Theo stand zwischen seinen Beinen und sah ihm aufmerksam zu. Endlich besaß er eine Karte. Nun taumelte er, nicht wegen der Müdigkeit, sondern wegen der Kurven, die die Bahn fuhr, zu einem freien Sitzplatz.

Als er saß, Theo auf seinem Schoß, kehrten seine Gedanken rasch zu dem Fundort oder auch Tatort zurück, ohne dass ihm sehr viel dazu einfiel. Er sah nun zwar die andere Straßenseite, aber seine Blicke wanderten nur selten nach draußen. Der vor sich hin gammelnde und von Sprayern verzierte Nordbahnhof flog an den Scheiben und seinen Augen vorbei. Fast hätte er den Ausstieg an der richtigen Haltestelle verpasst. Nur die frische Vergoldung im hoch aufragenden Giebel der Kyritzschule mit der goldenen Inschrift »Mädchenschule, Kyritzsche Stiftung« und der goldenen Uhr, die einstmals den Mädchen die Stunden schlug, ließ ihn aufmerken. Ihre Haltestelle befand sich unmittelbar hinter der Schule.

An diesem Tag ging er nicht mehr aus dem Haus. Ein Tatort genügte ihm. Er räumte auf, brachte Gegenstände wieder an die Plätze, an die sie gehörten, vor allem in der Küche. Er spülte sogar Geschirr, das schon Tage herumstand, und säuberte verkrustete Töpfe. Was er nicht mehr benötigte, sortierte er aus: angeschlagene Tassen und Teller, Besteckteile, von denen er gar nicht wusste, wozu man sie brauchte.

Dann fing er an, Papiere zu sichten, zu zerreißen, in eine Tüte zu stecken. Beim Zerreißen durfte ihm Theo helfen; schließlich wollte auch er beschäftigt werden. Theo hatte Spaß daran, Papier zu zerfetzen, und fing an, es Buttmei aus der Hand zu zerren. Er knurrte, wenn sein Herr nicht losließ. Der musste daraufhin seine Papierstudien aufgeben, damit Theo nicht etwas in Stücke zerlegte, was er aufbewahren wollte. Also gab er ihm alte Zeitungen und Magazine und Werbeprospekte und tat so, als wolle er sie nicht hergeben. Auf diese Weise hatten beide ihr Vergnügen und ihren Zeitvertreib. Zuletzt sammelten sie gemeinsam und jeder auf seine Art die Papierfetzen auf und brachten sie treppab zu den Mülleimern. So endete der Tag, der sie durch die Begegnung mit einem Fall irritiert und ihren Spaziergang jäh abgebrochen hatte, doch noch vergnüglich.

***

Am nächsten Morgen holte Buttmei die Zeitung früh, noch in Morgenmantel und Pantoffeln und ohne gefrühstückt zu haben. Es war ihm nicht gelungen, Theo zum Zeitungholen zu bewegen, obwohl Hunde eigentlich gern nach Zeitungen schnappen, um sie ihren Besitzern zu bringen und Lob einzuheimsen. Ob es an der Zeitung lag oder an Theos Charakter, wusste er nicht. Treppab musste er darauf achten, nicht aus den lockeren und an den Kappen heruntergetretenen Pantoffeln zu rutschen. Trotzdem beeilte er sich, weil er in seinem Morgenaufzug niemandem begegnen wollte. Diese Eitelkeit besaß er trotz seines Alters. Es war eine der wenigen Eitelkeiten, denn im allgemeinen kümmerte er sich nicht sehr um sein Äußeres.

Die Zeitung lag im Parterre auf der untersten Treppenstufe. Einer der Berufstätigen im Haus legte sie auf seinem morgendlichen Weg dort ab. Buttmei nahm sich vor, ihm zu danken, sobald er herausbekam, wer der freundliche Hausgenosse war.

Auf dem Rückweg hörte er Schritte im Treppenhaus und eilte sich, weil er in seiner Kostümierung vor allem den jungen Studentinnen aus dem Dachgeschoss, die ihn, wenn sie ihm über den Weg liefen, immer mit »Hallo« begrüßten, nicht gesehen werden wollte.

Fast wäre er gestolpert, weil er in den ausgelatschten Pantoffeln keinen festen Halt hatte. Er nahm sich wieder einmal vor, neue zu kaufen. Solche Gänge liebte er jedoch gar nicht, benutzte Theo als Ausrede und behauptete, er könnte solche Einkäufe nicht zusammen mit ihm machen. Als er die Tür, die er offen gelassen hatte, hinter sich zuzog, klapperten draußen Absätze vorbei, die so klangen, als wären sie von hochhackigen

Frauenschuhen, und er war zufrieden, dass er es rechtzeitig geschafft hatte.

Noch am Frühstückstisch durchsuchte er den Lokalteil der Zeitung. Zum Fund im Teich fand er keinen Hinweis. Das wunderte ihn. In solchen Fällen gab die Pressestelle den Journalisten Hinweise. Das gehörte zum guten Verhältnis mit der Presse. Im Kommissariat wollte er nicht anrufen. Also las er die Zeitung auf gewohnte Weise.

Im Politikteil las er die Überschriften, den Wirtschaftsteil überblätterte er, im Feuilleton betrachtete er die Bilder. Die Lokalseiten studierte er, zuerst die Titel, dann die Texte, die ihn interessierten, Polizeiberichte, Straßenzustände und -änderungen, Klatschgeschichten, wenn er die Leute kannte oder von den Ereignissen gehört hatte. Manchmal überflog er den Veranstaltungskalender, weil er sich vornahm, an irgendwelchen interessanten Veranstaltungen teilzunehmen, aber er tat es dann doch nicht. Auch Kinobesuche hatte er eingestellt, seitdem dort Popkorn verkauft wurde. Der süßliche Geruch und das Knacken während des Films störten ihn. Wenn es einen Artikel über Tiere oder Tierheime gab, las er ihn Theo vor mit dem Unterton: Da siehst du, wie gut du es hast. Den Sport überblätterte er wieder und suchte zuletzt die Todesanzeigen, um zu erfahren, ob ein ihm bekannter Mensch gestorben war.

Er blätterte die Lokalseiten erneut durch, aber über den Leichenfund in der Arheilger Gemarkung war nichts zu entdecken.

Er wiederholte diese Art der Zeitungslektüre am folgenden Tag und fand erneut keinen Hinweis. Ihn hatte in seiner aktiven Zeit oft gestört, wie schnell die Pressestelle die Journalisten informierte, hatte es aber nie verhindern können. Von seinem Nachfolger wusste er, dass dieser sehr viel schneller bereit war, Informationen herausgegeben.

Es beunruhigte ihn also, dass er nicht eine Zeile entdeckte, die auf den Fund hinwies. Funde dieser Art waren eine Seltenheit, und der prominente Name des Opfers schrie direkt nach einer Schlagzeile.

Er grübelte einen ganzen Tag und mehrere Spaziergänge lang, was dahinterstecken könne. Theo genoss es, dass er in Gedanken abwesend war, und tobte von Baum zu Baum durch den Herrngarten. Weitere Wege ging Buttmei, in seiner Grübelei gefangen, nicht. Sie hatten das Glück, dass es ein grauer Tag war mit leichtem Nieselregen und ihnen kaum jemand begegnete. Er hatte einen Mantel übergezogen und den Kragen gestellt. Die Pfeife schmeckte nicht, wenn die Luft sehr feucht war. Der leichte Dunst, der von den nassen Wiesen aufstieg, gab dem Park einen Hauch von Melancholie. Man hätte meinen können, es wäre ein Herbsttag.

Buttmei dachte an die Ereignisse am Dianateich und murmelte vor sich hin: »Lass die Finger weg! Misch dich nicht ein! Denk daran: kein neuer Fall!« Aber es ließ ihn nicht los.

Am Abend griff er zum Telefon und rief seinen Vertrauten ihm Kommissariat an, der in den Fällen, die ihm nach der Pensionierung meist ohne sein Zutun zugefallen waren, stets eine Rolle gespielt hatte und den er nach einigen gemeinsamen Kneipentreffen immer noch mit Nachnamen ansprach. Er hatte zu seinem Team gehört und war einer der wenigen, die noch immer im Kommissariat arbeiteten.

Neumann war, wie er es gehofft hatte, an seinem Schreibtisch und hob den Hörer ab.

»Hier Neumann, Polizeiliches …«

Er fiel ihm ins Wort: »Ich bin's.«

»Ach, Buttmei. Den Anruf habe ich erwartet.«

»Dann weißt du, was mich beschäftigt.«

»Eigentlich möchte ich es nicht wissen. Das ist ein heißes, sehr heißes Eisen. Aber auch das sollte ich nicht sagen, denn dann lässt du erst recht keine Ruhe.«

»Ich will mich gar nicht einmischen, ich will es auf keinen Fall.«

»Versprochen?«

»Versprochen.«

»Entschuldige, aber dass ich an dein Versprechen nur halbherzig glaube, wirst du verstehen.«

Er hörte Neumann durch das Telefon seufzen. Doch er ließ sich nicht beeindrucken: »Wenn ich schon eine Leiche finde, will ich wissen, was es damit auf sich hat.«

»Du hast keine Leiche gefunden!«

»Verarsch mich nicht!«

Neumanns Stimme wurde energischer: »Du hast eine Jacke gefunden, die im Wasser trieb, ohne dass eine Leiche drinsteckte, und du hast eine Mappe mit Papieren gefunden.«

»Die Mappe hat Theo gefunden.«

»Das ändert nichts.«

»Und die Taucher?«

»Haben die dazugehörige Hose und Schuhe gefunden.«

»Und keine Leiche?«

»Nein!«

»Das macht es ja noch spannender.«

Neumann resignierte hörbar: »Buttmei, du fängst schon an, dich mit dem Fall zu beschäftigen. Das habe ich befürchtet.«

»Warum befürchtet?«

»Weil es ein heißes Eisen ist!«

»Ich habe mich nie vor heißen Eisen gedrückt!«

»Du bist nicht mehr im Dienst. Du hast keinen Apparat zur Verfügung, und niemand schützt dich!«

»Und niemand würde mich vermissen!«

Jetzt klang Neumanns Stimme beleidigt: »Das darfst du nicht sagen. Mir schon gar nicht. Du weißt, dass ich dich vermissen würde.«

»Und warum ist es ein heißes Eisen?«

»Ich werde dir sagen, was ich weiß. Der Staatsanwalt, dessen Papiere und Kleider du gefunden hast, ist seit vier Tagen vermisst gemeldet, weil er zu wichtigen Prozessterminen nicht erschienen war und auch in seinem Haus nicht angetroffen wurde. Da er geschieden ist und allein lebt, wissen wir nicht genau, seit wann er verschwunden ist. Und nun entdeckst ausgerechnet du seinen Pass und seine Kleidung. An der Jacke sind zwar Blutspuren, aber keine Leiche weit und breit. Wir haben inzwischen Suchtrupps mit Hunden durch die ganze Umgebung gejagt. Ohne Erfolg.«

»Ich weiß immer noch nicht, was an der Sache heiß sein soll.«

»Schließlich war er eine bekannte Persönlichkeit.«

»Das kommt öfter vor, und daran verbrennen sich Kommissare nicht die Finger. Also, was steckt wirklich dahinter?«

»Du gibst keine Ruhe!« Neumann wirkte nun genervt.

Das rührte ihn nicht, er fragte weiter: »Warum sollte ich? Ist es geheime Staatssache?«

»Du solltest nicht spotten. Es ist wirklich so etwas Ähnliches.«

»Mafia?«

»Jein …«

»Terrorismus?«

»Auf keinen Fall! Es geht um Korruption, die bis ganz nach oben Kreise ziehen kann.«

»Damit war er als Staatsanwalt befasst?«

»Ja. Und nun erfährst du nichts mehr von mir.« Neumann sagt es so energisch, dass er nicht weiter in ihn drang.

Er sagte noch zu ihm: »Das klingt ja fast, als hättet ihr Angst.«

»Angst nicht gerade. Aber Anweisungen. Deutliche Anweisungen. Das betrifft auch die Pressestelle.«

»Dann wird man euch den Fall wegnehmen.«

»Davon gehe ich aus. Mir wäre es recht. Ich vermute, dass der Rotemeier ebenfalls nicht böse sein wird, wenn er aus der Sache raus ist.«

»Lässt er sich so leicht abwimmeln?«

»Eigentlich nicht. Aber was soll er machen, wenn er zurückgepfiffen wird? Die Sache ist sowieso zu schwierig und zu heikel für ein Kommissariat wie unsres. Ich nehme an, dass das Ministerium uns den Fall entziehen wird.«

»Da bin ich ja froh, dass ich Pensionär bin. Wenn ich noch im Dienst wäre, ließe mir der Fall keine Ruhe.« Es klang so, als wäre er durchaus stolz auf seine Vergangenheit als Hauptkommissar.

Neumann bestätigte ihn: »Das weiß ich. Aber komm bitte nicht auf die Idee, doch noch herumstöbern zu wollen!«

»Das habe ich Rotemeier versprechen müssen.«

»Du wirst dich daran halten?« Aus dem Ton der Fragestellung klang unüberhörbar die ganze Skepsis heraus, mit der Neumann die Aussage aufnahm.

»Ich bin zwar außer Dienst und kann machen, was

ich will, aber ich denke, dass ich die Finger davon lassen werde. Schon wegen der Aufregungen, die damit verbunden wären, wenn ich es nicht täte.«

»Man weiß bei dir nie, ob du nicht solche Aufregungen suchst.«

»Bisher haben die mich gesucht«, erklärte Buttmei und hob die Stimme.

»So kann man es sehen, wenn man will«, kommentierte ihn Neumann.

Sie beendeten das Gespräch, und Buttmei saß nachdenklich in seinem Sessel. Die Pfeife, die er sich anzündete, löste die Gedanken in blauen Rauch auf. Als er dann noch seinen allabendlichen Rotwein trank, war er mit seinem Dasein ohne neuen Fall zufrieden.

***

Da er vom Ausflug nach Arheilgen her keine Lust hatte, noch einmal dort hinzufahren und neue Spazierwege zu suchen, fuhr er mit Theo in der Linie 9 zur Flugwiese. Es war langweilig, dort auf und ab zu gehen. Er fand weder eine Bank, auf die er sich hätte setzen können, noch fand Theo Bäume, die er markieren konnte, so dass Buttmei am Waldrand entlanglief. Aber Waldbäume waren nicht die Bäume, die Theo suchte; da waren ihm Laternenpfähle und deren Duftmarken lieber.

Sie liefen auch die Friedhofsmauer entlang. Sie war trotz des Efeus, der sie überwucherte, für Theo sehr viel aufregender als die flache Wiese. Außerdem fuhren Straßenbahnen an ihnen vorbei und brachten durch ihre Geschwindigkeit und die Fahrgeräusche Bewegung in die Spazierwege. Buttmei betrachtete die Formen und Farben, die Sprayer auf die Gartenmauern jenseits der Straße gezeichnet hatten. Manche wirkten simpel, Hieroglyphen, die die Hersteller verewigen sollten, andere bildeten durch bizarre Formen und Farbigkeit Muster, die an abstrakte Gemälde erinnerten.

Die größte Abwechslung brachte die Straßenbahnfahrt und das dazugehörige Umsteigen am Luisenplatz. Die vielen Beine dort, die es eilig hatten und kreuz und quer durcheinander hasteten, nervten Theo, weil er oft nicht wusste, wem er zuerst ausweichen sollte. Außerdem engte die Leine seine Möglichkeiten, so auszuweichen, wie er das wollte, erheblich ein.

Buttmei war indessen damit beschäftigt, sie beide heil durch das Gedränge der Busse und Straßenbahnen, die von allen Seiten auf sie zufuhren, zu dirigieren. Mal zog er Theo dahin, mal dorthin, mal rief er »Vorsicht!«, mal »Gib doch acht, wo du hinläufst!«, ein anderes Mal knurrte er Passanten an, weil sie ihn anrempelten oder sich in Theos Leine verhedderten.

Sie hatten beide kein Auge für die Säule, die rötlich in den Himmel steigt, oder für den bronzenen Fürsten, der oben seinen Hals krümmt und nach Westen blickt. Doch auch ohne das Gedränge hätten sie wenig Interesse an dem Bronzefürsten gehabt. Für Theo war er zu weit weg, und Buttmei kannte das Aussehen schon seit Kindheitstagen und mochte inzwischen weder Denkmäler noch Fürsten. Und die Kasseler Landgrafen, die seitdem sie die Darmstädter Prinzessin beerbt hatten, nur nach Werten suchten, die sie versilbern konnten, mochte er schon gar nicht.

An Tagen mit Regen wurden die Pflastersteine glatt; sie mussten noch vorsichtiger gehen, um nicht auszurutschen. Aber sie wagten sich trotzdem in das Gedränge, weil sie beide Auslauf brauchten. Theo, um sich auszutoben, Buttmei, um seinen Kopf zu lüften und eine Pfeife zu rauchen, die in der frischen Luft anders, manchmal sogar besser schmeckte als im Zimmer.

In diesem gewohnten und gewollten Trott verloren sich auch die Gedanken an den Fund, den sie beide im Teich gemacht hatten. Buttmei hatte sogar das Interesse verloren, noch etwas darüber zu erfahren.

Da klingelte eines Morgens das Telefon. Rotemeier war am anderen Ende der Leitung und bat Buttmei um ein Treffen.

Erstaunt fragte er: »Wann?«

»Am liebsten noch heute Abend.«

»Im ›Riwwelmaddes‹?«

»Nein, lieber nicht. Ich möchte, dass wir ohne Zuhörer reden können.«

Buttmei staunte noch mehr. »Also wo?«, fragte er.

»Ich komme zu Ihnen.«

»Worum geht es?«

»Um den Fund, den Sie gemacht haben.«

»Wieso das?«

»Darüber möchte ich jetzt nicht sprechen.«

»Kommen Sie allein?«

»Ja.«

»Ich warte auf Sie.« Bevor er das Gespräch beendete, fragte er: »Trinken Sie ein Glas Wein mit mir?«

»Wenn es bei einem Glas bleibt ...«

»Also dann, bis heute Abend.«

»Ich werde gegen 19 Uhr bei Ihnen sein.«

Sie verabschiedeten sich.

Buttmei hörte nicht auf, sich zu wundern. Rotemeier wollte zu ihm kommen. Das konnte nur bedeuten, dass er ein Anliegen hatte. Ob er nur mit ihm reden und sich Rat holen wollte? Das war eigentlich nicht Rotemeiers Stil. Ob er einen alten Fall aufrollte, der in

Buttmeis Dienstzeit fiel? Das war unwahrscheinlich. Aber möglich war es. Am unwahrscheinlichsten war es, dass er Buttmei mit einem Fall betrauen wollte – war er doch in der Vergangenheit stets unwirsch, wenn ihm, wie er meinte, Buttmei ins Gehege kam. Jedenfalls kam Rotemeier nicht zu ihm, ohne einen triftigen Grund dafür zu haben.

Je mehr sich Buttmei Mühe gab, die Gründe zu überprüfen und auf die größte Wahrscheinlichkeit einzugrenzen, um so mehr blieb nur eine Sache offen: der Fund am Teich. Rotemeier hatte zwar sehr energisch zum Ausdruck gebracht, dass Buttmei die Finger davon lassen sollte, weil er sie sich nur verbrennen konnte. Aber es war das einzige Zusammentreffen, bei dem Fragen offen geblieben waren.

Nach diesen Überlegungen gab er auf, weiter nachzuforschen, obwohl er mit dem Ergebnis nicht zufrieden war. Er wartete also den Abend so geduldig ab, wie es ihm nach diesem Anruf möglich war.

***

Zerstreuung brachte ihm der Herrngartengang mit Theo, den er riskierte, weil er sich nicht weit entfernen wollte. Am Nachmittag kaufte er Knabberzeug, was man seiner Meinung nach so hinstellte bei einem überraschenden Besuch: Erdnüsse, Salzstangen, Crackers. Er holte eine besonders gute Flasche Rotwein aus dem Keller, einen tiefroten und mehr als zehn Jahre alten Burgunder, öffnete sie, damit er atmen konnte, stellte zwei bauchige Gläser bereit, die besten, die er hatte, räumte das Zimmer oberflächlich auf, steckte sich eine Pfeife an und wartete, in seinem Sessel sitzend, auf die Türklingel. Theo hatte er besonders gut und reichlich abgefüttert, so dass er träge in seinem Korb lag und vor sich hin döste.

Die Klingel schlug pünktlich an. Rotemeier kam mit raschen Schritten die Treppe herauf, begrüßte Buttmei und nahm in dem Stuhl Platz, den ihm Buttmei an dem kleinen Tisch neben seinem Lieblingssessel bereitgestellte hatte.

Als Buttmei Wein einschenken wollte, wehrte Rotemeier ab. »Später«, sagte er. Dann rutschte er auf seinem Sitz zur Vorderkante, der Körper richtete sich auf. Buttmei sah ihm die Spannung an.

»Ich brauche Sie, Buttmei!«

Buttmei schwieg und wartete, was dieser überraschende Beginn des Gesprächs zu bedeuten hatte.

»Es geht um die Geschichte mit dem Pass und der Jacke.«

Buttmei nickte und gab seinem Gegenüber dadurch zu verstehen, dass er das erwartet hatte.

»Dahinter steckt ein heikler und schwer aufzuklärender Fall. Aber das ist nicht mein Problem. Sie wissen, dass unsereiner sich von Schwierigkeiten nicht abschrecken lässt.«

»Im Gegenteil«, brummte Buttmei.

»Man hat mir den Fall entzogen. Aber auch das ist nicht der Grund, warum ich zu Ihnen gekommen bin.«

Buttmei schwieg wiederum und zog an seiner Pfeife.

»Wir ärgern uns zwar, wenn man uns einen Fall wegnimmt, bevor er aufgeklärt ist. Aber auch das kommt vor, und wir müssen es hin und wieder akzeptieren.«

Buttmei wiegte den Kopf, als wäre er mit dieser Meinung nicht ganz einverstanden.

»Es regt mich auf und lässt mir keine Ruhe, dass der Fall offensichtlich überhaupt nicht weiter verfolgt wird. Es gibt schließlich einen Vermissten und nicht irgendeinen, sondern einen Staatsanwalt, und wir haben seine Kleidung gefunden, seine Papiere, aber nicht seine Leiche. Da kann man doch nicht einfach aufhören, weiter nachzuforschen. Das ist in meinen Augen ein Skandal.«

»Vielleicht«, warf Buttmei ein, »geht es ja um einen Skandal.«

»Das wäre trotzdem kein Grund. Vielleicht lebt der Mann noch und ist in Gefahr.«

»Oder er ist in eine krumme Sache geraten. Was für einen Fall hat er denn aktuell bearbeitet?«

»Dazu komme ich noch.«

»Woher wissen Sie denn, dass die Sache so brisant ist? Vielleicht will man auch nur den Namen des Toten schützen.«

»Ich habe auch meine Quellen. Vielleicht nicht so gute, wie Sie als Einheimischer sie hatten und, wie ich vermute, auch noch haben. Darum komme ich ja zu Ihnen.«

»Und was erwarten Sie von mir?«

»Informationen, gleich welcher Art, die es mir ermöglichen, weiter zu ermitteln, direkt oder auf Umwegen oder mit Vorwänden. Wenn ich kein Dienstaufsichtsverfahren riskieren will, sind mir im Augenblick die Hände gebunden. Ich hätte sie gerne wenigstens wieder so frei, dass ich aktiv werden kann, ohne strafversetzt zu werden. Rügen und Verweise kratzen mich nicht.«

»Was kann ich tun?«, fragte Buttmei erwartungsvoll.

»Ich kann den Fall nicht einmal öffentlich machen. Sie dagegen könnten nachfragen, was aus Ihrem Fund geworden ist, und mit der Presse drohen. Sie können Leuten, die Sie kennen, Fragen stellen, ohne dass man es Ihnen verbieten kann. Vielleicht finden wir auf diese Weise eine Spur.« Nun sah Rotemeier gespannt in Buttmeis Augen.

Der dachte nach, erwiderte dann: »Warum sollte ich das nicht tun. Ich kann einen Zeitvertreib brauchen. Theo wird mir nicht böse sein, wenn ich sage, dass das Spazierengehen mit ihm Spaß macht, aber auch langweilig werden kann.«

»Sie werden also mitmachen?« Rotemeiers Stimme nahm einen erregten Klang an.

»Es reizt mich durchaus.«

»Aber seien Sie vorsichtig, Buttmei. Sie sollen den Fall nicht lösen. Und Sie sollen nicht zu viel riskieren.«

»Ich gebe auf mich acht.«

Das war wie ein Schlusspunkt unter das Gespräch. Er goss Wein in beide Gläser. Sie tranken und schwiegen eine Weile.

Rotemeier fragte nach der Toilette und sagte, bevor auf die Tür zuging: »Ich lass diese Akte solange hier liegen.« Er deutete auf einen der üblichen und Buttmei bekannten grünen Deckel, der gewöhnlich wichtige amtliche Papiere enthielt.

Buttmei begriff sofort, nahm die Akte, schlug sie auf und las. Es waren nicht viele Seiten, aber was sie enthielten, alarmierte ihn. Es war also wirklich eine brisante Geschichte, auf die er gestoßen war. Er notierte die Namen, den des Opfers und die der Verdächtigen und Stichworte und Daten und Orte zum Vorgang in sein Heft, das er aus Gewohnheit stets in der inneren Jackentasche trug. Rotemeier ließ sich währenddessen viel Zeit auf der Toilette. Als Buttmei die Wasserspülung hörte, war er durch die Papiere, sie querlesend, durch, schlug den Ordner zu und legte ihn zurück an seinen Platz.

Buttmei hatte noch eine Frage, die ihn seit dem Fund bewegte. Er stellte sie, bevor Rotemeier, der stehen blieb, offenbar wieder gehen wollte: »Was befand sich in der Mappe, die Theo gefunden hat?«

»Der Reisepass. Er war abgelaufen. Vielleicht wollte M. ihn erneuern lassen und tatsächlich im Ausland untertauchen. Dann wäre er entführt oder getötet worden. Die anderen Papiere waren für den Vorgang belanglos. Protokolle zu abgeschlossenen Prozessen, die er unterschreiben sollte, und ähnliche bürokratische Papiere. Ich habe die Blätter mehrfach studiert, die bereits ausgefüllt und unterschrieben waren. Es wirkt so, als wäre er auf dem Weg in sein Büro gewesen, bevor er verschwand. Sie bringen uns nicht weiter.«

Rotemeier nahm die Papiere vom Tisch und verabschiedete sich. Buttmei begleite ihn zum Ausgang. Theo hob den Kopf und sah ihm nach, ob er die Wohnung verlassen würde, und schlief sofort wieder ein, als sein Herr zum Sessel zurückkam, sich ein zweites Glas Wein eingoss und eine Weile nachdenklich sitzen blieb. Er sprach leise vor sich hin: »Also doch wieder ein Fall.«

Er schlief an diesem Abend rasch ein. Entweder der Wein oder das Vorsichhindenken ohne genaue Konturen für seine Gedanken verhinderten, dass er sich allzu sehr erregte und wach lag. Auch am Morgen dachte er nicht gleich an die Vorkommnisse, obwohl der Besuch Rotemeiers sehr ungewöhnlich war. Erst das aufgeschlagene Heft erinnerte ihn. Er fand es im Nachhinein leichtsinnig, dass er es hatte herumliegen lassen. Aber noch konnte niemand außer Rotemeier wissen, dass er sich mit dieser Sache befasste.

Zunächst macht er sich Notizen, wen er fragen konnte. Richter Eckstein fiel ihm ein. Der wusste eigentlich immer über das, was amtlich in Darmstadt vorging, Bescheid. Ein Gespräch mit ihm konnte zumindest ein Einstieg sein. Er würde also dessen Lieblingskneipe aufsuchen. Schon an diesem Abend, nahm er sich vor.

Er hatte Theo bereits auf seinen Ausgang vorbereitet, als das Telefon schellte.

Rotemeier war dran. Seine Stimme klang aufgeregt. »Stellen Sie sich vor, Buttmei, die Akte ist aus meinem Zimmer verschwunden.«

»Ich habe mir das Wichtigste gemerkt.«

»Darum geht es mir nicht. Der Vorgang ist so ungeheuerlich! Das kann ich einfach nicht hinnehmen!«

»Dann machen Sie tüchtig Rabatz.«

»Das werde ich.«

»Sie brauchen ja nicht einmal den Fall zu erwähnen.«

»Richtig. Die Tatsache, dass aus meinem Amtszimmer eine Akte verschwindet, reicht aus, um Wirbel zu entfachen.«

»Entfachen Sie so heftig, wie Sie es können. Vielleicht kommt wer aus dem Gebüsch. Dann haben wir einen Ansatz.«

»Es waren auf keinen Fall Einbrecher. Und es war auch kein Zufall. Mein Zimmer ist weder durchsucht worden, noch hat einer meiner Leute die Akte aus Versehen mitgenommen oder irgendwo abgelegt.«

»Lag die Akte offen im Zimmer?«

»Auf meinem Schreibtisch. Ich hatte keinen Grund, sie zu verstecken.«

»War das Zimmer abgeschlossen?«

»Selbstverständlich.«

»Dann kann es nur ein Insider sein. Ich würde trotzdem die Spurensicherung rufen, das Schloss untersuchen lassen und vom Schreibtisch Fingerabdrücke nehmen, schon wegen des Aufsehens, das es erregen wird.«

»Das ist eine gute Idee. Buttmei, Sie gefallen mir immer besser. Ich werde es noch heute veranlassen.«

»Nun macht es mir doppelt Vergnügen, mich um die Sache zu kümmern.«

»Aber passen Sie gut auf sich auf, Buttmei.«

»Das werde ich schon tun.«

»Mir macht etwas Sorgen.«

»Was?«

»Ich hatte mit Bleistift Ihre Telefonnummer auf einen Klebezettel notiert und an die Akte geheftet. Ich kam doch nicht auf die Idee, dass man mitten im bewachten Polizeipräsidium in mein Zimmer eindringen und eine Akte entwenden kann.«

»Wenn es jemand von außerhalb des Präsidiums war, muss er die Präsidentin angesprochen haben.«

»Ich habe sie bereits um ein Gespräch gebeten.«

»Informieren Sie mich, wenn eine Spur entsteht, die ich für Sie verfolgen kann.«

»Zu dem Zweck habe ich Sie ja angesprochen.«

Sie verabschiedeten sich, legten die Hörer auf, und Buttmei machte sich auf den Weg zum ›Riwwelmaddes‹, wo er seinen Informanten treffen wollte. Unterwegs überdachte er noch einmal das Telefongespräch. Hinter dem Verschwinden der Akte konnten nur Insider aus dem Präsidium stecken. Rotemeier musste herausfinden, wer sie waren. Im Präsidium konnte Buttmei nicht tätig werden. Das hätte zu einem Hausverbot geführt und zu einer Rüge wegen Amtsanmaßung. Letzteres hätte ihn weniger gestört. Auch konnte er den Beamten keine Fragen stellen. Sie hätten sie nicht beantworten dürfen. Die Ermittlungen im eigenen Haus waren demnach ausschließlich Rotemeiers

Sache. Er konnte nur von außen her angreifen. Dazu brauchte er Eckstein.

Es dämmerte bereits. Er machte sich auf den Weg. Das türkische Geschäft am Platz der Kirche stand leer mit gähnenden und verstaubten Schaufenstern. Der Inhaber war umgezogen nach Frankfurt und dort ermordet worden.

Wenn er nicht so oft in seinem bisherigen Dasein mit Mordfällen konfrontiert worden wäre, hätte ihn ein solches Ereignis neugierig gemacht, und er hätte nachgedacht, warum der Mann sein gut gehendes Geschäft in Darmstadt aufgegeben hatte, um nach Frankfurt zu gehen, und warum er dort nach kurzer Zeit getötet wurde. Doch solche Abschweifungen und mögliche Spuren zu neuen Fällen verdrängte er. Er brauchte keine zusätzlichen Spannungen. Sein Rentnerdasein entwickelte sich aufregend genug.

Das neue Pflaster im Schatten der Johanneskirche, das in seiner Korrektheit wie auf dem Reißbrett konstruiert wirkte, lag bereits im Dunkeln. Oben der Kirchturm und sein goldener Hahn fingen das letzte Sonnenlicht ein. Aus den Baumstämmen stieg Schwärze in das Blattwerk, so dass keine einzelnen Blätter und Äste mehr erkennbar waren, sondern nur noch die Umrisse. Die Laternen hatten sichtlich Mühe, ihr Licht aufflackern und heller werden zu lassen.

Buttmei hörte hinter sich Schritte auf dem Pflaster. Dem Klang nach versuchten sie möglichst wenig Geräusche zu verursachen. Er konzentrierte sein Gehör auf ihr Näherkommen und drehte sich, als er sie direkt hinter sich hörte, plötzlich um. Vor ihm stand eine junge Frau und wich erschrocken zurück. Als sie die Hände wie zur Abwehr hob, hob auch er die Hände, aber nicht zur Abwehr, sondern um ihr zu signalisieren, dass er keine bösen Absichten habe, und sagte zu ihr: »Es tut mir leid. Ich wollte Sie nicht erschrecken.«

Ihr Blick verriet, dass sie ihm nicht ganz traute. Sie lief in einem Bogen um ihn herum. Sobald sie an ihm vorbei war, wurden ihre Schritte schneller, sie rannte in der Dunkelheit davon.

Aus den Kneipenfenstern fiel gedämpfter Lichtschein. Als er näher kam, hörte er Stimmen. Er registrierte sofort, dass aus der Tür kein Raucherduft kam. Das erinnert ihn an das Rauchverbot, und er steckte seine Pfeife in die Tasche. Für ihn gehörte dieser Geruch zu einem Kneipengang. Also vermisste er ihn und war in letzter Zeit auch wesentlich seltener dort hingegangen, zudem sich der Biergeruch nun besser im Raum durchsetzen konnte, und der war so gar nicht nach seinem Geschmack. Aber er verband mit diesem Besuch die Absicht, mit Richter Eckstein ins Gespräch zu kommen, betrat nach kurzem Zögern den Gastraum und sah sich um. Seine Augen wanderten von Holztisch zu Holztisch und die Theke entlang.

Er hatte mehr Glück, als er erwartet hatte, denn er hörte ein breites Lachen, das eindeutig zu dem Gesuchten gehörte. Nur ein weiterer Mann saß mit Eckstein zusammen am Tisch. Es war der Bildhauer, den er ebenfalls von früheren Besuchen kannte und der ihn erschreckt hatte mit dem Vorschlag, eine Bronzebüste von ihm anzufertigen, weil er ein so interessant asymmetrisches Gesicht habe. Er hoffte, dass er diesen Vorschlag inzwischen vergessen habe. Er jedenfalls hatte ihn nicht vergessen.

In seinem Beisein würde er Fragen stellen können, weil er an Themen, die mit der Justiz zu tun hatten, keinerlei Interesse hatte und weghören würde. Es würde ihm genügen, dass er nicht allein am Tisch saß und Kumpane hatte, denen er hin und wieder zuprosten konnte. Außerdem war Eckstein ein Mann, der sich nicht scheute, offen zu reden. Auch wenn es um Skandale und sogenannte heiße Eisen ging, machte er keinen Hehl aus seiner Meinung. Respekt vor irgendwelchen Instanzen hatte er sowieso keinen. Das war es, was Buttmei an ihm gefiel und warum er sich Auskünfte erhoffte.

Er ging auf ihn zu, sah die Fröhlichkeit in dem fülligen und leicht geröteten Gesicht, die von den kurzen grauen Haaren noch unterstrichen wurde, sah die kräftigen Hände auf der Tischplatte liegen.

Buttmei wurde mit dem Hallo begrüßt, mit dem man einen länger nicht gesehenen Bekannten empfängt, wenn er an einem Stammtisch auftaucht. Das Gespräch begann mit den üblichen Redensarten: Du warst lange nicht da. Warst du krank? Sind wir dir nicht mehr gut genug? Hast du eine bessere Gesellschaft gefunden? Wie geht es dir? Bist du an einem neuen Fall und so weiter und so fort. Er antwortete geduldig.

Als der Bildhauer einen Bekannten an der Theke entdeckte und sich zu ihm begab, um ihn zu begrüßen, erzählte Buttmei, ohne länger zu zögern, was er erlebt hatte und was ihn daraufhin beschäftigte. Nur die Rolle Rotemeiers verschwieg er.

Als erstes bemerkte Eckstein: »Das ist aber ein Zufall, dass ausgerechnet du die Kleider gefunden hast. Und jetzt lässt es dir keine Ruhe. Du möchtest am liebsten den Fall übernehmen und aufklären.«

»Es reizt mich durchaus. Auch wegen der Geheimniskrämerei, die gemacht wird.«

»Ich weiß nicht, ob du dir einen Gefallen tust, wenn du in so eine Sache einsteigst.«

»Warnungen habe ich schon erhalten.«

»Und die reizen dich erst recht.«

»So ist es. Das verstehe ich. Es geht mir oft genauso wie dir. Aber ich kann nur sagen: Sei vorsichtig!«

Nach dieser freundschaftlich gemeinten Mahnung, erfuhr Buttmei wenigstens in Ansätzen, worum es sich beim Verschwinden des Staatsanwalts handeln könnte. Eckstein kannte selbstverständlich den Mann, wusste auch, an welchen Fällen er arbeitete und in welchen Prozessen er aktiv war. Die meisten Vorgänge kamen für sein Verschwinden nicht infrage, und Eckstein zählte sie auch nur laut denkend auf, um zu sortieren, was bedeutsam genug sein könnte, um hinter der Geschichte zu stecken.

Übrig blieben Prozesse, die von der Staatsanwaltschaft unter der Leitung von Dr. M. vorbereitet wurden und möglicherweise zusammenhingen. Eine Mafiageschichte mit Erpressung von Restaurants und Geschäften, wie sie inzwischen in deutschen Städten immer wieder vorkam, zugleich Geldwäsche im großen Stil und im gleichen Milieu im benachbarten Frankfurt. Ebenfalls als Querverbindung Untersuchungen zu illegalen Parteispenden und einem Korruptionsverdacht, der weite Kreise ziehen konnte und, wenn man den Gerüchten glaubte, auch einflussreiche Politiker betraf. Den Umständen nach neigte Eckstein zu der letzten Möglichkeit, und zwar wegen der Einflussnahme auf den Fall und das zuständige Kommissariat, die nach Buttmeis Berichten von oberster Instanz ausging. Er nannte auch Namen, die infrage kamen, aber er betonte, dass es nur vage Vermutungen waren. Trotzdem notierte Buttmei die Namen in seinem Gedächtnis.

»Das stinkt gewaltig!«, schloss Eckstein seine Überlegungen ab und versprach, sich weiter umzuhören, »In einer Woche weiß ich mehr.«

Inzwischen war auch der Bildhauer zusammen mit seinem Freund an den Tisch gekommen, und sie beschlossen den Abend mit Trinken und Klatschgeschichten über andere Künstler, die Eckstein alle kannte, weil er es liebte, mit Künstlern und an Orten zu sein, an denen sich Kunst ereignete. Die beiden räsonierten über Bürgerinitiativen, die, wenn sie das Sagen hätten, moderne Kunst im Stadtbild verhindern würden. Buttmei hörte scheinbar zu, überlegte jedoch schon, welche Wege er unternehmen konnte, um der Lösung des neuen Falles näher zu kommen.

Er kam spät nach Hause, betrat beschwingt und gutgelaunt seine Wohnung. Theo wirkte nervös, als hätte ihn etwas im Schlaf gestört. Buttmei untersuchte alle Zimmer. Er rechnete nicht damit, auf eine fremde Person zu stoßen. Dann wäre Theo nicht in seinem Korb geblieben. Es war auch kein Gegenstand verrückt, nichts fehlte, das Notizbuch lag so aufgeschlagen da, wie er es zuletzt benutzt hatte. Buttmei setzte sich, trug die Namen ein, die ihm Eckstein genannt hatte, und sprach beruhigend auf Theo ein. Dann schellte das Telefon. Er nahm ab, hörte am anderen Ende der Leitung ein Atmen, aber auch auf mehrfache Nachfrage: »Wer ist da?« erhielt er keine Antwort. Übermütig rief er in die Sprechmuschel: »Hier Privatdetektei Buttmei und Co., wir lösen alle schwierigen Fälle im Handumdrehen, auch Ihren.« Daraufhin legte sein Gegenüber auf, und er erklärte Theo: »Das Co. bist du!« Da kein weiterer Anruf erfolgte, schliefen sie beide gut und traumlos.

***

Am nächsten Morgen teilte Rotemeier mit, dass das Blut offensichtlich vom verschwundenen Staatsanwalt stammte. Die Anfrage hatte er noch gestellt, bevor ihm verboten wurde, den Fall zu bearbeiten.

Buttmei meinte ein Knacken in der Leitung vernommen zu haben, das da nicht hingehörte, und sagte mitten im Gespräch »Herzliche Grüße an den Geheimdienst«, was Rotemeier einen Moment sprachlos machte. Als er ihm erklärte, dass sie es in der Jugendzeit, als man den Verdacht hatte, der BND höre alle Demonstrations- und Linksverdächtige ab, immer so gemacht hätten, lachte er zuerst, meinte dann jedoch nachdenklich: »Es ist nicht ausgeschlossen, dass eines unserer Telefone, meines oder Ihres, abgehört wird.«

»Wenn Sie eine Rüge bekommen, haben Sie die Bestätigung«, kommentierte Buttmei.

»Das werden sie nicht tun. Dann würden sie ja zugeben, dass sie uns abhören, und das ist nun mal illegal, auch wenn obere Instanzen mitmischen. Einen solchen Vorwurf fürchten sie schon wegen der Presse wie der Teufel das Weihwasser.«

»Warten wir's ab. Aber wenn es so war – auch diese Erfahrung habe ich von früher –, dann hat der Abhörende vor Schreck aufgelegt, weil er sich ertappt fühlte. Ich kann Ihnen also unbedenklich sagen, was ich bisher gehört habe«, erwiderte Buttmei und berichtete von seinem Kneipengespräch.

Nachdem Theo und er sich die Beine vertreten hatten, einmal im Viertel rechtsrum, einmal linksrum, ließ er ihn allein in der Wohnung zurück und fuhr mit der Straßenbahn zum Präsidium. Dort besuchte er die

Abteilung, die mit Recherchen in Korruptionsverdachtsfällen befasst war, und ließ sich zunächst alte Akten vorlegen von Fällen aus seiner Dienstzeit. Die Beamten wussten, wer er war, und holten die Akten. Einer sagte lachend: »Na, Buttmei, Sie können das Ermitteln wohl immer noch nicht lassen!«

Er blätterte sie scheinbar aufmerksam durch, las aber keinen einzigen Buchstaben. Nach einiger Zeit fragte er wie beiläufig nach aktuellen Fällen unter dem Vorwand, wie sich solche Dinge verändert hätten und was derzeit Mode sei. Schlagartig wurde es still im Raum. Die Blicke wurden misstrauisch und abweisend. Er brummte ein Nix-für-ungut, gab die Papiere zurück und ging. Vor der Tür schoss es ihm durch den Kopf: Das war ein Fehler!

Nun wartete er ungeduldig auf den Abend, an dem er erneut Eckstein im ›Riwwelmaddes‹ treffen konnte in der Hoffnung, Neues von ihm zu erfahren.

Der begrüßte ihn mit dem Satz: »In was für ein Wespennest haben Sie denn da gestochen?!« Als Buttmei überrascht stehenblieb, deutete er auf den Stuhl neben sich: »Setzen Sie sich erst mal. Und bestellen Sie sich was zu trinken.«

Der Wein kam, sie prosteten sich zu, und Eckstein begann seinen Bericht mit der Bemerkung: »Eigentlich müsste ich Ihnen abraten, sich mit dem Fall zu beschäftigen. Das ist mehr als eine heiße Kartoffel. Aber mich ärgert einfach, dass etwas unter der Decke bleiben soll. Da geht es mir wie Ihnen. Ich schaue erst recht hin und mag es nicht, wenn man mich ausbremsen will. Außerdem will ich wissen, was aus Dr. M. geworden ist. Man lässt doch nicht so einfach zu, dass ein Kollege verschwindet und die Nachforschungen unterbunden werden. Soweit ich weiß, ist keine andere

Sonderkommission an der Sache dran. Also, Buttmei, ermitteln Sie, meine Unterstützung haben Sie. Was kann uns Oldies schon passieren?«

Nach dieser Einleitung informierte er ihn über das, was er wusste. Es war zwar nicht allzu viel, weil offensichtlich mit Nachdruck versucht worden war, die Angelegenheit geheim zu halten. Aber Eckstein hatte in Erfahrung bringen können, an welchen Fällen der Staatsanwalt M. gearbeitet hatte und wer ein Interesse daran haben könnte, eine Untersuchung zu verhindern. Es wurde eine umfangreiche Aufzählung von anhängigen Fällen. Buttmei musste eine Lösung finden, die enger eingrenzte, welcher Fall wahrscheinlich war und welchen er streichen konnte. Dazu brauchte er das Kommissariat. Dort mussten sie versuchen, die noch vorhandenen Akten zu bekommen und die aufgeführten Vorgänge aus der Aufzählung Ecksteins zu streichen. Dann blieben die Wahrscheinlichkeiten übrig, denen es sich nachzugehen lohnte. Eine Vermutung sah er bestätigt. Die Fäden wurden von oben gezogen, beginnend bei der Chefin der Polizei.

Am Schluss seiner Ausführungen drückte er Buttmei einen Zettel in die Hand mit einer Telefonnummer und der Anordnung, die er im richterlichen Amtston ausdrückte: »Auswendig lernen und Rotemeier weitersagen.« Anschließend nahm er den Zettel wieder und verbrannte ihn mit Hilfe seines Feuerzeugs auf von einem Nachbartisch genommenen Unterteller.

Die Bedienung eilte herbei, als sie das Feuer roch und rief auf dem Weg zu ihnen: »Sie wissen doch, dass wir Rauchverbot haben!«

»Ich habe nur einen Strafzettel für falsches Parken verbrannt.«, beruhigte sie Eckstein. Da sie ihn und seine Einfälle kannte, glaubte sie es und ging zur

Theke zurück. Er rief ihr hinterher: »Bringen Sie uns noch zwei Viertelchen« und meinte, zu Buttmei gewandt: »Jetzt beginnt der gemütliche Teil des Abends.«

Buttmei hatte jedoch noch eine Frage: »Wer kann mir Auskunft geben über die Person Dr. M.? Ich hätte gerne eine Vorstellung, wer er ist und wie er sich verhält.«

»Das ist einfach!«, kam die prompte Antwort, »Anwalt V. hat ihn gut gekannt, möglicherweise waren sie Tennispartner oder haben Musik zusammen gemacht. Das weiß ich nicht so genau, weil es mich nicht interessiert hat. V. sitzt jeden Donnerstagabend am Stammtisch im ›Bayrischen Hof‹. Sie erkennen ihn am Hut, den er auch im Lokal aufbehält.«

»Wird er mit mir sprechen?«

»Der geniert sich genauso wenig wie ich. Außerdem bin ich wahrscheinlich auch da. Wenn nicht, können Sie ihn von mir grüßen.«

Die Bedienung brachte die zwei Viertelchen, und alle Fragen und alle Fälle wurden beiseite gewischt.

Als sie sich vor der Tür verabschiedeten und in zwei verschiedene Richtungen in die Nacht gingen, flüsterte Eckstein noch: »Wenn Sie anrufen, berufen Sie sich auf mich.«

Während Nebelschwaden vom Kirchendach herunterfielen und um die Laternen dumpfe Lichtkränze woben, schien sich der Nebel um den neuen Fall zu lichten. Das glaubte Buttmei jedenfalls zu diesem Zeitpunkt. Der Nachtdunst machte ihm feuchte Augen, er fröstelte und war froh, als er in seiner Wohnung angekommen war. Um das Wabern des Nebels nicht sehen zu müssen, ließ er die Rollläden herunter. Theo hob erstaunt den Kopf, schlief aber sofort wieder ein.

Buttmei trug noch die Telefonnummer in sein Heft

ein, aber nicht, ohne die Zahlen zu verdrehen. Das hatte er sich in seiner aktiven Zeit angewöhnt, wenn er nicht wollte, dass andere an die Zahlen herankamen, und hatte ein persönliches System entwickelt, das von Unbefugten nicht entziffert werden konnte. Dann legte er sich zur Ruhe.

Dieses Mal träumte er ein krauses Durcheinander von Zahlen und Schatten, die im Nebel hinter ihm her waren. Aufregend war, dass er wegzurennen versuchte, aber nicht von der Stelle kam. Irgendwann begriff er dann sogar im Traum, dass er den Wettlauf weder verlieren noch gewinnen konnte, und die Bedrückung endete. Er war froh, als er am Morgen aufwachte und durch die Ritzen in den Rollläden Sonnenstrahlen fielen.

***

»Theo, heute machen wir einen Ausflug. Du und ich, wir brauchen etwas Abwechslung.«

Nach Arheilgen zog es ihn nicht, was nach der Überraschung am Teich verständlich war. Also schlug er die entgegengesetzte Richtung ein. Sie fuhren mit der 8 nach Eberstadt, am Herrngarten vorbei, hinter dessen Mauern sie jeden der aufragenden Bäumen von zahlreichen Spaziergängen kannten. Vom Mathildenplatz erhaschte er gerade noch das Bild des Löwenbrunnens in der Mitte der Rasenfläche. Die Steinlöwen streckten ihre trockenen Mäuler in die Frühlingsluft und warteten darauf, dass das Wasser wieder angestellt wurde.

Am Luisenplatz wartete die Bahn auf Anschlüsse. Es war sehr viel angenehmer, aus der höheren Warte der Sitze und durch die Scheiben das Gedränge auf dem

Platz zu beobachten, als die Theo und ihn nervenden Wege, wenn sie zu Fuß mit hastigem Kopfdrehen, links, rechts und wieder links und rechts, den Platz überquerten.

Dann fuhr die Bahn wieder. Die vorübergleitenden Ausblicke ähnelten sich. Banken, Apotheken, Restaurants, griechische und italienische. Auch fuhr sie schneller, nachdem sie die Kurve von der Rheinstraße in die Neckarstraße genommen hatte, und es wurde mühsam, Details am Straßenrand wahrzunehmen. In den Waldstücken zwischen Bessungen und Eberstadt beruhigten sich die Augen. Es genügte zu sehen, wo sie gerade waren. Er erkannte die ehemaligen und jetzt unbewohnten Wohnblöcke für amerikanisches Militär in ihrer eintönigen Einheitlichkeit mit vorhanglosen Fenstern und leeren Balkonen. Das folgende Villenviertel mit seinen Walm- und Spitzdächern, den Giebeln und Türmchen und den prunkvollen Balkonvorbauten, als wären sie Tribünen für Redner, wirkte abwechslungsreicher. Die gelb blühenden Forsythienbüsche schmückten es noch zusätzlich. An der Wartehalle stiegen sie aus.

Das Ortszentrum um die Wartehalle hatte sich städtisch aufgemotzt mit Neubauten und Geschäften. Aber kaum waren sie um Ecke in die erste Straße eingebogen, begleitete sie das alte Eberstadt mit seinen kleinen Häusern, die gemütlich nebeneinander standen und in verschiedenen Farben angestrichen waren. Als sie in einen Viertel mit unvollendeten Neubauten gerieten, wusste Buttmei, dass sie auf dem falschen Weg waren.

»Theo, wir sind zu spät ausgestiegen. Es ist zu lange her, dass ich hier unterwegs war.«

Sie liefen, bis sie den Weg fanden, der an der Frankensteinschule vorbei auf die Streuobstwiesen führt.

Zielstrebig eilten sie auf das freie Gelände zu, bogen dann jedoch auf einen Waldweg ab, weil Buttmei sich erinnerte, dass man an einem Brünnchen vorüber kam.

Das Hüttenwerk des ›Freundeskreises Streuobstwiese‹ duckte sich in die Landschaft. Sie folgten einem Weg mit hohen Fichten, die in Reih und Glied standen und von oben herab auf das verfilzte Gewirr aus Büschen und kleinen Bäumen blickten. Theo hörte schon von weitem den Brunnen plätschern und zog an der Leine, bis sie vor dem Findling standen, aus dem ein frischer Wasserstrahl floss. »Steckenbornbrunnen«, las Buttmei, und Theo kühlte seine Zunge im Wasser. Über ihnen wölbte eine mächtige Eiche ihr noch kahles Geäst.

Nun liefen sie, rechts abbiegend, zu den Wiesen. Auf einer Bank am Waldrand legten sie Rast ein und sahen sich um. Vor ihnen öffnete sich die Rheinebene bis zu der blauen Kammlinie der Rheinhessischen Hügel. Kondensstreifen zeichneten Kreuze in den blauen Himmel. Das Brummen der Flugzeuge war leise im Vergleich zu dem Lärm, den sie in Arheilgen mitbekommen hatten. Sie hörten Meisen zwitschern, das Klopfen eines Spechts und das Krächzen von Krähen. Hinter ihnen schwankten Ginsterstecken im Wind, die glatten Stämme der Wildkirschbäume und die rauen Stämme der Eichen trugen kahles Astwerk.

Hügelab führte sie der Weg auf die Streuobstwiesen. Buttmei hatte dieses Ziel auch wegen des wohlklingenden und vielversprechenden Namens gewählt. Sie kamen beide auf ihre Kosten. Buttmei durch das, was er sah, Theo, weil er endlich von der Leine durfte.

Zuerst kamen sie an einer Schafherde vorbei. Dicke Wollkugeln mit schmalen schwarzen Gesichtern suchten nach den ersten frischen Gräsern, um sie herum tummelten sich schwarze Lämmer. Sie hoben nicht einmal die Köpfe, um ihn oder Theo zur Kenntnis zu nehmen. Als er zu blöken versuchte, reagierte nur Theo und sah ihn erstaunt an. Das frische sprossende Grün besaß größere Anziehungskraft. Er hätte gerne eines der schwarzen Lämmer anfassen wollen, um das gekrauste schwarze Fell zu spüren, aber er bekam keine Chance, es zu tun.

Nach der Weide befanden sie sich mitten in den eigentlichen Streuobstwiesen. Theo fand zahlreiche Baumstämme und aufregende Gebüsche und Mäuse- oder Maulwurflöcher. Er zog seine Kreise, rannte, wühlte, entfernte sich aber nie zu weit. Buttmei sog die Landschaft in sich ein, in der überalterte Bäume Teile ihres Astwerkes verloren hatten und wie müde gewordene Tänzer schwarze Arme in den Himmel streckten und zu grotesken Figuren erstarrt waren. Von manchen standen nur noch mit Moos und Efeu überzogene Stümpfe. Apfelbäume, auch Kirschbäume, die keine Früchte mehr brachten. Dazwischen, noch zaghaft sich streckend, neu gepflanzte Bäume, durch Gitterummantelungen vor Wildverbiss geschützt.

Einer der alten Bäume war nach zwei Seiten auseinandergebrochen. Sein immer noch mächtiges Astwerk breitete sich schwarzfingerig über die Wiese, als hätten Regisseure es bühnenwirksam im Mittelpunkt der Landschaft inszeniert.

Buttmei setzte sich auf den am Boden liegenden Stamm und genoss Theos unverhohlene Freude am freien Auslauf. Er saß, die raue Rinde des Stammes unter sich fühlend, und Theo spielte im Kreis um ihn herum fast eine Stunde, bevor sie sich auf den Rückweg zur Straßenbahnhaltestelle begaben.

Während Theo neben Buttmei durch das hohe Gras

und um die knorrigen Baumstämme trabte, näherten sich Schritte von hinten, schleichend, leise im Kies knirschend. Er erinnerte sich an das von ihm erschreckte Mädchen und drehte sich nicht um. Plötzlich – die Schritte waren ganz nahe gekommen – sauste Theo bellend auf ihn zu, schob sich zwischen ihn und den Verfolger und fletschte knurrend die Zähne.

Buttmei drehte sich nun doch um und sah ein Gesicht fast vor dem seinen und einen mit einem Totschläger bewaffneten, bereits erhobenen rechten Arm. Die Augen seines Gegenüber starrten auf den Hund, der zum Angriff bereit schien. Seine Lefzen hatte er zurückgezogen, die großen Eckzähne standen frei und beißlustig hervor, der aufgerichtete Schwanz schlug heftig hin und her, und er schien nur noch auf das Kommando »Fass!« zu warten.

Der Mann, der einiges jünger als Buttmei war und eine Kapuze trug, die allerdings das Gesicht frei ließ, bewegte sich zuerst langsam ein paar Schritte zurück, die Augen auf den Hund geheftet, dann ließ er den Arm sinken, machte eine Kehrtwende und rannte davon.

Buttmei beruhigte Theo, lobte und streichelte ihn und sah, obwohl er sich zu dem Hund hinuntergebückt hatte, dem Davonlaufenden nach. Im Kopf erstellte er einen Steckbrief: männliche Person, zirka dreißig Jahre alt, ein Meter achtzig bis fünfundachtzig groß, Turnschuhe, rot, billige Jeans, Kapuzenjacke aus hellgrauer Wolle. Das Gesicht hatte er bereits gespeichert. Unsicher war er sich wegen der Haarfarbe, da die Kapuze die Haare verdeckte. Aber das Wenige, was zu erkennen war, deutete auf dunkle Haare hin. Die Hand, die den Totschläger hochgehalten hatte, wirkte kräftig und war mit breiten Siegelringen bestückt. Im Ohr trug er kleine Silberringe. Die Augen waren braun, die Brauen breit, buschig und fast schwarz, die Nase ebenfalls breit und gerötet, neben den derben Lippen hatte er eine Narbe wie von einem Messerstich.

Buttmei nahm Theo an die Leine, richtete sich auf, notierte die Merkmale des Angreifers in das Heft, das er immer bei sich trug. Es war dünner als das Notizbuch, das zu Hause auf dem Tisch lag und alle Daten enthielt, die er bisher hatte in Erfahrung bringen können. Sie liefen zur Straßenbahn, fuhren zum Polizeipräsidium und traten, Herr und Hund gemeinsam, in das Gebäude ein. Der Hausmeister, der in der Loge saß, wollte den Hund nicht ins Haus lassen, obwohl Buttmei betonte, er sei ein wichtiger Zeuge. Aber nach einem Telefonat mit Rotemeier öffnete er die Tür für beide. Sie mussten durch die Schleuse gehen. Buttmeis Pfeifenstopfer, der einen Auskratzer enthielt, der einer Nagelfeile ähnlich sah, wurde konfisziert, ebenso das Taschenmesser aus der Hosentasche. Beides hatte Piepstöne ausgelöst und wurde in einen Umschlag gesteckt, der mit seinem Namen versehen wurde. Danach wurde ihm mitgeteilt, dass er es beim Verlassen des Hauses wieder abholen könnte.

»Ihr habt wohl Angst, dass ich einem von euch die Augen aussteche?«, kommentierte er den Vorgang und stapfte mit Theo die breite Steintreppe hinauf.

Rotemeier kam ihnen bereits entgegen. »Was ist passiert?«, fragte er, als er noch einige Stufen von ihnen entfernt war.

»Mir wollte wieder einmal einer auf den Kopf schlagen. Aber Theo hat es verhindert.«

»Hat es mit dem Fall zu tun?«

»Vermutlich. Ich sehe keinen anderen Grund. Ich mache nicht gerade den Eindruck eines Spaziergängers, der mit gefülltem Portemonnaie herumläuft, und ich habe einen Hund dabei, was Gelegenheitsgauner in der Regel von einem Überfall abhält.«

»Was schlagen Sie vor?«

»Wir fertigen ein Phantombild an. Ich kann das Gesicht des Täters genau beschreiben, und Sie suchen nach ihm. Das kann keiner verhindern. Und wenn wir ihn finden, haben wir eine Spur, die uns weiterführen wird.«

»Buttmei, Sie sind ein Fuchs!«, lobte ihn Rotemeier.

»Wenn Sie es so nennen wollen.«

»Und gleichzeitig erstatten Sie Anzeige, und wir nehmen ein Protokoll auf.«

»So habe ich mir das gedacht.«

»Und was machen wir mit dem Hund?«, fragte Rotemeier unsicher.

»Der wird von mir gestreichelt und wird brav bei Fuß sitzen, solange keiner versucht, mich anzugreifen.«

»Dann wollen wir mal.«

Sie machten sich zu dritt auf den Weg durch die langen Gänge zu der entsprechenden Abteilung, vornweg Rotemeier, dahinter Buttmei und am Schluss Theo.

Für den Ex-Kommissar wurde es eine neue Erfahrung; inzwischen wurden die Phantombilder mit dem Computer erstellt, und es standen viel mehr und schneller handhabbare Schablonen zur Verfügung. Buttmeis Berufserfahrung mit Phantombildern beschleunigte den Vorgang. Die Fachleute zeigten die ersten Bilder. Sie wurden noch einmal nach Buttmeis Anweisungen korrigiert, die Augenbrauen etwas stärker, die Backen dünner, die Narbe an der Wange kürzer, die Nase etwas dicker, bis er sagte: »So sah er aus!«

Zum Vorschein gekommen war ein schon lange Verdächtiger für Gewalttaten, der jedoch nie hatte überführt werden können. Auf der Liste standen Geldwäschetransporte, Schutzgelderpressungen, Einschüchterung von Zeugen in Betrugs- und Erpressungsprozessen, Drogenhandel und Übergriffe als Türsteher. Er stand unter Beobachtung, und man hoffte, ihn irgendwann überführen zu können.

Das Bild wurde in die neuste Fahndungsliste eingegeben. Der Computer engte die Wahl rasch ein und holte endlich ein Foto und die Fingerabdrücke des Gesuchten mit Namen und sogar einer aktuellen Adresse auf den Bildschirm.

Rotemeier ließ sich einen Ausdruck machen, telefonierte eine bewaffnete Eskorte zusammen und verkündete: »Den greifen wir uns. Buttmei, Sie kommen mit. Aber Sie warten vor dem Haus. Das ist ein Befehl!«

Buttmei dachte zwar: ›Du hast mir nichts zu befehlen‹, aber er nickte und war bereit, die Anordnung zu befolgen. Verhaftungen oder einem Täter nachzujagen und Gewalt auszuüben, um ihn dingfest zu machen, war nicht mehr seine Sache. Er war pensioniert, älter geworden und dem auch körperlich nicht mehr gewachsen.

Sie fuhren mit zwei Dienstwagen, denen äußerlich nicht anzusehen war, dass sie zur Polizei gehörten, über die Frankfurter Straße und den Martin-Luther-King-Ring nach Kranichstein. Am Straßenrand blühten Frühlingsblumen. Das Grün auf dem Schuttberg, unter dem die Trümmer der im Krieg zerbombten Häuser aufgeschichtet waren, hatte sich bereits wieder eine leuchtende und satte Farbe zugelegt. ›Auch ein Monte Scherbelino‹, dachte Buttmei und nahm sich vor, mit Theo, der brav auf seinem Schoß saß, hinaufzusteigen, weil er sich erinnerte, dass man von dort einen schönen Blick über die Stadt hatte und ihre Topps wie das

Hundertwasserhaus oder die Mathildenhöhe im Überblick sehen konnte.

Bevor sie nach Kranichstein abbogen, fuhr kurze Zeit die Odenwaldbahn mit ihrer rot gebänderten und fröhlich gebogenen Schnauze neben ihnen her und verschwand über ihnen auf einer Brücke im Buschwerk. Auch das löste Erinnerungen in ihm aus. Er hatte eine ganze Weile seine Freundin Anne nicht mehr besucht, und Odenwaldspaziergänge wären ein ebenso sinnvolles Ziel für Theo wie der Monte Scherberlino oder noch aufregender.

An einem der Häuserblocks in Neukranichstein hielten sie an, verließen die Autos und stürmten in eines der inzwischen gealterten Hochhäuser, die einmal zum Stolz der Stadt gehörten, aber selbst mit einem neuen Anstrich aufgefrischt nach Wohnsilos für Familien, die keine hohen Mieten bezahlen konnten, aussahen.

Buttmei spazierte mit Theo um den Block herum und ein Stück am Waldrand entlang. Die Wege in den Wald lagen in der Sonne. Das Laub der Bäume flimmerte. In die Schneisen fielen gebündelte Lichtstrahlen. Es roch nach modrigem Unterholz. An der ersten Straße, die in die Villenhäuser führte, die sich zwischen Park und Ausfallstraße nach Messel hinter Zäunen, Mauern und Hecken aneinander reihten, kehrte er um.

Am Waldrand kam ihm einer der Polizisten entgegen und winkte ihm. Beim Näherkommen rief er: »Der Vogel ist ausgeflogen!«

Sie betraten das Hochhaus, fuhren mit dem klapprigen und mit Inschriften und Mustern verkratzten Fahrstuhl nach oben und betraten durch eine offenstehende Tür eine der Wohnungen. Rotemeier informierte ihn, dass der Bewohner offensichtlich sein Domizil hastig verlassen hatte. Alle persönlichen Gegenstände fehlten in den ohnehin fast leeren Zimmern. Nur das unabdingbar notwendige Mobiliar fand sich dort: Bett, Tisch, Stühle, Fernsehgerät, Schrank, ein verschabtes Sofa. In der Küche sah man, dass der Aufbruch erst vor kurzem erfolgt sein musste. Schmutziges Geschirr stand in der Spüle, eine Kaffeetasse auf dem Tisch, und der Kühlschrank war gefüllt mit Getränken. Im Schrank hingen noch ein paar wenige Kleidungsstücke. Buttmei sah sie, als er im Vorbeigehen die Schranktür öffnete.

Rotemeier grinste: »Den Schrank haben wir auch geöffnet.«

Trotzdem durchsuchte Buttmei die Taschen der Jacken und der Jeanshose, die dort hing. In der Gesäßtasche der Jeans fand er einen Zettel mit Zahlen und eine Visitenkarte.

Rotemeier griff sofort zu: »Die werden wir gründlich untersuchen. Wenn wir etwas finden, informieren wir Sie.« Dann zögerte er und schob den Satz hinterher: »Wollen wir uns nicht duzen? Nachdem wir inzwischen so gut zusammenarbeiten.«

»Einverstanden.«

»Ich heiße Jan!«

»Ich bin der Philipp.«

Sie gaben sich die Hände, schüttelten sie kurz und besiegelten so die Duzbrüderschaft. ›Ein Sekt zum Anstoßen wär' mir lieber‹, dachte Buttmei und hörte fast gleichzeitig aus Rotemeiers Mund: »Das Anstoßen holen wir nach.«

Auf Buttmeis Frage: »Wer hat die Wohnung gemietet?«, wusste keiner eine Antwort.

Sie fuhren zurück. Buttmei und Theo stiegen am Herrngarten aus und liefen von dort zu ihrer Wohnung.

***

Bereits am Tag danach rief Rotemeier erneut an: »Ich habe gute und schlechte Nachrichten.«

»Zuerst die guten.«

»Wir wissen, wer die Wohnung gemietet hat!«

»Und?«

»Das ist zugleich die schlechte Nachricht. Sie ist auf den Namen von Staatsanwalt Dr. M. gemietet, und er hat auch die Kaution gezahlt. Als Bezieher der Wohnung ist der Sohn angegeben.«

»Das ist eine Überraschung.«

»Es geht noch weiter. Im Büro des Staatsanwalts sind Papiere verschwunden und der Zählung der Registratur nach eine Akte.«

»Und welche?«

»Das können wir nicht feststellen. Du weißt, dass wir nicht ermitteln dürfen.«

»Aber sie muss doch registriert sein!«

»In der Registratur ist eine Nummer gelöscht. Das konnten wir nur noch an der Reihenfolge in der Zählung feststellen.«

»Wer kann sie gelöscht haben?«

»Angeblich Dr. M. selbst, weil es ein irrtümlicher Eintrag gewesen wäre.«

»Und in seiner Villa?«

»Die ist versiegelt, und wir dürfen nicht rein.«

»Da könnte ich …«

»Nein, Buttmei, das machst du nicht, das wäre eine Straftat, und sie könnten dich ganz schnell am Wickel kriegen.«

»Und wenn?«

»Denk an Theo!«

»Du hast Recht.«

»Außerdem finden wir garantiert keinen Hinweis. Da hat, so wie wir es bisher beobachten konnten, jemand, und wenn es M. selbst war, gründlich aufgeräumt. In der Mappe, die du gefunden hast, waren persönliche Unterlagen, Versicherungen, Kontoauszüge, aber keine Karte zum Geldabheben. Die trug er wahrscheinlich im Portemonnaie. Oder sie liegt in der Wohnung. Seine Kennkarte fehlt ebenfalls.«

»Ich habe trotzdem eine Idee. Lass dir eine Liste geben, welche Akten zu offenen Fällen und ausstehenden Prozessen registriert sind. Alle aus der letzten Zeit. Ohne Ausnahme.«

»Und dann?«

»Hör' ich mich bei meinen Informanten um, ob sie mir sagen können, welcher Fall in der Aufzählung fehlt. Die gerade bearbeiteten Fälle sprechen sich unter den Juristen mehr rum, als du und ich es uns vorstellen können.«

»Gute Idee. Morgen oder übermorgen hast du die Liste. Ich bringe sie selbst vorbei. Da können wir das Anstoßen nachholen.«

»Dann bis morgen oder übermorgen. Ich stell' schon ein Fläschchen kalt.«

»Noch was: Ich habe das Phantombild an alle Polizeireviere in Frankfurt und in Südhessen schicken lassen.«

Als Buttmei den Hörer aufgelegt hatte, fiel ihm ein, dass er nicht nach dem Zettel aus der Jeanstasche gefragt hatte. Das würde er jedoch bei Rotemeiers Besuch nachholen können.

Gut gelaunt, rief er Theo zu: »Wir kommen vom Fleck!« Aber das war mehr ein Bauchgefühl als rationale Wirklichkeit. Denn er wusste genaugenommen nicht viel mehr als vorher.

***

Da ihnen sowohl der Weg nach Norden als auch der nach Süden vorerst verleidet waren, hielten sie im Umfeld des eigenen Viertels Ausschau nach neuen Ecken und Wegen. Der Sensfelder Weg kam in Buttmeis Gedächtnis. Er hatte vor einiger Zeit in der Zeitung gelesen, dass dort eine neue Moschee errichtet wurde.

Sie liefen also über die Ampel an der Kasinostraße vor den Supermärkten, die sehr schnell für Fußgänger Grün schaltet und die Autos zum Stehenbleiben zwingt. Theo stolzierte mit erhobenem Schwanz an der Kühlerreihe entlang, als wäre er der General, der die Truppe abschreitet. Für Buttmei war interessant zu beobachten, dass der Hund genau wusste, wie eine Ampel funktioniert, und keine Angst vor den Stoßstangen hatte, die nur darauf warteten, vorwärts stürmen zu dürfen.

Vor den Glaswänden standen Orangen- und Apfelkisten und verströmten einen sanften Duft. Einkaufswagen wurden an ihnen vorübergeschoben und nahmen wenig Rücksicht auf Theo. Als sie am zweiten Supermarktes vorüber waren, fanden sie sich allein auf weiter Flur und atmeten auf, trotz des bedrückend hoch aufragenden Turms der Müllverbrennung und der Wolke, die über ihnen in Richtung Stadt zog. Sie war weiß, und man konnte hoffen, dass sie keine Giftstoffe auf die Kirchtürme und Häuser zu blies.

Die Straße lag einsam und verlassen. Kein Fußgänger. Kein Auto. Eine langweilige Straße mit Zweckbauten für allerlei Firmen. Buttmei kontrollierte die Wege, die sie gingen, mit Blicken vor und zurück. Wenn ihnen hierher jemand gefolgt wäre, wären sie in einer Lage, in der keine Hilfe von irgendwoher zu erwarten war. Aber sie blieben die einzigen, die diesen Weg gingen.

Die Moschee war im Bau, ein wuchtiges Gebäude, aber keines, das die Nachbarschaft überragte. Sie duckte sich eher in den Schatten der Müllverbrennungsanlage und ihrer turmähnlichen Trakte. Ihre noch graue Kuppel wölbt sich bescheiden, die dünnröhrigen Minarette überragten kaum die Kuppel. Auch gegenüber wurde sie von den Neubauten übertroffen, die zum Teil mit ungewöhnlichen Formen neugierig machten, was sie enthielten. So nahm Buttmei an, es würde keine Proteste geben, weil es kaum Anwohner gab, und es würde sich auch keine der vielen Bürgerinitiativen, die sich immer häufiger bildeten, wenn in ihre Umgebung etwas Neues entstehen sollte, zusammenfinden – nach dem Motto: Die Umgebung unseres Müllheizkraftwerks darf nicht beeinträchtigt werden durch einen fremdländischen Bau.

Theo kam nur an den Bauzäunen auf seine Kosten. Baumstämme und Laternenpfähle waren Mangelware. Aber den Bauzäunen fehlten die aufregenden Duftspuren anderer Hunde. So tippelte er schon bald missmutig neben seinem Herrn her und signalisierte ihm, dass dieser Spaziergang ein Missgriff war.

Auch Buttmeis Augen bot er wenige Reize. Die alten Bunkertürme wirkten hässlich mit ihren geschwärzten Zementbäuchen und den Spitzhauben, von denen die Bomben abprallen sollten. Die freien Grünstücke wirkten vergammelt, trotz einer ersten Rodung. Hoch aufschießendes Unkraut überwucherte sie.

Beide waren gelangweilt. Langweilige Wege gingen in die Beine und ermüdeten schneller, als es sonst geschah. Sie kehrten um.

***

Als Rotemeier den Zettel aus der Jeanstasche des Überfalltäters untersucht und auch die Liste der Akten, die der Staatsanwalt Dr. M. gerade bearbeitete, studiert hatte, rief er Buttmei an und verkündete, er werde, wenn es recht wäre, am Abend kommen. Es war recht, und so saßen sie am Abend zusammen und diskutierten die Ergebnisse.

Auf dem Zettel hatte Rotemeier die Adresse Buttmeis entziffern können. Das belegte den Auftrag für den Überfall, den der Mann hatte ausführen wollen. Leider war nichts über den oder die Auftraggeber notiert. Die Liste übergab Rotemeier in Kopie, und Buttmei legte sie zu seinem Notizheft. Sie enthielt eine Wiederholung der Stichwörter, die bereits auf seiner eigenen standen, und brachte daher keinen Fortschritt.

Dann öffneten sie die Sektflasche, die Buttmei kühl gelegt hatte, und bekräftigten ihre Duzbrüderschaft. Zuletzt stießen sie sogar auf die gemeinsame Klärung des Falles an, obwohl sie weit von erfolgversprechenden Spuren entfernt waren.

***

Theos und Buttmeis nächster Ausflug führte zu dem künstlichen Berg, den er Monte Scherbelino nannte, weil ihm der Ausdruck gefiel und weil er wusste, wie er aus den Scherben der zerbombten Stadt entstanden war. Aber er wusste auch, dass der eigentliche Scherbelberg sich im Westen der Stadt befand.

Sie liefen durch das Martinsviertel an den kleinen Cafés vorüber, die sich bei gutem Wetter auf die Gehwege ausbreiteten. Am Rhönring mussten sie eine

Weile warten, bis sie über die Straße gehen konnten. Die Autos fuhren in Kolonnen vorbei und verpesteten die Luft. »Hier möchte ich nicht wohnen«, sinnierte Buttmei, »da hätte ich Angst, früher oder später Lungenkrebs zu bekommen. Das ist ja schlimmer als Pfeiferauchen.« Offensichtlich waren die politischen Kräfte in der Stadt nicht fähig, sinnvolle Umgehungen zu bauen. Nach der Überquerung der Straße und einem kurzen Weg an den Häusern entlang, die uniform wirkten, bogen sie in ruhigere Gefilde ab. Das Grün vermehrte sich, und die Zahl der fahrenden Autos sank deutlich. Dann kam der Hügel ins Blickfeld, den sie besteigen wollten.

Der Aufstieg war mühsam. Theo schien das nicht zu stören. Er verlängerte ihn durch Kreise und Kurven. Buttmei spürte seine Knie. Doch der Blick von der Spitze des Hügels belohnte sie. In der Sonne funkelte die goldene Zwiebel des Hundertwasserhauses und korrespondierte mit der kleineren Goldzwiebel der russischen Kapelle. Kirchtürme spitzten über die Dächer und teilten sie in Viertel ein. Die Stadt lag zu ihren Füßen und sah freundlich und wohnlich aus und lud dazu ein, in sie zurückzukehren.

Das taten sie denn auch, als Theo sich genügend ausgetobt, in der Erde gegraben und geschnüffelt hatte und erkennbar langsamer wurde. Trotzdem jagte er auf dem Rückweg einem Kaninchen nach, als hätte er unendliche Kraftreserven. Das Tier war schneller, seine Läufe flogen, so dass man sie kaum mehr sehen konnte, es schlug Haken, die Theo ins Leere laufen ließen, und verschwand in einem Erdloch. »Theo, trag's mit Fassung. Mir geht es im Augenblick mit meinen Tätern genauso«, tröstete er den erfolglosen Jäger.

An diesem Abend war Buttmei zu müde, um sich

mit Richter Eckstein zu treffen. Er verschob es auf den kommenden Abend, rauchte noch eine Pfeife, trank ein Glas kräftigen dunklen Rotweines, einen den Schlaf fördernden Nero d'Avola. Er sank ins Bett und schlief traumlos und lange, nachdem er trotz Schlaftrunkenheit so wie immer in den letzten Tagen den Sicherheitsriegel vorgeschoben hatte, den er nach dem letzte Fall hatte anbringen lassen.

***

Am Abend des nächsten Tages lief er zum ›Riwwelmaddes‹, wo er Eckstein treffen wollte, fand ihn jedoch nicht vor. Er setzte sich einige Zeit auf die Treppe der nahen Kirche. Von hier aus beobachtete er den Eingang. Wenn er sich zurücklehnte, konnte er die Fassade hinauf blicken, wie sie ihre Linien in den dunklen Himmel zog, bis sie oben in der Turmspitze sich schnitten und in den Nachthimmel stachen. Vor ihm lagen die geometrischen Linien des Rasens und des Spielplatzes. Ohne Kinder wirkten sie leblos. Die schwachen Lichter der Laternen beleuchteten sie nur spärlich. Auch er saß im Halbdunkel.

Er fing zu grübeln an. Vieles an dem Fall war ungewöhnlich und entsprach nicht seinen Erfahrungen. Die frühe Attacke auf ihn in den Streuobstwiesen ergab keinen nachvollziehbaren Sinn. Die Gegenseite wusste, dass er kaum Spuren hatte entdecken können und dass es den Fall eher ins Rampenlicht gezerrt hätte, wenn der Überfall erfolgreich gewesen wäre.

Sollte es nur eine Warnung sein? Dazu war es zu heftig und Aufsehen erregend. Es gab, wie er aus vielen Fällen wusste, andere, verstecktere und trotzdem wirkungsvolle Methoden, Warnungen zu übermitteln. Die

Ausführung der Drohgebärde vor dem eigentlichen Androhen war ein Vorgang, der ihn nachdenklich machte.

Wusste er schon zu viel, ohne dass er es bemerkt hatte? Seiner Meinung nach wusste er fast nichts. Aber er könnte etwas übersehen haben. Dann müsste er so lange alles hin und her wälzen, bis ihm auffiele, was es sein könnte.

Eine erste vielversprechende Spur konnte sich aus der Liste der von Staatsanwalt M. bearbeiteten Fälle ergeben, vor allem dann, wenn es gelang, herauszufinden, welcher Fall aus der Akte entfernt worden war. Er musste das Ergebnis des Treffens mit Eckstein abwarten, denn er hatte keine andere Möglichkeit, etwas über diesen Vorgang zu erfahren.

Drei Prozessvorbereitungen hatte dieser ihm bei ersten Treffen genannt. Es kam nun drauf an, welche von den dreien aus der Liste entfernt worden war. Er hatte aber auch ihm gegenüber davon gesprochen, dass es sehr wahrscheinlich Querverbindungen zwischen diesen Fällen gab.

Als er alles, was sich seit dem Spaziergang zur Dianaburg ereignet hatte, noch einmal wie in einem Film in seinem Kopf ablaufen ließ, tauchten neue Fragen auf:

Hatte man die Kleider und die Mappe absichtlich als Köder ausgelegt, weil man wollte, dass sie gefunden würden?

Was könnte der Grund für die Attacke auf ihn gewesen sein? Wollte man, dass der Fall aufgegriffen und nach Staatsanwalt M. gesucht würde? Oder wollte man das Gegenteil? Zum Beispiel, dass die Vermisstenmeldung zwar bearbeitet, aber die Suche nach und nach versanden würde.

Was bedeutete das Fehlen der Leiche? War sie nicht gefunden worden, weil der Teich nicht gründlich genug durchsucht worden war, oder weil es unterirdische Ausbuchtungen oder Abgründe gab, die man nicht entdeckt hatte? Auch das verwarf er, weil er inzwischen erfahren hatte, dass man, um Gewissheit zu erhalten, den Teich trockengelegt hatte.

Oder lag die Leiche anderswo? Im Wald? In einem zweiten Teich? Eine Leiche zu vergraben und danach die Kleider in den Teich zu werfen – das machte keinen Sinn.

Oder gab es gar keine Leiche? Dann könnten die Blutspuren an der Kleidung auf eine Entführung hindeuten. Das könnte die Verbote an Rotemeier von oberster Stelle erklären, weil man das Leben des Entführten nicht gefährden wollte. Er musste unbedingt mit ihm über diese Möglichkeit reden.

Wäre es möglich, dass er, Buttmei, eine Entdeckung gemacht hatte, die vorzeitig den Erfolg der Entführung oder der Befreiung des Entführten gefährden konnte? Die Art, wie man ihn auszuschalten versucht hatte, deutete eher daraufhin, dass er den Entführern zu nahe gekommen war. Aber die hatten wiederum keinen Zugang zu Rotemeiers Zimmer und konnten daher nicht wissen, dass er mit ihm gesprochen und ihn in den Fall eingebunden hatte.

Fragen über Fragen. Er zermarterte sich den Kopf. Zunächst ohne Ergebnis.

Einen flüchtigen Einfall, dass der Staatsanwalt aus Angst untergetaucht war und selbst die Spuren gelegt hatte, verwarf er. Ein Staatsanwalt, der solche Fälle bearbeitet, war an Drohungen gewöhnt.

War er erpressbar, weil er eine verwundbare Stelle hatte? Nahe Angehörige zum Beispiel, die gefährdet waren. Das konnte ein Grund sein. Aber es war eher unwahrscheinlich, denn es wäre für ihn ein Leichtes gewesen, Polizeischutz zu bekommen. Seine Frau hatte sich scheiden lassen und Darmstadt verlassen. Daraufhin hatte sich auch das Verhältnis zu seinem Sohn abgekühlt. Der lebte und arbeitete in Frankfurt. All das hatte Buttmei in der Akte gelesen, die Rotemeier bei seinem Besuch auf dem Tisch hatte liegen lassen, und hatte es sich eingeprägt. Aber warum hatte er eine Wohnung für den Sohn gemietet und dort ein Mitglied der Drogenbande einquartiert?

Die Warums und Abers häuften sich und verwirrten ihn. Doch er durfte ihnen nicht ausweichen. Also fragte er weiter.

War der Staatsanwalt selbst in den Fall verwickelt? Dann müssten er und Rotemeier neue Ansätze finden. Buttmei wies diesen Gedanken von sich, weil er es sich von einem so gestandenen und erprobten Staatsanwalt nicht vorstellen konnte.

Er kam nicht vom Fleck. Nicht der kleinste Vorgang, der belegen konnte, dass er etwas wissen könnte, was noch nicht in sein Bewusstsein vorgedrungen war, kam zum Vorschein. Er nahm sich jedoch vor, in den nächsten Tagen frühere Fälle, in die er in seiner aktiven Zeit verwickelt gewesen war, aus seinem Gedächtnis aufzurufen und akribisch zu durchforschen.

Er wurde müde. Die Vergeblichkeit seiner Grübeleien trug ihren Teil dazu bei. Im Bett liegend, kam ihm ein letzter Gedanke: Man muss die Wohnung des Angreifers mit einem Rauschgifthund überprüfen. Vielleicht fand der Hund versteckte Reste. ›Ich muss mit Rotemeier reden.‹ Über diesen Gedanken schlief er ein.

***

Voller Tatendrang erwachte er. Er würde mit Rotemeier sprechen, und er würde Richter Eckstein treffen. Beides musste seiner Ansicht nach sein. Also griff er zum Telefon und verabredete sich mit ihnen. Den einen würde er im Herrngartencafé treffen, den anderen am Abend in der bekannten Kneipe. Zur Vorbereitung führte er Theo ausführlich durch den Herrngarten. Nach weiteren Wegen stand ihm der Sinn an diesem Tag nicht. In das Café würde er ihn mitnehmen können, da es ein sonniger Tag zu werden versprach und sie an einem Tisch im Freien sitzen könnten.

Zur Mittagspausenzeit gingen er und Theo auf das Café zu. Die Enten schwammen streitlustig in der Sonne, die Rallen rannten hochbeinig durch die Uferwiese. Ein Reiher stand dicht an der Insel im Wasser und suchte vergeblich nach Goldfischen. Die grauen Flügel hatte er an den Körper gepresst, der lange Hals und der spitze Schnabel streckten sich und beäugten die Oberfläche des Teichs. Der Springbrunnen war noch außer Betrieb.

Hinter dem Gebäude standen die Holztische bereit, die Sonnenschirme ebenfalls. Aber sie waren nicht aufgespannt, weil die Sonne noch nicht Sommerkraft hatte und die wenigen Gäste froh waren, in der Sonne zu sitzen. Sie hatten deren Licht und Wärme lange vermisst. Der Winter war ungewöhnlich kalt und das Frühjahr ausdauernd grau und regnerisch gewesen. Die missgestimmten Menschen begrüßten jeden Sonnenstrahl wie ein Versprechen nach mehr. Nun, da die Sonne Eis und Regen und graue Wolken vertrieben hatte, atmeten sie auf.

Das Lokal lockte mit preiswerten Schnitzeltagen.

Buttmei bestellte bei dem Kellner, den er noch vom Vorjahr kannte, für sich ein Schnitzel mit Pommes frites und dazu ein Spezi, für Theo bestellte er Wasser. Das Schnitzel war groß genug, um es mit Theo zu teilen. Und hin und wieder fraß Theo auch Pommes frites. Das Schnitzel und Rotemeier kamen fast gleichzeitig. Als Rotemeier den Appetit machenden Teller sah, bestellte er ebenfalls. So wirkte das Ganze wie ein zufälliges Treffen, weil der eine hier oft spazieren ging und der andere in der Mittagspause nicht immer in der Kantine essen wollte.

Theo lag zu ihren Füßen. Nur wenn Enten auf der Wiese vorbeiwatschelten, hob er den Kopf und wäre gerne hinterher gesprungen. Der Kellner war ein Türke, der schon Jahrzehnte im Gastgewerbe der Stadt arbeitete. Seine Tracht war stets die gleiche: schwarze Hose, kurzärmeliges weißes Hemd, braune Weste. Die Geldbörse steckte in der Seitentasche der Hose und war mit einer Kette am Gürtel befestigt, im Halsausschnitt trug er ein breites Goldband. Die deutsche Kellnersprache beherrschte er, und nur ein leichter Akzent belegte seine Herkunft.

Als die Teller sich leerten, stellte Buttmei Rotemeier seine Fragen: Wurde im Wald an den anderen Teichen ebenfalls nach der Leiche gesucht? Gab es vielleicht gar keine Leiche und demnach eine Entführung? Wurden die Wohnung und die Villa nach Rauschgift untersucht? Wurden Hinweise gefunden, dass der Staatsanwalt erpresst wurde und deshalb verschwand? Zuletzt äußerte er nach einem Zögern noch die Möglichkeit, dass der Staatsanwalt bei der ganzen Sache nicht nur die Hand im Spiel habe, sondern sogar mitspiele.

Während einer Tasse Kaffee nach dem Essen versuchte Rotemeier, auf die Fragen zu reagieren. »Die

Umgebung wurde nur oberflächlich abgesucht, weil man mir bereits am nächsten Tag den Fall entzogen hat. Ich kann auch keine neue Suche veranlassen.«

»Und wenn deine Leute eine Übung veranstalten?«

»Nach dem Motto: Wie sucht man eine Leiche, weil man von einem Verbrechen weiß, aber das Opfer nicht gefunden hat? Du hast Einfälle! Je länger ich darüber nachdenke, desto mehr frage ich mich, warum ich eigentlich nicht so handeln sollte, wie du es mir suggerierst. Damit könnte ich die Anweisungen aushebeln und eine Übung gut mit der Häufung von Kindesentführungen begründen. Also wäre es sogar eine nützliche Übung für einen möglichen Ernstfall, auf den wir vorbereitet sein sollten. Ich glaube, ich werde es veranlassen! Dabei spielen die Kollegen, die für diesen Bereich zuständig sind, bestimmt mit.«

Es entstand eine Pause. Buttmei zückte seine Pfeife und bereitete sie vor.

Rotemeier schien bereits zu planen, wann er diese Übung veranstalten könnte. Dann setzte er das Gespräch fort.

»Entführung. Daran habe ich auch schon gedacht. Das könnte erklären, warum man den Fall auf eine höhere Ebene verlagert hat. Aber bisher hat es keine Anrufe mit Forderungen gegeben. Weder bei der Staatsanwaltschaft noch bei M.s Sohn sind irgendwelche Erpresserbriefe oder -anrufe aufgetaucht.«

»Das kann noch kommen.«

»Dann erfährst du es.«

»Was ist mit Rauchgiftkonsum?«

»Unwahrscheinlich. Aber ausschließen kann man nichts. Ich werde in die Wohnung des Mannes, der dir an den Kragen wollte, Suchhunde schicken. Die Villa ist versiegelt, da komme ich nicht ran.«

»Konntest du auffällige Geldbewegungen auf M.s Konto feststellen?«

»Weder bei den Eingängen noch bei den Ausgängen.«

»Das hast du noch überprüfen können?«

»Ja. Ganz so kampflos räume ich das Feld nicht.«

»Und eine Verwicklung des Staatsanwalts in einen der Fälle?«

»Ich habe zumindest überprüft, ob es außergewöhnliche Drohbriefe gab. Die Staatsanwaltschaft hat das verneint und nur von üblichen Drohungen berichtete, die regelmäßig eingehen. Das ist die eine Seite. Eine illegale Verwicklung in strafbare Aktivitäten kann ich mir bei M. nicht vorstellen. Wenn man seine Laufbahn kennt und sein Auftreten bei Prozessen, scheint das undenkbar.«

»Du sagst, es scheint undenkbar?«

Rotemeier zuckte mit den Achseln.

Sie schwiegen wiederum eine Weile, dann erklärte Rotemeier, dass er zurück an seinen Schreibtisch müsse, erhob und verabschiedete sich. Buttmei blieb noch sitzen, rauchte seine inzwischen angezündete Pfeife zu Ende, zumal Theo sein Schnitzelanteil so gesättigt hatte, dass er zufrieden zu seinen Füßen lag.

Kaum waren sie zu Hause angelangt, als das Telefon schrillte und sie in ihrer Nachmittagsmüdigkeit aufschreckte.

Rotemeier war dran und teilte aufgeregt mit, dass die Sache immer dubioser wurde. Er habe gerade erfahren, dass von Dr. M. angekündigte Haftbefehle nicht eingetroffen wären und auch in seinem Büro nicht hätten aufgefunden werden können. Da es keinen Einbruch gegeben habe, könnten sie, ähnlich wie die vermisste Prozessakte, nur von Insidern entfernt worden sein, also entweder von der ominösen höheren Stelle, die nun ermittelte oder die Ermittlungen niederschlug und wahrscheinlich auch die Akte Rotemeiers zu Buttmeis Fund am Dianateich von seinem Schreibtisch entfernt habe, oder von Maulwürfen im Präsidium, was er nicht hoffe, aber auch nicht ausschließen könne. Für die sogenannten und ungenau definierte höhere Stellen sprächen die Anweisungen, die die Vorermittler bekommen hätten und die sie zum Schweigen verpflichteten. Daher habe er auch nicht mehr erfahren können, denn schon, dass sie ihn überhaupt informiert hätten, könnte sie in Schwierigkeiten bringen. Wenn er in Erfahrung bringen könnte, wer die Telefonnummer Buttmeis an den Überfalltäter weitergegeben habe, dann wüsste er mehr. Aber er tappe völlig im Dunkeln.

Buttmei kommentierte: »Ich auch.«

Rotemeier seufzte: »Wer von denen, mit denen ich spreche, will schon seine Karriere gefährden? Und Karriere machen wollen doch alle!« Und hängte ein.

Am Abend ging er wieder den nun fast schon zur Gewohnheit werdenden Weg zur Johanneskirche und in den ›Riwwelmaddes‹. Da er bewusst etwas später aufgebrochen war, saß Eckstein bereits an seinem Stammtischplatz und erwartete ihn.

Als Buttmei sich setzte, rief er die Bedienung und sagte zu ihm: »Erst trinken wir was!«

Rasch stand der Wein dunkelrot in bauchigem Glas vor ihnen und spiegelte die Deckenlampe als zitternde Lichtreflexe. Beide drehten ihre Gläser, studierten die Farbe des Weins und prosteten sich zu.

Dann legte Buttmei die Liste, die er von Rotemeier bekommen hatte, auf den Tisch.

Nachdem Eckstein sie studiert hatte, gründlich und

mehrmals von vorn, gab er sie Buttmei zurück und erklärte zögernd: »Nach meinen Erkundigungen kommen nur zwei Fälle infrage. Der eine fehlt auf der Liste. Da geht es um eine brisante Parteispendenaffäre. Der andere gehört inzwischen nicht mehr in die direkte Zuständigkeit von Dr. M., nämlich eine weitreichende Drogengeschichte, bei der die Drogenmafia beteiligt ist und von der eine Spur zum Sohn des Staatsanwalts führt. Darum hat er den Fall abgegeben oder abgeben wollen. Ob er ihn wirklich abgegeben hat, bringe ich in Erfahrung.«

Als ihm Buttmei von den verschwundenen Akten und Haftbefehlen berichtete, rümpfte er die Nase und wurde eine Weile schweigsam. Er beendete das Schweigen mit dem Satz: »Das ist nicht gut, das ist gar nicht gut!«

Eckstein war jedoch nicht der Mensch, der sich lange die Laune verderben ließ. So klang der Abend trotz aller Nachdenklichkeiten fröhlich aus, und sie liefen mit etwas schweren Knien noch ein Stück gemeinsam und erklärten sich beim Abschied: »Wir schaffen das!«

Die Tage darauf blieben ruhig. Theo und Buttmei verbrachten sie mit kleinen Abwechslungen, Spaziergängen da und dort, vor allem aber in Umgebungen, die nicht abseits lagen und menschenleer waren. Theo musste mehr oder weniger an der Leine bleiben. Sein Herr hatte daher viel Geduld mit ihm, blieb an jedem Ort stehen, den Theo meinte, beriechen oder gar markieren zu müssen. Nur selten zog er ihn weiter, weil er es als Frevel empfand, wenn er sich an Bauwerken verging, die in der Stadt zur Kultur oder zum Kult gehören. So geschah es auf dem Weg über die zum Stolz der Darmstädter gehörende Mathildenhöhe.

Buttmei erklärte Theo: »Heute machen wir in Kultur. An solchen Orten schlägt mir keiner auf den Kopf, und keiner entführt dich. Solche Menschen finden nicht dorthin.«

Sie nahmen den Weg hinter dem Darmstadtium aufwärts durch das grünende Gehölz und an den aufgestellten Plastiken vorbei. Er erinnerte sich aus seiner frühen Kindheit an die bedrohlich aufgetürmte Gefängnismauer und an die Eisfabrik, die das Eis in langen Stangen produzierte und auf Pferdewagen durch die Stadt transportierte. Da es in den Haushalten keine Kühlschränke gab, kauften die Leute die Stangen, wickelten sie in Tücher, um den Schmelzprozess zu verzögern, legten sie in die Keller und kühlten dort Verderbliches oder Getränke, bis das Eis geschmolzen war. Schwere Pferde mit kräftigen Hufen und stampfenden Beinen und vor Schweiß dampfenden Körpern zogen die Wagen. Er hatte weiße, flatternde Mähnen und hellbraune Körper im Gedächtnis und hörte noch das laute Dröhnen der Hufeisen im Kopfsteinpflaster. Hinter dem Wagen lief eine dünne Spur aus Wassertropfen. Beim Ausladen fiel dann und wann eine Eisstange herunter und zerbrach. Dann rannten sie hin, hoben Stücke auf, die in ihre kleinen Fäuste passten, und lutschten sie. In der Erinnerung schmeckten sie besser als das Eis aus den Salons in der City …

Sie liefen an der Wiese entlang zwischen den Villen und dem Gras bergauf. »Theo, wenn wir hier wohnten, wäre ich kein Ex-Kommissar und du kein Bastard.«

Auf diese Weise versuchte er dem Hund immer wieder allerlei zu erklären, obwohl er eigentlich wusste, dass der auf diese Sätze nicht hörte, solange sie nicht etwas ankündigten, was er kannte und was mit Fressen,

Spazierengehen oder hundefreundlichen Events zu tun hatte. Aber Theo war nun einmal sein einziger regelmäßiger Gesprächspartner und musste ihm zuhören, ob ihn die Sätze interessierten oder nicht. Das tat er auch geduldig und aus Gewohnheit. Es waren also eher Selbstgespräche. Doch sie einfach in die Luft zu reden ohne ein Gegenüber, das zuzuhören schien, wäre für Buttmei frustrierend gewesen. So stapften sie also den Hügel hinauf, der eine neben dem andern und fast im Gleichschritt.

Oben erwartete Buttmei das Aha-Erlebnis aller Menschen, die hier heraufkamen und sich nicht auf der Durchquerung des Ortes in Richtung Arbeitsplatz befanden. Die Goldkuppeln der russischen Kapelle. Die fünf Finger des Hochzeitsturmes, die sich in den Himmel reckten, als regierten sie die Stadt. Der Platanenhain mit seinen Figuren aus einer exotischen Märchen- und Traumwelt. Die zurückgestutzten Bäume wirkten wie Spiegelbilder dazu. Ihre nackten Stämme, von denen sich große Rindenstücke lösten, und das unnatürliche Geflecht der Äste schienen ebenfalls aus fernen und fremden Welten zu kommen.

Sie gingen auch den obligatorischen Weg zu den Jugendstilhäusern. Buttmei betrachtete in aller Ruhe die Eingangstore im Klinkermuster des Behrenshauses und über der Treppe, die in die Akademie für Sprache und Dichtung führte. Das eine von düsterer und hochgereckter Strenge in Dunkelgrün und dunklem Weinrot. Das andere ein breitmäuliger heller Eingang mit kleinen Golddekorationen und einem Tor voller Schwung und Bewegung.

Vom Brunnenrund aus, das gegenüber dem Gebäude der Akademie seinen Kreis zog und mit einem Brunnen und seinen Funktionen nichts mehr gemeinsam hatte, betrachtete Buttmei die drachenköpfigen Regenrinnen, die Baumornamente in der Hauswand und den Giebel. Als Theo an den Brunnensteinen das Bein heben wollte, zog er ihn an der Leine weg und rief: »Theo, das ist ein Kunstwerk!«, so dass der Hund warten musste, bis er im Schatten des Ernst-Ludwig-Hauses seinen Herren zu einem Gebüsch dirigieren konnte.

Bevor sie sich auf den Rückweg begaben, blieb Buttmei vor dem Prunkeingang in das Jugendstilmuseum stehen und besah das Portal und die beiden Steinfiguren links und rechts von der Treppe, die ihren Zweck verloren hatten, weil der Eingang verschlossen blieb und ebenfalls nur noch Teil eines Kunstwerkes war. Die Figuren waren neben dem verspielten Torbogen mit Ornamenten und Goldfärbungen zu mächtig geraten. Durch sie geriet eine Vorahnung der pathetischen Zeit, die wenige Jahrzehnte später folgen und alles im Land beherrschen sollte, in den Jugendstil hinein.

Die Bemerkung des Bildhauers im ›Riwwelmaddes‹ kam ihm in den Sinn. Wahrscheinlich hatte er Recht, dass alle diese Gebäude und ihre Verzierungen nicht vorhanden wären, wenn es damals bereits Bürgerinitiativen gegeben hätte. Immerhin gab es aus den Jahren Leserbriefe von Bürgern, die meinten, am Sonntag mit ihren Töchtern nicht mehr an dem festlichen Haus vorbeigehen zu können, weil sich links vom Portal ohne jede Scham ein riesiger nackter Mann reckte.

Wieder an dem Brunnenplatz vorbeigehend, fand er allerdings auch, dass der durch den Krieg freigebombte Blick von dort zum gesamten Ensemble der Mathildenhöhe zu schön war, um wieder verbaut zu werden.

Dann stapften sie davon und freuten sich beide, dass ihr Weg bergab führte.

Vor dem Haus, in dem sie wohnten, begegneten sie dem Mann, der ihnen immer wieder auffiel, weil er betont langsam einen Fuß vor den anderen setzte, so langsam, dass es aussah, als setzte er den rechten Fuß nach links und den linken nach rechts. Er trug stets eine Einkaufstasche und bewegte auch sie im Zeitlupentempo vor sich hin und her. Die linke Schulter ließ er nach unten hängen, obwohl er die Tasche in der rechten hielt. Er sah zu Boden und wirkte in sich gekehrt und einsam. Es machte den Eindruck, als müsste er bei jedem Schritt nachdenken und entscheiden, ob er sich auf dem richtigen Weg befand. Wenn ihm jemand auf dem Bürgersteig entgegenkam, wich er aus, selbst wenn es nicht erforderlich war.

Buttmei streichelte Theo über den Kopf und sagte zu ihm: »Ich habe immerhin dich.« Lob verstand Theo und schwänzelte.

In der Wohnung angekommen, las Buttmei seine Notizen durch und schlug sich an die Stirn: »Ich habe die Telefonnummer, die mich Eckstein auswendig lernen ließ, vergessen. Hoffentlich fällt sie mir ein.« Er nahm ein Blatt und schrieb Zahlenreihen, die ihm einfielen, korrigierte sie, ließ sich Zeit zum Nachdenken, korrigierte sie wieder. Eselsbrücken, die er sich beim Auswendiglernen gemacht hatte, fielen ihm wieder ein. Schließlich war er überzeugt, die richtige Nummer gefunden zu haben, und wählte sie.

Nach längerem Ertönen des Freizeichens wurde abgehoben und eine Stimme sagte: »Ja?«

Buttmei nannte seinen Namen und fing an zu erklären, wer er sei.

»Buttmei – den Namen kenn' ich. Ich weiß, wer Sie sind. Sie haben in der Branche immer noch einen guten Ruf. Was wollen Sie von mir?«

»Ich möchte mit Ihnen sprechen.«

»Worüber?«

»Über Dr. M.«

Am anderen Ende der Leitung entstand eine Pause. Dann folgte die Frage. »Wer hat Ihnen meine Telefonnummer gegeben?«

»Ein guter Freund. Der Name tut nichts zur Sache.«

»Das ist mir zu wenig!«

»Ein zuverlässiger Freund.«

»Auch das reicht mir nicht.«

»Er ist Richter hier am Amtsgericht und …«

Der andere fiel ihm ins Wort: »Dann weiß ich, wer es ist.«

»Und?«, fragte Buttmei.

»Wir müssen uns treffen.«

»Jederzeit und an jedem mit öffentlichen Verkehrsmitteln erreichbaren Ort.«

»Kennen Sie das Literaturhaus?«

»Kenn' ich.«

»Morgen Abend. Seien Sie nach neun Uhr in der Passage zum hinteren Eingang. Da kann man uns nicht beobachten, weil es dort dunkel ist und um die Tageszeit niemand in diese Sackgasse einbiegt.«

»Ich komme.«

»Nehmen Sie sich Zeit. Ich tauche erst auf, wenn ich sicher bin, dass Ihnen niemand gefolgt ist.«

»Und wenn Ihnen jemand folgt?«

»Ich bin sehr geübt im Abschütteln von Verfolgern.«

»Kann ich meinen Hund mitbringen?«

»Das kann zur Täuschung von Beobachtern beitragen. Also bringen Sie ihn mit. Es sei denn, er will mich verbellen oder beißen.«

»Er ist solche Situationen gewöhnt und, solange Sie mich nicht angreifen, auch sehr gehorsam.«

»Gut!«

»Und Ihr Telefon?«

»Ist abhörsicher!«

»Bei meinem bin ich mir nicht ganz sicher.«

»Dann verabreden wir uns zu einem anderen Zeitpunkt. Rufen Sie mich aus einer Telefonzelle an.«

»Mach' ich.«

Nachdem das Gespräch beendet war, klopfte Buttmei bei seinem Wohnungsnachbarn und bat ihn unter dem Vorwand, die Leitung an seinem Telefonhörer sei offensichtlich gebrochen, anrufen zu dürfen.

Die ihm nun bekannte Stimme meldete sich: »Ja?«

»Hier Buttmei. Ich rufe von einem Nachbarn aus an und wollte das vereinbarte Treffen bestätigen.«

»Gut. Dann gehen Sie jetzt in Ihre Wohnung zurück, rufen Sie mich erneut an und sagen das Treffen ab, weil sich die Sache erledigt hätte. Falls Ihr Telefon abgehört wird, können wir danach unbesorgt unsere Verabredung wahrnehmen. Alles andere bleibt, wie wir es besprochen haben.«

Buttmei bedankte sich bei seinem Nachbarn, ging in sein Domizil zurück und befolgte die Anweisungen. Danach lehnte er sich behaglich in seinen Sessel zurück. Aktionen wie die gerade durchgeführte waren nach seinem Geschmack. Sie beflügelten seine Fantasie und seinen Spürsinn. Es war also zu erwarten, dass er den Abend mit einer genüsslich gerauchten Pfeife und einem oder zwei Glas Rotwein beenden würde.

***

Als es am nächsten Abend dunkel wurde, erklärte er Theo zu dessen Überraschung: »Wir gehen aus!«

Der Hund hatte sich bereits in seinen Korb gekringelt und erwartete einen geruhsamen Abend, vielleicht auch einen Abend, an dem sein Herr verschwand und spät und meist fröhlich, manchmal sogar vor sich hin summend, wiederkehrte. Er erhob sich langsam, schüttelte sich, als er auf seinen vier Beinen stand, und wartete darauf, dass es losging.

Sie gingen zu Fuß. Buttmei blieb öfter stehen, sah sich um, drehte auch im Laufen immer wieder den Kopf nach hinten, als suche er etwas. Einmal zog er Theo sogar in eine Torhalle, wartet dort einige Zeit und spähte nach allen Seiten, als sie zur Straße zurückkamen.

Dieses Vor und Zurück kannte Theo nicht, und es nervte ihn, so dass Buttmei immer stärker an der Leine ziehen musste. Schließlich erreichten sie den Zielort: das Literaturhaus. Zunächst gingen sie zwischen dem Parkplatz des griechischen Restaurants und dem Haus auf und ab, dann, nachdem er müde Beine bekam, zog er Theo zu dem nahen Brunnenbecken und setzte sich dort auf die Steinplatten, die das Rund um das wasserlose Becken markierten. Er sagte, mehr zu sich, aber auch zu Theo: »Wir müssen Geduld haben.«

Sie richteten beide ihre Augen auf Bewegungen, die sich um sie her ausmachen ließen. Es waren fast nur die auf der breiten Straße nach beiden Seiten fahrende Autos. Sie kamen mit weißen und blendenden Lichtern auf sie zu, und andere fuhren mit roten Lichtern von ihnen weg. Wenn Buttmei einen Moment die Augen schloss und wieder öffnete, verknüpften sich die Lichter zu weißen und roten Bändern, die vorübergezogen wurden. Straßenbahnen donnerten in regelmäßigen Abständen über die Schienen. Das Geräusch, das sie verursachen, wirkte wesentlich lauter als am Tag. In dem Hochhaus gegenüber brannten noch einige

Lichter, ansonsten reckte es sich dunkel in die Nacht und versuchte, den Eindruck, ein Haus in einer Großstadt zu sein, zu verstärken. Dasselbe versuchten einige Lichtreklamen mit ihren gelben, blauen und roten Leuchtstäben.

Nur wenige Fußgänger hasteten an ihnen vorüber, meist mit gesenktem Kopf, als suchten sie den Weg durch die Dunkelheit. Ihrer Körperhaltung war anzusehen, dass sie nicht gern allein auf den zu dieser Zeit fast menschenleeren Bürgersteigen unterwegs waren. Buttmei sah ihnen nach, aber keiner richtete seine Augen auf die beiden Brunnenfiguren, und keiner drehte sich noch einmal nach ihnen um.

Der Verkehr ebbte ab, und sie saßen immer noch da. Sie konnten nun die Autos, die vorüberfuhren, zählen, die Straßenbahnen kamen nur noch in langen Abständen vorübergehuscht mit ihrem fahlen Gelb und den hell erleuchteten Fenstern. So weit man in sie hineinblicken konnte, saßen nur wenige Fahrgäste in den Wagen.

Die einzige wiederkehrende Bewegung ereignete sich bei den Ampeln, die unverdrossen ihr Grün, Gelb, Rot strahlten, als müssten sie auch in den leeren Straßen immer noch den Verkehr regeln.

Dann kam eine Gestalt aus der Dunkelheit direkt auf sie zu, ging dicht an ihnen vorüber, machte eine kaum erkennbare Geste, dass sie ihr folgen sollten, und verschwand in der Sackgasse vor dem Literaturhaus. Buttmei sah sich um. Nicht ein Fußgänger lief auf den Bürgersteigen. Er erhob sich, zog den inzwischen zu seinen Füßen eingeschlafenen Theo hinter sich her und bog ebenfalls in den völlig im Dunkeln liegenden Gang ein.

Der andere Mann saß auf der kleinen Mauer gegenüber des Hauses, so tief in die Nachtschwärze geduckt, dass Buttmei ihn kaum entdecken konnte. Als sie vor ihm standen, erhob er sich und reichte ihm die Hand. Namen nannte er keinen, sprach auch keinen Gruß aus, sondern forderte ihn auf, sich zu ihm auf die Mauer zu setzen.

Als sie saßen, begann ein geflüstertes Gespräch:

»Danke, dass Sie gekommen sind«, eröffnete Buttmei das Treffen.

»Wenn ich nicht wüsste, wer Sie sind und dass man sich auf Sie verlassen kann, wäre ich nicht gekommen.«

»Sind Sie ein Kollege?«

Auf diese Frage erhielt Buttmei keine Antwort. Auch nicht auf die zweite Frage, die er anschloss: »Sind Sie ein verdeckter Ermittler?« Soweit er es in der Dunkelheit beobachten konnte, zuckte der andere nur mit den Achseln und gab Buttmei statt einer Antwort zu verstehen, dass er wisse, worum es gehe: »Ich habe meine Informanten und habe mich erkundigt.«

»Können Sie mir helfen, eine Spur zu finden?«

»Ich kann Ihnen nur raten, sich mit dem Sohn des Staatsanwalts in Verbindung zu setzen.«

»Haben Sie die Adresse?«

»Die müssen Sie selbst herausbekommen.«

»In Frankfurt?«

»Ja. – Alles, was ich Ihnen jetzt sagen kann, ist, dass es um Drogenhandel geht, in großem Stil.«

»Warum wird Kommissar Rotemeier dann so energisch am Ermitteln gehindert?«

»Hat Rotemeier Sie in den Fall hineingezogen?«

Jetzt schwieg Buttmei.

»Sie haben die Kleider und die Mappe gefunden: Sind Sie deshalb in den Fall eingestiegen?«

»Das war sozusagen Kommissar Zufall.«

»Dann hoffen Sie ruhig weiter auf Zufälle.«

»Das dauert mir zu lange.«

»Was ich von Ihnen gehört habe, spricht durchaus dafür, dass Sie Geduld haben können und sehr hartnäckig sind.«

»Vielleicht bin ich als Pensionär weniger geduldig.«

Der andere lachte und antwortete dann auf Buttmeis Frage: »Außerdem ist Geldwäsche ebenfalls in ganz großem Stil im Spiel.«

»Haben die obersten Behörden damit zu tun?«

»Die Behörden nicht.«

»Die Politik? Das Ministerium?«

»›Die Politik‹ ist zu viel gesagt. Politiker sind involviert und mit ihnen eine Partei.«

»Welche Partei?«

»Das werden Sie von mir nicht erfahren.«

»Aber Parteien schicken doch keine Totschläger aus und entführen keine Staatsanwälte!«

»Das nicht. Doch die Geschäftspartner sind wenig zimperlich.«

»Bis hin zur Entführung eines Staatsanwalts?«

»Ob es eine Entführung war oder noch ist, wird sich erst herausstellen.«

»Und wer soll das ermitteln?«

»Sie, zum Beispiel.«

»Das war jetzt ein Witz?«

»Nein.«

»Dann werde ich also weiter meine Nase in die Sache stecken müssen«, reagierte Buttmei in einer Mischung aus Frageton und Entschlossensein.

»Aber seien Sie vorsichtig. Vorsichtiger, als Sie je in einem Fall waren. Die Hintermänner des Überfalls auf Sie gehören zu den Geldwäschern. Einerseits wollen die zwar kein Aufsehen und vermeiden jedenfalls hier bei uns auffällige Aktionen, aber wenn man ihnen zu nahe kommt, sind sie brutal und skrupellos. Auf deren Konto geht bereits mehr als ein Mord, und vor der Beseitigung eines Privatiers scheuen die schon gar nicht zurück.«

»Wie merke ich, dass ich ihnen zu nahe komme?«

»Einen Vorgeschmack haben Sie ja schon bekommen! Jetzt ist zunächst der Attentäter übel dran. Versager, die auch noch Spuren hinterlassen, werden in der Organisation nicht nur nicht geduldet, sie werden drastisch bestraft.«

»Mehr kann ich von Ihnen nicht erfahren?«

»Wenn ich mitkriege, dass Sie denen zu nahe gekommen und in Gefahr sind, werde ich Sie warnen lassen.«

»Wie wollen Sie mich warnen?«

»Das werden Sie schon merken.«

»Danke im Voraus.«

»Hatten Sie schon einmal mit Colinari zu tun?«

»Den habe ich hinter Gittern gebracht. Aber das liegt einige Zeit zurück. Hat er mit dem Fall zu tun?«

Wieder bekam Buttmei keine Antwort.

Sie saßen noch einen Augenblick schweigend nebeneinander. Dann verabschiedete sich der andere mit der Bitte, eine Weile zu warten, bevor auch sie aufbrächen, und verschwand in der allmählich feucht werdenden Nacht. Buttmei nahm sich noch auf der Mauer sitzend vor, den Sohn aufzuspüren und zu befragen.

Als er zur Straße zurückging, lag sie leer da. Der Asphalt glänzte in der Luftfeuchtigkeit, und die Ampeln beteten immer noch ihr Grün-Gelb-Rot in die Straßenschluchten. Theo trottete hinter ihm her.

Zwei junge Kerle in Jeans und Kapuzensweaters kamen auf ihn zu, sahen sich gegenseitig an, bauten sich dann vor ihm auf: »Alter, du hast doch sicher ein Handy! Das brauchst du nicht, oder?«

Der Unterton klang drohend, sie schoben auch bereits die Jackenärmel über die Unterarme hoch, er sah im Licht der nächsten Laterne die Tätowierungen und sagte leise, aber bestimmt: »Haut ab!«

Nach kurzem Staunen hoben sie die Fäuste. In dem Augenblick schoss Theo knurrend hinter ihm hervor und stellte sich auf die Hinterbeine. Nur die Leine hielt ihn noch zurück. Als die beiden den Hund vor sich stehen sahen, in einer drohenden Haltung und an der Leine ziehend, ergriffen sie die Flucht.

»Das haben wir gut gemacht, Theo!«, kommentierte Buttmei den Vorfall, und sie liefen die Kasinostraße weiter nordwärts, bogen dann zur Klinik ab. Die Gebäude lagen im Nachtschatten, nur wenige Fenster waren erleuchtet. Die Straßenlampen wirkten matt. Von den Dächern sah man nur Umrisse. Die Torhallen gähnten wie schwarze Löcher. Das Pflaster war noch grauer als sonst. Die Schienen der Tram lagen nutzlos und matt glänzend auf der Straßenmitte. Die Stimmung hatte etwas Trostloses und war nicht dazu angetan, unterwegs zu sein.

Als sie in das eigene Viertel kamen und weit und breit kein anderes Lebewesen vorhanden zu sein schien, ließ Buttmei Theo von der Leine. Sie kannten beide das Terrain gut, hatten irgendwie das Gefühl, dass sie in ihrem Element waren. Während Theo von Baum zu Baum rannte, holte Buttmei seine Pfeife aus der Tasche, rauchte, bewegte sich nur langsam weiter, blieb auch stehen und wartete auf den herumstreunenden Hund.

Plötzlich huschte ein Schatten unter einem parkenden Auto hervor, rannte über die Straße, und Theo sauste hinter ihm her. Beide verschwanden in der Dunkelheit. Eine Katze konnte es nicht sein, dazu war das Tier zu schlank und zu schnell. ›Ein Marder‹, schoss es Buttmei durch den Kopf.

Was nun? Theo war erst einmal weg. Er hörte auch kein Hecheln mehr und kein Bellen. Die Nacht hatte ihn mit dem Tier, das er jagte, verschluckt. Da Buttmei annahm, dass der Marder schneller und wendiger war, verharrte er auf der Stelle und wartete auf Theos Rückkehr. Er rauchte seine Pfeife zu Ende. Keine Spur von Theo. Er blieb verschwunden. Ihm wurde kalt, er lief auf und ab, fing an zu suchen und blieb immer wieder stehen, um Geräusche auszumachen. Die Nacht lag still und reglos. Dunkelheit stellte schon nach wenigen Metern eine Wand zwischen ihn und das weitere Terrain. Sorge und Ärger beschäftigten ihn gleichermaßen. Dann gab er auf. Das Haus, in dem sie wohnten, war nur zwei Ecken weit entfernt. Theo kannte den Weg und würde ihn finden, wenn die Jagd zu Ende war. Er lief los.

Vor dem Haus blieb er stehen, ging zurück zu der Stelle, an der er Theo verloren hatte, dann wieder zum Haus. Er bewegte sich langsam, um Theo Zeit für das Zurückkommen zu lassen. Es rührte sich nichts. Er schloss die Tür auf, blieb erneut eine Weile in der geöffneten Türe stehen. Keine Bewegung störte die Dunkelheit, die die Nacht über die Straße breitete.

Er stapfte die Treppe hoch, betrat die Wohnung und wärmte sich erst einmal auf. Selbst die Lust auf sein allabendliches Glas Rotwein war ihm vergangen. Er öffnete das Fenster zur Straße und rief leise: »Theo!« Das wiederholte er.

Schließlich gab er auf. Er beruhigte sich damit, dass Theo das Viertel gut kannte, setzte sich in seinen Sessel, wickelte sich in eine Decke, weil er das Fenster trotz der kühlen Nachtluft offen ließ, um Theo zu hören, falls er zurückkehrte und sich an der Haustür bemerkbar machen würde. Er lauschte und nickte ein, wachte wieder auf und lauschte und nickte wieder ein.

Als er wieder durch den nach vorn fallenden Kopf geweckt wurde, hörte er ein Winseln. Er warf die Decke weg, lief zum Fenster und rief: »Theo?« Im Laternenschein sah er ihn tatsächlich, zuerst die weißen Fellteile, dann die erhobene Schnauze. Er war es. So schnell, wie seine Knie es zuließen, eilte er die Treppe hinunter und ließ Theo ein. Der war offensichtlich noch erschöpfter als er, sprang weder an ihm hoch, noch wedelte er mit dem Schwanz und hatte sichtlich Mühe, die Treppenstufen zu erklimmen.

Im hellen Deckenlicht des Zimmers sah er, dass er mehrere Bisswunden hatte und dass Teile des Fells Blutspuren aufwiesen. Er gab ihm zu trinken. Theo schlapperte sichtlich ausgedurstet zwei Schüsseln leer. Währenddessen besichtigte Buttmei die Wunden. Sie wirkten zwar nicht sehr gefährlich, aber man sah die Spuren der Marderzähne und das sickernde Blut.

Also holte er ein Taschentuch – etwas anderes fiel ihm nicht ein –, machte es nass, sagte zu Theo energisch: »Das musst du jetzt aushalten!«, reinigte die Wunden, holte aus dem Bad ein Desinfektionsmittel und reinigte sie damit noch einmal. Bei dieser Prozedur zuckte Theo heftig, aber er hatte ihn im Genick gepackt und ließ ihn nicht los. »Das ist die Strafe für dein Abhauen. Sei froh, dass du gegen Tollwut geimpft bist!«

Dann legte er eine zusätzliche weiche Decke über Theos Schlafkorb und beobachtete, wie der Hund eine Lage suchte, in der ihm die Bissstellen nicht wehtaten.

Als er sie gefunden hatte, schlief er überraschend schnell ein. Buttmei fiel genauso erschöpft in sein Bett und schlief ebenfalls schnell ein. Beide schliefen bis in den Vormittag hinein.

Die Überprüfung der Wunden ergab nichts dramatisch Schlimmes. Er reinigte sie ein zweites Mal und verordnete Theo für diesen Tag Hausarrest. Damit wollte er vermeiden, dass sich die Wunden doch noch entzünden würden.

***

Buttmei nutzte den Tag für mehrere Telefonate. Da er ein Telefonmuffel war, brauchte es solche Zwänge wie diesen: tatenlos im Haus bleiben zu müssen und zum Hörer zu greifen, um Beschäftigung zu haben, die die Zeit schneller vergehen ließ.

Zuerst rief er den Tierarzt an, damit er Theo untersuche. Der bestellte ihn für den nächsten Tag. Dann wählte er die Nummer seines Freundes Neumann. Ihn bat er um die Adresse des Sohnes von Staatsanwalt Dr. M. und meinte, Rotemeier solle zunächst nichts von diesem Versuch der Kontaktaufnahme erfahren. Er fragte Neumann auch nach dem verdeckten Ermittler, den er am Abend vorher getroffen hatte. Doch Neumann wusste nichts.

Das Gespräch war kurz. Im Präsidium war allerhand los. Buttmei fragte nicht, was los war, und war zufrieden, dass Neumann am Nachmittag zurückrufen wollte, um ihm die gewünschte Adresse mitzuteilen.

Nun wählte er Rotemeiers Nummer. Er bekam mit, dass Rotemeier irgendwelche Leute aus dem Zimmer schickte, um ungestört mit ihm sprechen zu können.

»Buttmei, was ist? Hast du was Neues?«

»Noch nicht. Und du?«

»Wir haben die Wohnung des Angreifers noch einmal untersucht. Dem Verhalten der Drogenhunde nach haben sich dort wahrscheinlich größere Mengen Drogen befunden. Aber mehr als kleine und kaum verwertbare Partikel sind nicht zurückgeblieben. Deine Vermutung, dass Drogen im Spiel waren, hat sich also bestätigt.«

»Das habe ich erwartet.«

»Du weißt also doch mehr, als du mir mitteilst.«

»›Wissen‹ ist zu viel gesagt. Wenn ich wirklich etwas weiß, erfährst du es als Erster.«

»Keine Alleingänge!«

»Ich habe nicht vor, ein unkalkulierbares Risiko einzugehen.«

»Gut. Ich habe nicht viel Zeit. Hier brummt gerade das Geschäft. Ich lade dich ein, übermorgen früh an den Kalkofen. Dort wird eine umfangreiche Suchübung stattfinden. Eine Übung mit allem Drum und Dran: Suchtrupps, Suchhunde, Taucher, Wärmebildkamera. Du wirst deine Freude daran haben.«

»Und wenn ihr nichts findet?«

»Mein Bauchgefühl sagt mir, dass wir was finden werden.«

»Das kann täuschen«, gab Buttmei zu bedenken.

»Es ist nur eine Übung«, konterte Rotemeier.

»Ich werde da sein.«

»Bis dann!«

Da er schon einmal beim Telefonieren war, rief er Anne an, die Tochter seines so tückisch ermordeten Freundes, die er während der Aufklärung des Falles und auch später oft besucht, inzwischen jedoch eine lange Zeit nicht gesehen hatte. Sie hatte inzwischen Hinterhimmelsbach verlassen. Seit dem gewaltsamen

Tod ihres Vaters hatte sie keine Bindungen mehr an das Dorf, zudem ihr manche Einwohner immer noch nachtrugen, dass seit Generationen am Ort verwurzelte Einwohner vor Gericht kamen und zu Gefängnisstrafen verurteilt wurden, weil sie in den Mord an ihrem Vater verwickelt waren. Gerechtigkeit begann erst jenseits des Dorfes. Im Dorf galten andere Spielregeln. Jedenfalls unter den sogenannten Ureinwohnern. »Einen Hinterhimmelsbacher zeigt man doch nicht an!«, lautete die Dorfdevise.

Da sie sich nicht an diese Regel gehalten hatte und außerdem auch nicht zu den Ureinwohnern gehörte, grüßten viele sie nicht mehr oder gingen ihr aus dem Weg, um nicht von ihr angesprochen zu werden. Anne wollte nicht länger hier leben, verkaufte das Haus. Ließ sich auch nicht davon abhalten, dass der Immobilienmarkt sich in Schwierigkeiten befand und sie unter Wert verkaufen musste. Dem Odenwald und seiner Landschaft blieb sie jedoch treu. Ein Umzug in die Stadt, auch in die städtischen Gemeinden in den Tälern der Region, kam nicht infrage.

Vom letzten Telefonat wusste Buttmei, das sie bei Freunden in einer Einliegerwohnung in Affhöllerbach lebte und wartete, bis sich ein nicht zu großes Haus fand, das ihr zusagte und das sie kaufen würde. Sie lebte nun also noch dichter an der Landschaft, in einem Seitental, dem Waldgürtel zu auf einer Anhöhe. Nach wenigen Schritten konnte sie in freier Landschaft durchatmen, war auch nach ein paar zusätzlichen Schritten im Wald und fand dort Wege, auf denen sie, wenn sie allein sein wollte, keinem Menschen begegnete.

Buttmei, dem das alte Haus vertraut war, fand es traurig, dass sie die liebevoll und individuell eingerichteten Räume und die beneidenswerte Lage mitten in der Natur aufgegeben hatte. Doch er verstand auch, dass sie den bedrückenden Erinnerungen an den Tod des Vaters und der belastenden Stimmung im Dorf entkommen wollte.

Schon während er ihre Nummer gewählt hatte, hatte er große Lust verspürt, sie in der neuen Umgebung zu besuchen und auf den ländlichen Wegen zwischen Feld und Wald und zwischen weiten Aussichten und auf versteckten Holzwegen geborgen zu sein, als schlüge die Landschaft einen schützenden Mantel um ihn. Aber solange der aktuelle Fall nicht abgeschlossen war, würde er – so meinte er jedenfalls – nicht die Zeit und die innere Ruhe dafür finden. Er ahnte nicht, dass er schneller dort sein würde, als er jetzt vermutete, und noch bevor der Fall gelöst war.

Anne Weber freute sich, als sie seine Stimme vernahm, wunderte sich gleichzeitig, dass er von sich aus anrief, und fragte: »Hast du Sehnsucht nach mir?«

»Irgendwie schon, aber ich bin sehr beschäftigt.«

»Du hast also einen neuen Fall!«

»Ja, aber ohne mein Zutun.«

»Wie immer.«

»Wie meinst du das?«

»Die Fälle, in die du verwickelt wirst, finden doch in der Regel dich und nicht du sie.«

»Das kann man so sehen.«

»Worum geht es dieses Mal?«

»Das kann ich dir nicht sagen.«

»Ist es so schwierig oder sogar gefährlich?«

»Beides. Aber frag nicht weiter danach. Wenn der Fall gelöst ist, erfährst du alles, und zwar von mir persönlich auf den Wegen rund um das Dorf, in dem du jetzt lebst.«

»Dann hoffe ich, dass es nicht zu lange dauert.«

»Auch dazu vermag ich nichts zu sagen.«

»Du tappst also im Dunkeln?«

»Lass uns von etwas anderem reden. Wie fühlst du dich in Affhöllerbach?«, lenkte er das Gespräch in andere, ihm angenehmere Bahnen.

»Sehr gut! Die Landschaft ist traumhaft schön, der Wald ist nahe und noch sehr ursprünglich. Wanderer verirren sich selten dorthin. Die Leute sind freundlich. Nur die Verkehrsanbindung ist nicht ideal. Aber ich bin ja noch gut zu Fuß.«

»Das klingt verlockend und macht mich neugierig.«

»Ich schicke dir eine Postkarte und beschreibe dir, wie du hierher kommst.«

»Ich werde sie hinter den Spiegel stecken.«

»Hinter welchen Spiegel?«

»Im Bad. Ich habe doch nur den einen.«

»Und wie geht es Theo?«

»Wenn er nicht letzte Nacht unbedingt mit einem Marder hätte kämpfen wollen, ginge es ihm sehr gut.«

»Ist er verletzt?«

»Ein paar Bisswunden.«

»Ist er gegen Tollwut geimpft?«

»Ja.«

»Hat er Fieber?«

»Nein!«

Anne blieb hartnäckig: »Wo ist er gebissen worden?«

»Unterhalb der Schnauze, über den Vorderbeinen auf beiden Seiten und am Bauch. Aber die Wunden sind nicht sehr tief. Ich habe sie gründlich gereinigt und desinfiziert.«

»Nimmst du es nicht zu leicht?«

»Morgen früh gehen wir zum Tierarzt.«

»Ruf mich an, wenn etwas mit ihm ist. Er kann jederzeit zu mir in die Pflege kommen.«

»Das weiß ich.«

»Du auch.«

»Das habe ich Gott sei Dank nicht nötig«, protestierte er.

»Dann zum Verwöhnen.«

»Das gefällt mir besser.«

Sie verabschiedeten sich, und Anne bat ihn noch, auf sich und auf Theo aufzupassen.

Am Nachmittag rief Neumann an und diktierte ihm die Frankfurter Adresse und Telefonnummer des Sohnes von Dr. M. Am Ende des Gesprächs verlangte er die Zusage Buttmeis, keinen Alleingang zu machen, und bot an, als dieser erklärte, Rotemeier wolle er zum jetzigen Zeitpunkt nicht dabei haben, unauffällig in Zivil in der Nähe zu sein. Buttmei zögerte, aber Neumann war hartnäckig, und er sagte es ihm zu.

Bei Neumann konnte er sich sicher sein, dass er sich zurückhält und nur eingreifen wird, wenn es dringend erforderlich ist. Außerdem kannte er Neumanns Begabung, sich unsichtbar zu machen. Sie hatten lange zusammengearbeitet und kannten daher ihre Eigenarten und ihre Stärken und Schwächen. Neumann hatte noch einige Zeit im aktiven Dienst abzuleisten. Inzwischen zählte er jedoch nicht mehr die Jahre, sondern die Monate. »Dann komme ich zu Ihnen und arbeite in Ihrer Detektei mit«, hatte er im Scherz gesagt.

Jetzt, nachdem er sich mit Jan Rotemeier duzte, fiel ihm auf, dass er und Neumann nie auf den Gedanken gekommen waren, sich zu duzen. Sie hatten es trotz ihrer engen Zusammenarbeit nicht für nötig gehalten, weil sie sowieso viel Vertrauen zueinander hatten und überdies ein ungetrübt gutes menschliches Verhältnis.

Irgendwie brauchten sie das gegenseitige Du nicht. Buttmei überlegte, ob er ihm jetzt das Du anbieten sollte oder erst an dem Tag, an dem Neumann aus dem aktiven Dienst ausscheiden würde. Zu solchen Anlässen wurden die Veteranen zuverlässig eingeladen und mit Häppchen und Alkohol traktiert. Wer Saft oder Wasser trank, wurde verspottet.

Am Abend rief er den Sohn an. Am anderen Ende der Telefonleitung wurde zwar abgehoben, aber als er seinen Namen nannte, sofort wieder eingehängt. Als er es wieder versuchte, wurde nicht mehr abgehoben.

»Dann müssen wir nach Frankfurt fahren, obwohl ich dazu wenig Lust habe. Ich kenne die Stadt zu wenig, und was ich kenne, ist in meinen Augen und für meine Gewohnheiten wenig einladend«, meinte er, zu Theo gewandt.

»Lieber machen wir es uns gemütlich und beschließen übermorgen, nach der Rotemeierschen Übungsveranstaltung, ob und wann wir fahren.« Es sich gemütlich machen, hieß für Theo Körbchen und Leckerlis, für Buttmei Pfeife und Wein.

***

Ihre Beschaulichkeit, die sie, ohne das Licht einzuschalten, als Dämmerstündchen verbrachten, wurde jäh durch das Telefon unterbrochen. Es war M.s Sohn. Er war zu einer Telefonzelle gelaufen, weil er sich zu Hause nicht sicher fühlte, und rief von dort zurück. Das Gespräch belegte, dass er Angst hatte – um sich selbst, aber auch um seinen Vater – und dass ihn die Sorge um das Schicksal seines Vaters in die Telefonzelle getrieben hatte. Er wusste nicht, was mit seinem Vater geschehen sein könnte, machte aber Andeutungen über

Gründe, die den Vater in eine schwierige Situation gebracht haben könnten.

Wörter und Hinweise fielen, die Buttmei bereits in seinem Notizbuch stehen hatte und mit denen er immer wieder konfrontiert wurde, ohne dass sie Ansätze brachten, weil sie ein viel zu weites Angebot an illegalen Vorgängen servierten: Drogen, Geldwäsche, Mafia und Hintermänner, die Einfluss hatten »bis ganz nach oben«, so formulierte es der Sohn und fügte hinzu, dass sie gewalttätig und skrupellos wären.

Auch in der Telefonzelle wirkte er unruhig und ängstlich und wollte kein langes Gespräch führen. Er machte den Vorschlag, sich an einem sicheren Ort zu treffen.

»Wo?«, fragte Buttmei.

»In Groß-Gerau.«

»Wieso dort?«

»Da bin ich aufgewachsen und kenne mich aus.«

»Einverstanden.«

»Aber nicht in der Stadt, sondern gegenüber der Fasaneriemauer im Schloss Dornberg, neben dem Torbau.«

»Das kenne ich nicht, aber ich werde es finden. Ich habe jedoch kein Auto. Wie komme ich da hin?«

»An der Mauer hält ein Bus.«

»Wann treffen wir uns?«

»Übermorgen bei Einbruch der Dunkelheit.«

»Ich werde meinen Hund dabei haben. Einen Mischling aus schwarzem Dackel und weißem Spitz. Der ist unverwechselbar. Also werden Sie mich sofort erkennen können. Und wie erkenne ich Sie?«

»Ich werde Sie ansprechen und um Feuer bitten.«

»Das trifft sich gut, denn ich bin Raucher.«

»Ich auch.«

»Ich bin Pfeifenraucher.«

»Ich nicht.«

»Dann bis übermorgen.«

Buttmei bekam keine Antwort mehr. Der Mann hatte den Hörer aufgelegt. Nachdem er Theo erleichtert zugerufen hatte: »Wir müssen nicht nach Frankfurt fahren!«, setzten beide, jeder auf seine Weise, das Dämmerstündchen fort. Buttmei beobachtete, wie die Dunkelheit allmählich das Zimmer in Besitz nahm: zuerst den Fußboden, dann tilgte sie die Schatten der Möbel, zuletzt erkannte er nur noch das Viereck des Fensters, weil nun das Zimmer dunkler war als die Nacht draußen.

Da der Tierarztbesuch außer einer neuen gründlichen Reinigung und Desinfektion der Bissstellen nichts Gravierendes erbracht hatte, nahm Buttmei Theo mit zu dem Manöver, wie er den Übungseinsatz im Arheilger und Kranichsteiner Wald nannte. Sie brachen früh auf. Den Weg kannten sie bereits von ihrem ersten und folgenreichen Ausflug. Also waren sie auf den sich hinziehenden Weg durch die Felder bis zum Kalkofen vorbereitet.

***

Inzwischen hatten ein paar Sonnentage mehr Farbe in die Vor- und Schrebergärten gebracht. Die Forsythien blühten buschiger und spiegelten die Farbe der Sonne. Hyazinthen brachten ihr Blau, Osterglocken ihr Gelb und Tulpen ihr Rot in die Rasenflächen als Schmuck ein. Die Wildkirschen blühten. Aus der Erde kamen Knospen und saftig grüne Gräser. Über den Weg liefen Franzosenkäfer, wie sein Vater die Feuerwanzen genannt hatte, weil ihre Farben den Paradeuniformen der französischen Armee glichen. Sie waren auf der Suche nach Geschlechtspartnern auf der anderen Seite der schmalen Asphaltstraße.

Als sie am Kalkofen ankamen, lag die Landschaft weithin still und regungslos. Aber es dauerte nicht lange, bis hektische und lärmende Bewegung über sie hereinbrach. Von den Häusern her näherte sich eine Kolonne blauer und grüner Wagen. Sie fuhren schnell und schalteten, sobald sie aus der Ortschaft heraus waren, ihre Blaulichter und Heulsirenen ein.

Buttmei hielt sich die Ohren zu und dachte. ›Warum denn das?‹ Theo verkroch sich hinter seinen Beinen und machte sich so klein wie möglich.

Ein Wagen nach dem anderen fuhren sie, sich in eine Reihe ordnend, auf den schmalen Grasstreifen, der zum Parken für das Lokal gedacht war. Als sie alle ausgerichtet dastanden, sprangen die Mannschaften heraus und stellten sich vor ihnen auf. Zwischen ihnen bewegten sich unruhig die angeleinten Suchhunde. Alle warteten auf Befehle. Aus dem ersten Wagen stieg nun auch Rotemeier aus, rief Buttmei und Theo zu: »Na, ihr Unzertrennlichen!«, lief in die Mitte der ihn Erwartenden. Einer, der mit ihm aus dem gleichen Wagen ausgestiegen war, reichte ihm ein Megaphon, und er verkündete den Einsatzplan so laut, dass es vom nahen Wald zurückschallte.

›Er liebt Inszenierungen‹, dachte Buttmei und hörte zu.

»Alle Mann begeben sich zur Dianaburg. Die Flurpläne haben Sie in Händen. Die Besatzungen der Wagen 1 bis 4 suchen die Waldstücke links von der Dianaschneise ab bis zur Hanauer Straße, die Besatzungen der anderen Wagen suchen rechts von der Schneise bis zur Bahnlinie als Begrenzung. Die Endpunkte der Suche sind in der Karte markiert; sie befinden sich an der Kranichsteiner Straße. Sollten Sie fündig werden, rufen Sie die Einsatzzentrale. Sie wird sich an der Dianaburg befinden. Die Taucher untersuchen die markierten Teiche: Geschwendtteich, Landgrafenteich. Wenn Sie die Zielpunkte erreicht haben, erstatten sie Bericht über Sprechfunk und kehren zu den Wagen am Kalkofen zurück. Auf geht's!«

Die Polizeitrupps marschierten fast im Gleichschritt zur Dianaburg.

Rotemeier kam auf Buttmei zu, schüttelte ihm die Hand: »Mal sehen, ob wir den richtigen Riecher hatten.«

Buttmei erwiderte: »Ich glaube nicht, dass viel dabei herauskommt.«

»Dann haben wir eine wichtige Übung abgehalten und gleichzeitig die Zusammenarbeit mit der Landespolizei trainiert. Das kann nicht schaden.«

»Es könnte sein, dass das Innenministerium reagiert.«

»Dann wissen wir wenigstens, wer unsere Ermittlungen behindert hat. Und das Warum, Buttmei, wirst du herauskriegen.«

»Nach Wiesbaden habe ich keine Beziehungen. Meine Informanten kamen immer aus dem engen Bereich Darmstadt und Umgebung.«

»Warten wir's ab. Es gibt auch einige Darmstädter, die Beziehungen zur Landesregierung haben.«

Rotemeier bestieg das Fahrzeug, mit dem er gekommen war, einen der neueren mit blauen statt grünen Streifen und fuhr auf die Schneise, die zur Dianaburg führte. Zurück blieb Neumann. Er stand kerzengerade da. So wie Buttmei es von ihm kannte. Statt des grauen Anzugs, den er immer dann anzog, wenn er nicht in offiziellen Dienstangelegenheiten unterwegs war, war er wegen des Anlasses in Uniform erschienen. Der Anblick befremdete ihn, vor allem wegen der neuen Farbe Blau. Mütze, Jacke und Hose dunkelblau, Hemd hellblau, der Schlips wieder dunkelblau. In seinen Vorstellung einer Polizeiuniform dominierte immer noch die Farbe Grün. Das schuf zunächst Distanz, die sich jedoch nach den ersten Worten auflöste. Als er die Mütze abzog, sah Buttmei, dass sich die Haare grau gefärbt hatten. Sie begrüßten sich herzlich.

Dann fragte er Neumann, ob er an der Suche teilnehmen werde.

»Nein«, erklärte Neumann, »ich bin zu Ihrem Schutz abgeordnet.«

»Wer soll mir hier etwas antun?«

»Das halte ich auch für unwahrscheinlich. Aber bei Ihnen weiß man nie. Rotemeier will es so.«

»Dann beschützen Sie mich. Wir können ein Stück in den Wald hineinspazieren.«

»Sie geben den Weg vor, ich folge Ihnen.«

»Nicht so förmlich, Neumann.«

»Ich befolge einen dienstlichen Auftrag!« Es klang wie auswendig gelernt.

Auf Buttmeis erstaunten Blick hin musste er lächeln, und Buttmei atmete auf, weil er erkannte, dass Neumann es nicht ernst gemeint hatte. Am Waldrand blieben sie stehen, und Buttmei teilte Neumann mit, dass er sich am nächsten Abend mit dem Sohn des Staatsanwalts treffen würde. Er hatte Neumann versprochen, ihn zu informieren. Neumann notierte die Daten und erklärte nachdrücklich: »Ich werde da sein.«

»Werde ich Sie sehen?«

»Nein. Wenn Sie mich sehen würden, könnten auch andere mich sehen, die nicht wissen sollen, dass ich da bin. Ich werde weder Uniform tragen, noch werde ich mit einem Dienstwagen anfahren. Ich bleibe unsichtbar.«

»Werden Sie Rotemeier informieren?«

»Ich werde ihm nach Dienstschluss einen Zettel auf den Schreibtisch legen und behaupten, Sie hätten mich kurzfristig informiert.«

»Neumann, Neumann, ich entdecke neue Seiten an Ihnen!«

Im Wald hatten die Trupps rot-weiße Bänder gezogen, um nicht von Spaziergängern gestört zu werden. Das galt jedoch nicht für Buttmei und Theo. Neumann hob das Band hoch, sie liefen drunter durch und spazierten gemächlich die Schneise entlang. Die von den Suchtrupps verursachten Geräusche klangen bereits so weit von ihnen entfernt, dass sie aufmerksam hinhören mussten, um noch etwas davon mitzubekommen. Trotzdem ließ er Theo angeleint, auch wenn dieser immer wieder heftig an der Leine zog. Er hatte Respekt vor dem Eifer der auf Suchen und Finden dressierten Schäferhunde.

Nach einem ausführlichen Spaziergang, bei dem sie vorwiegend von früheren Zeiten, gemeinsam erlebten Fällen und den damaligen Kollegen gesprochen hatten, kehrten sie zum Kalkofen zurück. Buttmei überredete Neumann, mit ihm im Gasthaus einzukehren. Der zögerte, weil er das Gefühl hatte, sich im Dienst zu befinden, aber er gab schließlich nach. Buttmei trank gegen seine Gewohnheiten einen gespritzten Apfelwein, weil er vormittags in der Regel keinen Wein trank, Neumann wollte lieber Kaffee, und Theo bekam seine obligate Schüssel mit Wasser.

Danach holte sich Buttmei an der Theke einen Handkäs mit Musik und brachte Theo ein Stück Schinken mit. Neumann lehnte jedes Essensangebot ab. So war er halt, wenn er dienstlich beschäftigt war, sogar Buttmei gegenüber. Privat erlebte er ihn inzwischen lockerer und natürlicher.

»Im Gegensatz zu mir halten Sie Ihre Figur. Sie sind so schlank wie eh«, bemerkte Buttmei und aß mit Vergnügen seinen Handkäse und die reichlich dazu servierten Zwiebelringe. Dann saßen sie einige Zeit still da und beobachteten die Pfauen, die dicht an ihnen vorbeiliefen. Als einer ein Rad schlug und die ganze Pracht seines blau und grün schillernden Gefieders weit auseinanderfaltete, staunten sie, obwohl sie ein solches Schauspiel nicht zum ersten Mal sahen. Es war wie ein Auftritt aus einer exotischen Märchenwelt. Theo stellte sich auf die Beine und wich zurück, dann ging er die wenigen Schritte, die die Leine ihm erlaubten, auf den stolzen Vogel zu und bestaunte ihn ebenfalls. Es sah so aus, als würde der Pfau ihm selbstbewusst seine leuchtend blaue Brust entgegenstrecken.

Buttmei fiel das Gespräch am Literaturhaus ein und er fragte Neumann, ob er wisse, was aus Colinari geworden sei.

»Soweit ich weiß, sitzt er noch ein. Ich werde mich erkundigen. Warum wollen Sie das wissen?«

Buttmei zuckte mit den Schultern.

Die Zeit verging. Die Sonne, die nun höher gestiegen war, wärmte so sehr, dass sie ihre Stühle in den Schatten schoben. Die Ruhe und das tatenlose Herumsitzen machten schläfrig. Dann kam die Nachricht über Neumanns Sprechgerät, dass die Hundestaffeln und die Hundertschaft die Kranichsteiner Straße erreicht hätten und zu den Fahrzeugen zurückkehrten.

Neumann ließ Buttmei mithören und Rotemeiers Stimme tönte zu ihm herüber. »Gefunden haben wir nichts. Das haben wir auch nicht erwartet, vielleicht gehofft, das ja. Aber es war eine perfekte Übung, und wir wissen nun, dass in diesem Forst kein Selbstmörder seinem Leben ein Ende gesetzt hat und dass kein Mordopfer vergraben wurde, auch kein Staatsanwalt. Die Taucher sind auch schon am letzten Teich. Danach fahre auch ich zurück. Bis dann.«

Das Warten würde als bald ein Ende haben, der Parkplatz belebt werden, als liefen dort große Ameisen umher, und die Autokolonne anschließend davonbrausen. Dieses Mal, so hoffte Buttmei, ohne Sirenengeheul.

Plötzlich ertönte wieder das kratzige Geräusch der Sprechfunkanlage. Dann hört man Rotemeiers laute und aufgeregte Stimme: »Neumann, geben Sie mir Buttmei!«

Als Buttmei das Gerät ans Ohr hielt, legte Rotemeier los, ohne ihn zu Wort kommen zu lassen: »Wir haben eine Leiche! Du musst sofort an den Landgrafenteich kommen und den Toten identifizieren. Ich nehme nach erstem Augenschein an, dass es der Überfalltäter ist.«

»Oder der Staatsanwalt«, warf Buttmei ein.

»Nein. Ich kenne ihn zwar nur flüchtig, aber das ich kann ausschließen. Und nun gib mir den Neumann.«

Neumann wurde von seinem Vorgesetzten aufgefordert, Buttmei in seinen Polizeiwagen zu setzen, mitsamt Hund, und über die Dianaschneise so nahe wie möglich an den Landgrafenteich heranzufahren. Neumann warf einen Blick auf die Karte, forderte Herr und Hund auf, mit ihm zu kommen, verstaute sie im Polizeiwagen und fuhr los. Nun hatte er offensichtlich Freude daran, Blaulicht und Sirenen einzuschalten und so schnell wie möglich die Schneise entlangzubrausen.

Sie wurden durchgeschüttelt, weil der Weg nicht asphaltiert war, ihre Ohren wurden zugedröhnt. Das Blaulicht flackerte in ihren Augen. Sie waren erleichtert, als das Auto endlich anhielt und Licht und Geheule ausgeschaltet wurden. Wieder auf festem Boden stehend, reckten sie sich, Buttmei mit durchgedrücktem Kreuz nach oben, Theo zwischen vier Beinen in die Länge.

Um die Leiche herum standen die Taucher noch in ihren Neoprenanzügen – dunkle Gestalten, als wären sie Invasoren von einem anderen Planeten. Vor der Leiche kniete Rotemeier. Buttmei brauchte nicht auf die Knie zu gehen. Die starken Augenbrauen, die typische Narbe an der Wange – er erkannte sofort, dass es der Mann war, der ihn attackiert hatte, und erklärte: »Er ist es, zweifelsfrei.«

Rotemeier teilte ihm seine Beobachtungen mit: »Er wurde ermordet. Das steht eindeutig fest. Und zwar wurde er mit einer Drahtschlinge erwürgt. Es sieht aus wie eine in Mafiakreisen übliche Art der Hinrichtung. Die Mörder haben nicht versucht, seine Identität zu verwischen. Wahrscheinlich haben sie nicht damit gerechnet, dass wir in diesem entlegenen Teich Taucher einsetzen.«

»Dann hat sich das Manöver gelohnt.«

»Auf jeden Fall! Wir können ungestört weiter ermitteln, denn nun haben wir zu einem Überfall auch noch einen Mord und klare Zusammenhänge zwischen beiden.«

»Ob es uns im Fall M. weiterbringt?«

»Das wissen wir nicht. Aber ein Ansatz ist es. Und niemand kann mich am Ermitteln hindern, solange nicht erkennbar wird, dass es eine Verbindung zu M. gibt.«

»Dann bin ich raus aus dem Fall.«

»Im Gegenteil. Du bist offizieller Zeuge in einem Mordfall, und ich kann dich jederzeit ins Präsidium kommen lassen.«

»Damit beginnen für mich herrliche Zeiten!«

Rotemeier sah ihn überrascht an, erkannte das Grinsen in seinem Gesicht. Das beruhigte ihn. Er wandte sich wieder der Leiche zu. Dann sprach er erneut Buttmei an. »Morgen machen wir bei mir im Zimmer ein Protokoll deiner Zeugenschaft bezüglich der Leiche. Außerdem werden wir ein Gespräch führen, ob der Überfall auf dich und der Mord an dem Attentäter mit einem deiner früheren Fälle zusammenhängen könnte.«

Buttmei stutzte, Rotemeier sah es und blinzelte ihm zu, so dass er die Absicht begriff. Wenn eine solche Vermutung im Raum stand, konnte Rotemeier unbehelligt und uneingeschränkt ermitteln und ihn in die Ermittlungen einbeziehen, sooft er es tun wollte. Nun war er versucht, ihn als Fuchs zu bezeichnen, unterließ es aber wegen der zahlreichen Beamten, die um sie beide und den Ermordeten herumstanden. Also antwortete er geistesgegenwärtig: »Da gab es eine Mafiageschichte mit Schutzgelderpressung, Colinari hieß der Drahtzieher. Er sitzt zwar noch im Knast. Man müsste trotzdem untersuchen, was aus dessen Organisation geworden ist.«

»Also werden wir das tun!«

Rotemeiers Telefon klingelte, er sprang auf, stand zwar nicht stramm, aber man sah seiner Haltung an, dass einer anrief, der in der Hierarchie über ihm stand. »Frau Präsidentin, ich stehe zur Ihrer Verfügung.«

Buttmei konnte nicht hören, was die Präsidentin sprach, aber er konnte es mehr oder weniger an Rotemeiers Antworten ablesen: »Die Ankündigung der Übung müsste Ihnen vorliegen. – Es hat nicht mit dem Fall Dr. M. zu tun. – Selbstverständlich! – Ich weiß, dass ich nicht mehr mit den Ermittlungen befasst bin. – Das sehe ich anders. – Wir haben eine Leiche gefunden. – Ja, im Landgrafenteich. – Nein, es ist nicht Dr. M. – Es handelt sich zweifelsfrei um Mord. – Ja, ich habe Philipp Buttmei an den Tatort holen lassen, weil wir vermutet haben, dass es der Mann ist, der ihn attackiert hat. – Er ist es. – Zweifelsfrei. –Danke, Frau Präsidentin. – Ich werde Ihnen ausführlich Bericht erstatten. – Schriftlich? – Morgen früh? – Ich komme zu Ihnen, das schriftliche Protokoll reiche ich nach, wenn Buttmei es unterschrieben hat. – Sie können den Mann im Innenministerium beruhigen. Die Spur führt nur zu Buttmei.«

Nachdem Rotemeier tief durchgeatmet hatte und Buttmei ihm bestätigte, dass er den Inhalt des Gesprächs begriffen habe, ordnete er an, dass Neumann Buttmei nach Hause fahren solle. Er werde noch auf zusätzliche Kräfte der Spurensicherung warten.

Buttmei kommentierte noch im Weggehen den Anruf: »Nun hast du endlich den Hinweis, wer dich von dem Fall abgezogen hat.«

Als er am nächsten Morgen mit Theo an der Leine im Polizeipräsidium erschien, ließ der Pförtner beide eintreten. Er vergaß sogar, ihm den Pfeifenstopfer abzunehmen. Buttmei hingegen drehte sich noch einmal um und winkte ihm freundlich zu, hatte jedoch das Gefühl, als ließe ihn das ärgerlich werden.

Auf Rotemeiers Schreibtisch lag bereits das fertige Protokoll. Er unterschrieb es, ohne es zu lesen. Rotemeier war nicht in seinem Zimmer, und er erfuhr, dass dieser unterwegs war nach Messel, weil die für diesen

Ort zuständige Polizeidienststelle aufgrund des Phantombildes einen Hinweis erhalten hatte, dass der Gesuchte dort mehrmals gesehen worden war. Die Dienststelle wusste noch nichts vom Leichenfund. Dem Beamten, der ihn in Rotemeiers Zimmer eingelassen hatte, weil er um das Protokoll wusste, sagte er, er werde am nächsten Tag erneut ins Präsidium kommen, um mit Rotemeier zu sprechen. Der versprach, es seinem Chef bei dessen Rückkehr auszurichten.

Während er am Schreibtisch saß und das unterschriebene Protokoll zur Seite legte, sah er sich im Büro um. Es war ordentlicher, aufgeräumter als zu seiner Zeit. Durch einen frischen weißen Anstrich und die Gegenstände, die sichtlich alle an einem vorgesehenen Platz standen, wirkte es sachlicher und so nüchtern, wie Jan Rotemeier sein konnte. Er war froh, diesem Ort entkommen zu sein und die Protokolle, Berichte und das Aktenalphabet, das gefüttert werden musste, hinter sich zu haben. Mit diesem Gefühl erhob er sich und trottete mit Theo auf Umwegen nach Hause zurück. Dort warteten sie gemeinsam auf den Sonnenuntergang.

***

An der dem Wohnzimmerfenster gegenüberliegenden Wand beobachteten sie, wie der Widerschein der Sonne die Wand hinauf zum Dach wanderte und bläuliche Schatten hinterließ. Er rief ein Taxi, legte Theo an die Leine und lief treppab auf die Straße und dort hin und her, um auf das Auto zu warten. Es dauerte ein paar Minuten, dann sah er es am Ende der Straße. Von dort aus konnte es nicht zu ihm fahren, weil die Straße als Spielstraße galt und durch rot-weiß gestreifte Pfosten gesperrt war. Das Taxi wendete und kam nach Sekunden die Querstraße entlang zu der kleinen Kreuzung in der Nähe des Hauses. Buttmei gab sich durch eine Handbewegung zu erkennen, stieg auf den Rücksitz ein und nahm, die besorgte Blicke des Fahrers sehend, Theo auf den Schoß, sagte: »Er ist sauber.« und nannte das Ziel der Fahrt: »Schloss Dornberg bei Groß-Gerau.«

An den Drehungen des Kopfes und den dabei flatternden Ohren erkannte er, wie sehr Theo die Autofahrt genoss. Es war für ihn ein seltenes Ereignis und blieb es, obwohl er am Tag zuvor mit einem Polizeiauto nach Hause gebracht worden war. Als der Groß-Gerauer Wasserturm sichtbar wurde, wusste Buttmei, dass ihr Ziel nahe war. Über der Stadt unterhalb des Turms lag noch eine diffuse Helligkeit. Die Sonne war längst untergegangen, und die rötlichen Streifen am Horizont dünnten aus. Soweit man von den Häusern mehr als Dächer erkennen konnte, waren die Fenster von Lichtern erhellt. Der Lichtschein der Laternen markierte die Straßen, die Leuchtreklamen der Geschäfte und Gewerbebetriebe mischten sich dazu: essorot, aralblau und jetgelb. Auf dem Schienenstrang parallel zu ihrer Einfahrt in das Stadtgebiet raste ein ICE so schnell vorüber, dass er nur das Lichtband der Abteilfenster bemerken konnte, bevor es auch schon vorübergeflogen war.

An einer Ampel bogen sie links ab. Nach einem Waldstück fuhren sie an einer Mauer entlang. Das musste die Fasaneriemauer sein. Das Taxi hielt an einem beleuchteten Schild: ›VHS‹. »Das ist das Dornberger Schloss!«

Buttmei sah zwar kein Schloss, aber er vertraute der Ortskenntnis des Fahrers, der sich als Darmstädter Dialekt sprechender Iraner zu erkennen gegeben hatte, ließ sich aus Gewohnheit eine Quittung ausstellen, zahlte und stieg aus. Das Auto wendete und fuhr davon.

Buttmei und Theo liefen langsam das Gebäude entlang. Es war ein Neubau und beherbergte, der Aufschrift nach, die Kreisvolkshochschule Groß-Gerau. Hauptstraße 1, las er. Das beruhigte ihn, denn das klang nach einer wichtigen und lange existierenden Adresse.

Am Ende des Gebäudes öffnete sich eine Dorfstraße. Bevor er dorthin lief, um einen Passanten nach dem Schloss zu fragen, erreichten sie einen hoch aufragenden Torbogen. Es sah nach einem prunkvollen Eingang in ein feudales Gebäude aus. Sie waren am richtigen Ort, auch wenn hinter dem Tor zunächst nicht einmal Reste eines schlossähnlichen Gebäudes auszumachen waren.

Inzwischen hatte die Nacht den Tag überwunden. Die Fenster der Volkshochschule waren und blieben dunkel. Demnach fanden an diesem Abend keine Kurse statt, und er fragte sich, ob der, mit dem er verabredet war, das gewusst und deshalb diesen Abend ausgesucht hatte.

Als er den Hof betrat, lag vor ihnen ein Haus, das offensichtlich einmal zum Dornberger Schloss gehört hatte. Es war – wie er an einer der Hinweistafeln las – das Torhaus. Auf den mächtigen Bruchsteinmauern mit einem spitz aufgeschwungenen Sandsteinportal leuchteten die weißen Flächen eines Fachwerkaufsatzes. Balken und Fenster schmückten sie mit ihren Mustern. Es wirkte auf ihn wie ein freundlicher Gruß aus einer vergangenen Zeit.

Er sah sich gründlich um, konnte weder Neumann noch eine Person entdecken, die der Mann hätte sein können, mit dem er sich treffen wollte. Links von dem Torhaus lag eine Treppe. Graue Steinstufen führten zu einer niedrigen Mauer. Zwischen Mauer und Treppe reihten sich auf einer Rasenfläche einzelne Bäume. Während er sich an die Steine, die denen des alten Gebäudes glichen, anlehnte, nutzte Theo die ganze Länge der Leine, um mehrere Bäume zu beschnuppern und zu markieren. Das gehörte zu seiner Wesensart und bereitete ihm offensichtlich ein Vergnügen, das nie erlahmte. Die Nacht hatte inzwischen die Ebene jenseits der Mauer so im Griff, dass Buttmei außer ein paar Lichtpunkten wenig erkennen konnte.

Als er in seinem Rücken Schritte hörte, die sich die Steintreppe herunter auf ihn zu bewegten, drehte er sich um. Ein junger Mann kam auf ihn zu. Er trug Jeans und einen dunkelblauen Pullover und streckte ihm die Hand entgegen: »Ich habe Sie an Ihrem Hund erkannt.«

Das Gesicht wirkte freundlich und harmlos. Nach Buttmeis Erfahrungen war es ein eher zu weicher Mensch als einer, von dem Gefahr ausgehen konnte. Auffällig war das Zittern der Hände. Es hörte auch beim Händedruck nicht auf. Dazu die unruhig flackernden Augen. ›Angst?‹, überlegte er, ›Nein, eher Drogen oder Drogenentzug.‹

Während des Gesprächs verschwand das Flackern. Er sprach zwar hastig und wirkte unruhig. Das schien jedoch eher die Angst vor Zuhörern als vor der Reaktion Buttmeis zu sein.

»Sie suchen meinen Vater?«, lautete sein erster Satz.

»Ja, ich will herausfinden, ob er noch lebt.«

»Wollen Sie ihm helfen, oder ...?«

»Wenn er keine Verbrechen begangen hat und in Gefahr ist, will ich ihm helfen.«

»Wer hat Sie beauftragt?«

»Ich arbeite mit guten Freunden bei der Mordkommission zusammen.«

Bei dem Wort Mordkommission erschrak sein Gegenüber: »Befürchten Sie, dass er ermordet wurde?«

»Ich weiß es nicht und will es herausbekommen. Was wissen Sie vom Verbleib Ihres Vaters?«

»Nichts. Das ist ja mein Kummer. Ich weiß nichts über seinen Verbleib. Ich habe zum letzten Mal von ihm gehört, als er von dem Fall sprach und dass ich, seiner Meinung nach, darin verwickelt war.«

»Waren Sie es?«

»Auch das weiß ich nicht. Aber ich habe Angst, ich könnte an dem, was ihm zugestoßen ist, schuld sein.«

»Um was für einen Fall handelt es sich?«

Bevor Buttmei eine Antwort erhielt, sah der junge Mann sich mehrmals nach allen Seiten um. »Es geht um Drogen und um Diamanten.«

»Was haben Sie damit zu tun?«

»Ich habe Drogen genommen. Seit dem das mit meinem Vater passiert ist, bin ich auf Entzug und nehme Ersatzdrogen.«

»Wegen Drogenkonsums des Sohnes kann Ihr Vater nicht gefährdet sein.«

»Ich habe Drogen verkauft.«

»Das reicht auch nicht für die Bedrohung eines Staatsanwalts aus.«

»Ich war Drogenkurier.«

»Große Mengen?«

»Ja.«

»Was noch?«

»Ich habe Gelder für die Drogenbosse transportiert und zu denen gebracht, die das Geld hier vor Ort gewaschen haben. Manchmal habe ich auf dem Hinweg

Diamanten mitgenommen, weil sie leichter zu verbergen waren als größere Geldsummen.«

Buttmei blieb hartnäckig: »Das reicht schon eher. Aber es muss noch mehr und Aufregenderes geben!«

»Ich war Zeuge bei dem Mord an einem Aussteiger.«

»Nur Zeuge?«

»Ja.«

»Können Sie beteiligte Personen identifizieren?«

»Bei den Aktionen wechselten meine Ansprechpartner. Ich habe selten einen von ihnen zweimal gesehen. Manchmal wusste ich nicht, ob es die richtigen waren. Aber es gab Erkennungszeichen. Die Mörder wurden meines Wissens aus Italien eingeflogen und flogen auch sofort wieder zurück.«

Das Gespräch wurde zum Verhör und setzte dem jungen Mann sichtlich zu.

»Warum wurde der Mord begangen?«

»Es hieß, der Ermordete wäre ein Spitzel gewesen oder einer, der in die eigene Tasche zu wirtschaften versuchte.«

»Warum haben Sie mitgemacht?«

»Ich brauchte Drogen. Für meinen Konsum. Und ich brauchte Geld, um unabhängig von meinem Vater leben zu können.«

»Wusste er es?«

»Ich glaube nicht, denn ich bin ihm aus dem Weg gegangen.«

»Und wie kommt Ihr Vater ins Spiel?«

»Die Staatsanwaltschaft hat Hinweise erhalten und Beweise gesammelt für die Zerschlagung des Drogenringes und auch einen Prozess vorbereitet. Als die Frankfurter Bosse erfuhren, dass mein Vater die Ermittlungen und die Prozessvorbereitungen leitete und es zu ersten Verhaftungen kam, haben sie Kontakt mit ihm aufgenommen und damit gedroht, mich umzubringen. Kurz darauf ist mein Vater verschwunden.«

»Sollen Sie immer noch umgebracht werden?«

»Ich weiß es nicht. Jedenfalls haben sie mich rausgeschmissen. Aus allen Geschäften. Ich kriege keine Aufträge mehr. Ich kriege keine Drogen mehr. Ich habe keine Ansprechpartner mehr. Die Leute, die für mich zuständig waren, sind verschwunden. Ich bin wegen meines Vaters zum Risikofaktor geworden. Wenn ich mehr gewusst hätte, hätten sie mich wahrscheinlich umgebracht. Aber hier in Deutschland scheuen sie Gewalttaten, weil sie keinen Rückhalt in der Bevölkerung haben und sich das Geschäft nicht vermasseln wollen. Seitdem mein Vater verschwunden ist, bin ich als mögliches Druckmittel überflüssig geworden.«

»Sie haben keine Kontakte mehr?«

»Nein.«

»Bestimmt nicht?«, fragte Buttmei in scharfem Ton.

»Nein«, kam es kläglich, aber ihn überzeugend zurück.

»Dann sind Sie wahrscheinlich auch nicht in akuter Gefahr.« Das erklärte Buttmei nachdrücklich.

Der andere schien es zu glauben. Er wirkte erleichtert. »Aber was ist mit meinem Vater?«, fragte er, und auch die Angst und die Sorge, die in dieser Frage mitschwangen, wirkten überzeugend.

Während es Gesprächs hatte sich das Zittern wieder verstärkt. Als Buttmei ihm von den bisherigen Ereignissen berichtete, schwand alle vorgetäuschte Sicherheit aus der Miene des Mannes. Er umklammerte Buttmeis Unterarme. »Sie müssen meinem Vater helfen!«

»Wo kann ich ihn finden?«

»Ich weiß es nicht! Ich weiß es wirklich nicht! Aber, bitte, suchen Sie ihn!«

»Wovon leben Sie?«

»Die Drogenberatung regelt das für mich. Mein Vater kann mir nicht helfen, und ich wollte mir bisher auch nicht von ihm helfen lassen. Vielleicht schaffe ich es mit dem Entzug. Dann will ich mir eine neue Existenz aufbauen.« Als er das sagte, verschwand das Flackern erneut aus seinem Gesicht. Es war, als könnte er die Drogenwirkungen kurzzeitig abschütteln.

Buttmei zog das Phantombild aus der Tasche: »Kennen Sie den Mann?«

»Woher haben Sie das?«

»Das tut nichts zur Sache.«

»Er war mein Ansprechpartner, wenn ich einen Auftrag ausführen sollte, und er versorgte mich mit Drogen. Er war der einzige, den ich immer wieder sah. Er war wohl auch mein Kontrolleur, der mich zur Verantwortung gezogen hätte, wenn ich einen Fehler gemacht hätte. Aber auch er ist inzwischen verschwunden.«

»Er ist ermordet worden.«

Nach dieser Mitteilung sackte der Mann in sich zusammen, seine Blicke wurden leer, sein Körper zitterte. ›Ein Häufchen Elend‹, dachte Buttmei und begriff, dass er alles erfahren hatte, was er von ihm hatte erfahren können. ›Verhör beendet‹, sagte er zu sich. Sie schwiegen eine Weile.

Dann fiel ihm die auf den Namen des Sohnes gemietete Wohnung ein. Er fragte danach.

Die Antwort kam ohne Zögern: »Die Bosse in Frankfurt suchten für ihre Operationen eine Wohnung in Darmstadt und haben mich über meine Bezugsperson aufgefordert, eine zu mieten.«

»Aber ihr Vater hat sie gemietet!«

»Mir hätte niemand einen Mietvertrag gegeben. Ich

stehe schon lange in der Schufa. Da habe ich, obwohl mir der Anruf schwer fiel, meinen Vater gebeten, es für mich zu tun.«

»Wusste er, für welchen Zweck die Wohnung vorgesehen war?«

»Nein, ich habe so getan, als würde ich erwägen, nach Darmstadt zurückzukehren. Das genügte ihm, um aktiv zu werden.«

»Hat er mitbekommen, wer eingezogen ist?«

»Nein.«

»Für welche Operationen brauchten die ›Bosse‹, wie Sie sie nennen, diese Wohnung?«

»Um die Geschäfte zu überwachen, die sie über Mittelsmänner in vorher leerstehenden Immobilien eingerichtete hatten.«

»Wieso leerstehende Immobilien?«

»Deren Besitzer sind froh, wenn sie die Räume wieder vermieten können, und stellen keine Fragen.«

»Geschäfte? Wozu Geschäfte?«

»Das ist, selbst wenn sie Verluste machen, die unauffälligste und sicherste Methode, Geld zu waschen. Und wenn sie ihre Aufgabe erfüllt haben oder zu sehr in die Miesen gehen, werden sie geschlossen, die Mieter verschwinden, die Besitzer bleiben auf den Schulden und ausstehenden Zahlungen sitzen.«

Wieder entstand eine Pause. Sie sahen beide nachdenklich über die Mauer auf die wenigen Lichter in der Dunkelheit.

Dann fragte Buttmei: »Haben Sie das Geld, um zurückzufahren?«

»Ich hoffe, es reicht«, erhielt er zur Antwort und beobachtete, wie der andere in die Tasche griff, Münzen hervorzog und zählte. Daraufhin griff auch er in die Tasche, zog einen Schein aus dem Portemonnaie und drückte ihn in die zitternden Hände. Die Bemerkung »Aber keine Drogen kaufen!« verkniff er sich und gab stattdessen dem Mann eine seiner Visitenkarten, die Anne Weber als Geschenk für ihn hatte drucken lassen – mit dem Zusatz ›Detektei‹. Danach forderte er ihn auf, als erster zu gehen.

Er selbst stand noch eine Zeitlang an der Mauer. Das Gespräch hatte ihn angestrengt. Er war solche Befragungen nicht mehr gewohnt. Es hatte ihn auch mitgenommen, weil er sah, in welchem äußeren und inneren Elend der junge Mann lebte. Gebracht hatte das Gespräch letztlich nur die Bestätigung, dass es bei dem Fall um Drogenhandel und Geldwäsche im großen Stil ging und dass dahinter eine Bande stand, die mit brutalen Methoden alles beseitigte, was sich ihr in den Weg stellte.

›Ich hätte ihm die Visitenkarte nicht geben sollen. Das könnte unangenehme Folgen für mich haben‹, war sein letzter Gedanke, bevor er ebenfalls ging und Theo hinter sich her zog.

Jenseits des Hofes auf dem Weg zur Bushaltestelle tauchte plötzlich lautlos Neumann aus der Dunkelheit auf und sagte nur, in das nachdenklich Gesicht Buttmei blickend: »Ich fahre Sie.« Es wurde eine schweigsame Fahrt durch die Riednacht bis vor Buttmeis Haus.

Er drehte sich wiederholt um und prüfte aus dem Rückfenster, ob ihnen ein Auto folge. Das war nicht der Fall. Erst im Aussteigen sprach Buttmei: »Ich komme morgen ins Präsidium, dann können wir miteinander sprechen.«

Früh am Morgen weckte ihn das Telefon. Rotemeier war am Apparat. Als er Buttmeis verschlafene Stimme hörte, lachte er: »Ja, die Rentner. Es tut mir Leid, wenn ich dich geweckt habe. Neumann hat mir deinen Besuch angekündigt. Ich will nicht, dass du vergeblich in das Kommissariat kommst. Aber wir können uns in dem neuen Polizeirevier treffen. Du kennst das Gebäude?«

»Es ist nicht zu übersehen.«

»Ich habe dort eine Besprechung, die wird gegen zehn Uhr zu Ende sein. Du kommst am besten in das Revier, dann erfährst du, ob die Besprechung noch dauert. Verpassen können wir uns nicht. Ich werde der Pforte Bescheid sagen.«

»Um zehn Uhr bin ich da.«

»Dann trinkst du jetzt einen starken Kaffee oder schläfst noch eine Runde. Wir sehen uns auf jeden Fall.«

»Schlafen kann ich jetzt nicht mehr«, brummelte Buttmei in den Hörer. Wenn man ihn so früh weckte, war er schlecht gelaunt. Aber nach einer Weile legte sich das, spätestens wenn er Kaffee gekocht und Theo versorgt hatte und in der Küche am Frühstückstisch saß. So war es auch an diesem Morgen.

Rechtzeitig machten sie sich auf den Weg zum Polizeirevier. An der Pforte saß eine Polizistin, jung, etwas pausbäckig, mit einem blonden Pferdeschwanz und blauen Augen. Sie wies ihn höflich, aber bestimmt ab, wegen des Hundes. Den Namen Buttmei kannte sie nicht. Den Namen Rotemeier dagegen schon. Auch der Hinweis, sie behindere die Aufklärung eines Mordes, beeindruckte sie nicht. Sie war zwar bereit, im Haus nach Rotemeier zu telefonieren, aber ihn und Theo schickte sie auf die Straße.

Sie gingen dort auf und ab. Er sah zu den gelben Osterglocken hinüber, die in Büscheln auf dem Mathildenplatz blühten, Theo beäugte die Baumstämme. Zwischen ihnen und dem Platz rollte dreispurig der Verkehr vorüber, getaktet von den Ampeln, die immer wieder Pausen entstehen ließen. Dann liefen sie ein Stück in die Arkaden des neuen Gerichts hinein. Die Menschenrechtsartikel an den Säulen und die dazugehörigen Fotos an der Decke hatte Buttmei schon so oft gesehen, dass er nicht mehr hinschaute; weitere Anregungen für die Augen bot der Schattenweg nicht. Er lief auch an den Bänken vorbei, weil er nicht die innere Ruhe hatte, um sich zu setzen.

Endlich sah er Rotemeier aus der Ferne winken und auf sie zulaufen. »Es tut mir leid, aber wenn sich eine an die Vorschriften hält, kann ich schwer etwas dagegen sagen«, begrüßte er. »Gehen wir lieber auf den Platz und suchen uns dort eine Bank?«

Jetzt nickte Buttmei zustimmend.

Sie fanden eine ungestörte Ecke auf grünen Metallbänken unter den Bäumen um das Musikerdenkmal mit dem überdimensionalen Kopf des Abbé Vogler und Medaillons von Carl Maria von Weber und Jakob Meyerbeer. Der Verkehr brauste zwar auf drei Seiten an ihnen vorbei, aber niedriges Buschwerk versuchte, ihn wenigstens etwas zu dämpfen. Der verbleibende Lärm bewirkte, dass sie ungeniert und ohne ihre Stimme zu senken reden konnten.

Rotemeier hatte Neuigkeiten für ihn: »Wir haben aufgrund eines Hinweises, der aus der Bevölkerung in einem Landkreisrevier einging, eine Wohnung in Messel entdeckt und sind noch gestern am Abend dorthin gefahren. In einem Einfamilienhaus nahe der Ortseinfahrt fanden wir Anzeichen, dass die Bewohner ausgezogen waren, wahrscheinlich schon vor zwei, drei Tagen. Auf den ersten Blick haben sie nicht eine Spur hintergelassen. Der Auszug ist also ohne Hast geschehen. Aber wir fanden zahlreiche Fingerabdrücke, die wir national und international in die Computer eingegeben haben. Rückmeldung gab es heute früh, und zwar mehrfach aus dem südlichen Italien. Ich werde trotzdem keinen Beamten dorthin schicken können. Oder hättest du Lust, nach Neapel zu reisen?«

Als wäre die Frage ernst gemeint, schüttelte Buttmei heftig den Kopf.

Rotemeier fuhr fort: »Ich werde auf jeden Fall die Daten, die wir inzwischen zu dem Ermordeten ermittelt haben, mit einer Suchanfrage auf die Reise schicken. Aber zurück nach Messel: Rauschgiftspuren konnten wir ebenfalls durch die Spürhunde entdecken. Die Nähe zum Landgrafenteich deutet auf einen Zusammenhang zwischen dem Mord und den Leuten in der Wohnung hin. In der Nachbarschaft erfuhren wir aufgrund des Phantombildes, dass die Person mehrfach am Haus gesehen wurde. Ein Hinweis ergab, dass das Auto noch in einer Nebenstraße geparkt war. Es ist inzwischen in der Werkstatt des Präsidiums und wird auseinandergenommen. Von den anderen Bewohnern oder Besuchern des Hauses erhielten wir nur vage Beschreibungen. Tagsüber geschah demnach wenig, nachts war manchmal ein Kommen und Gehen, das die Nachbarn gestört hat und daher von ihnen zur Kenntnis genommen wurde. Ich hatte ein Foto von Dr. M. in der Tasche und zeigte es, wenn ich mit den Leuten allein war, aber keiner hat ihn jemals dort gesehen.«

»Dann sind wir also nicht viel weiter.«

»Ja und nein. Im Papiercontainer haben wir einen Zettel gefunden, der wohl schon vor Tagen hineingeworfen worden war. Darauf standen die Wörter ›Dianateich‹ und ›M.?‹«

»Daraus kann man doch einen Bezug herleiten. Warum sollten ohne eine solche Querverbindung diese beiden Wörter gemeinsam auf einem Zettel notiert sein?«

»Das sehe ich auch so.«

»Mehr bringt es im Augenblick aber nicht.«

»Jedenfalls haben wir die Hintermänner aufgescheucht.«

»Das hat schon oft was gebracht.«

»Da wir die Funde in räumlicher Nähe gemacht haben – die Kleidung, die Mappe, den Toten –, besteht in meinen Augen ein eindeutiger Zusammenhang.«

»Waren noch weitere Hinweise im Container?«

»Nichts unmittelbar Brauchbares. Einkaufszettel. Wir werden überprüfen, ob sich eine Verkäuferin an einen dieser Kunden erinnert.«

»Das ist wenig, und die Suche wird mühsam sein.«

»Wir werden trotzdem nichts auslassen.«

»Und M.? Hast du irgendeinen Hinweis?«

»Nein. Da ich nicht offen suchen kann, vertraue ich auf deine Spürnase und deine Beziehungen.«

»Wir dürfen also über einen solchen Zusammenhang gar nicht erst reden.«

»Ich nicht.«

»Ich darf also?«

»Das kann dir niemand verbieten.«

Nun hatte Buttmei das Gefühl, Rotemeier auf die Informationen des verdeckten Ermittlers hinweisen zu müssen, ohne dessen Identität preiszugeben: »Könnte Dr. M. in einem Zeugenschutzprogramm stecken? Das gibt es bei Mafiaprozessen durchaus und würde manches erklären: sein Verschwinden, das Abblocken aller Ermittlungen von oben. Dann könnten wir unsere Bemühungen einstellen.«

Rotemeier reagierte überrascht: »Dass ich nicht auf diese Idee gekommen bin! Ich werde versuchen, ob ich zumindest eine Andeutung von den Kontaktpersonen, die ich habe, erhalten kann, ob es sein könnte oder nicht.«

Buttmei berichtete nun auch von seinem Treffen mit dem Sohn. Ohne auf Rotemeiers gekränkte Blicke einzugehen, erzählte er, was er unternommen hatte. Neumanns Einsatz erwähnte er nicht. Man wusste trotz aller Menschenkenntnis nie, wie ein Vorgesetzter reagiert, wenn Aktionen hinter seinem Rücken unternommen werden.

Da die Hinweise, die bei diesem Gespräch herausgekommen waren, sehr vage waren und allenfalls die Spur zu den Drogengeschäften und möglicher Erpressbarkeit des Staatsanwalts wegen der Rolle seines Sohnes zusätzliche Eingrenzungen brachte, beruhigte sich Rotemeiers Miene. Buttmei konnte jedoch die Bemerkung nicht unterdrücken: »Wenn du mich ins Boot holst, musst du mit solchen Aktionen rechnen.«

»Ich weiß.«

Das Klingeln von Rotemeiers Handy unterbrach das Gespräch. Er lauschte aufmerksam, sagte nur ja und nein und am Ende des Gesprächs: »Ich komme.« Zu Buttmei gewandt, erklärte er: »Es gab einen Einbruch in die Villa von Dr. M. Die Nachbarn haben eine eingeschlagene Terrassentür gemeldet. Ich werde mit meinen Leuten hinfahren und eine gründliche Spurensuche vornehmen.«

»Ist die Villa nicht versiegelt?«

»Wenn Gefahr im Verzug ist, kann ich dieses Siegel aufbrechen, auch wenn es eine vorgesetzte Instanz angebracht hat, aber ich muss es gar nicht tun, denn ich kann den gleichen Weg gehen wie die Einbrecher:

durch die unversiegelte und nun aufgebrochene Verandatür.«

»Dann such gründlich!«

»Allerdings! Drauf kannst du dich verlassen. Ich lasse kein Zimmer und keinen Winkel aus. Du erhältst Nachricht von mir.« Er sprang auf, drehte sich im Weggehen noch einmal um: »Ach ja, das hätte ich fast vergessen: Die Untersuchung des Autos ist abgeschlossen. Außer einer Waffe und einer kleinen Menge Kokain im Handschuhfach, einem Glas mit Oliven, einer Packung Salami, einer Tüte mit Brötchen und einer Odenwaldkarte auf dem Beifahrersitz haben wir nichts gefunden. Wahrscheinlich ist er von seinen Mördern überrascht worden. Wir können davon ausgehen, dass er sie kannte.«

»Die Odenwaldkarte würde ich gerne sehen!«, rief Buttmei dem Davoneilenden nach. Diese Karte beschäftigte ihn, während er noch auf der Bank im Baumschatten sitzen blieb und einem balzenden Täuberich vor der Bank beobachtete, wie der mit geschwellter Brust hinter seiner Erkorenen her stolzierte und dabei rhythmisch nickte. Dazwischen tat er uninteressiert und pickte nach Körnern im Kies, obwohl es dort keine gab.

Vielleicht enthielt die Karte Markierungen, aus denen er Rückschlüsse ziehen konnte. Schließlich kannte er den Odenwald recht gut. Er nahm sich vor, den Sohn ein zweites Mal anzurufen und dabei auch nach Bezügen in den Odenwald zu fragen. Doch zuerst würde er mit Theo auf dem Umweg über den Herrngarten nach Hause gehen.

Theo hatte die ganze Zeit brav neben ihm gesessen. Buttmei hatte ihn während des Gesprächs mit Rotemeier völlig vergessen. Nun hatte er sich einen Auslauf redlich verdient. Er würde ihn von der Leine lassen, solange keine Gefahr im Verzug existierte – in Form eines Streifenwagens oder eines Rentners, dem man die Suche nach Ärger schon an der Körperhaltung ansah.

***

Am Tag darauf informierte ihn Rotemeier über die Spurensuche in M.s Villa. Für die Aufklärung des Falles hatte sie im Grunde nichts gebracht. Es schien sich um einen gewöhnlichen Einbruch auf der Suche nach Wertsachen zu handeln. Ein Tresor war aufgebrochen worden, Kunstgegenstände fehlten. Aber sie konnten nicht exakt feststellen, welche Gegenstände es waren. Dazu bräuchten sie eine Person, die im Haus Bescheid wusste. Rotemeier hatte bereits mit der Putzfrau Kontakt aufgenommen. Den Sohn hatte er noch nicht erreichen können.

Auffällig schien nur, dass die Person oder die Personen, die den Einbruch begangen hatten, sich so gut auskannten, dass sie weder Schränke noch Schubladen – außer der Schreibtischschublade – durchwühlt hatten. Neue Fingerabdrücke gab es keine. Die Diebe hatten offensichtlich Handschuhe getragen.

Ein Seufzer beschloss Rotemeiers Informationen: »Von der gesuchten Akte ebenfalls keine Spur. Wir haben wirklich alles auf den Kopf gestellt. Sogar die auffällig zahlreichen Geweihe haben wir von den Wänden genommen.«

»Geweihe?«, fragte Buttmei nach.

»Ja, Geweihe. Anscheinend hat er so was gesammelt. Wahrscheinlich ging er außer der Jagd nach Verbrechern auch auf die Jagd nach Tieren. Warum sonst sollte er Geweihe aufhängen? Jagdgewehre haben wir aber keine gefunden.«

»Wie reagieren diejenigen, die dir die Ermittlungen untersagt haben?«

»Die wissen noch nichts von dieser Aktion. Ich musste schnell handeln, wegen Gefahr im Verzug. Du kennst diese nützliche Formel. Ich werde jetzt schweren Herzens die Oberen informieren. Darum kann ich mich nicht mehr herumdrücken.«

»Dann wünsch' ich dir gute Nerven!«

»Danke.«

Buttmei dachte an den Sohn, erwog, ob nicht er der Einbrecher war. Er kannte sich im Haus aus. Außerdem war er in existenziellen Geldsorgen. Kurz entschlossen rief er ihn an. Statt der Stimme des Sohnes vernahm er jedoch nur die Ansage: »Kein Anschluss unter dieser Nummer. Kein Anschluss unter dieser Nummer.« Zunächst konnte er sich keinen Reim darauf machen, außer der Feststellung, dass der Sohn verschwunden, seiner Meinung nach untergetaucht war, weil er nicht als Leiche in einem Teich im Arheiliger Wald oder anderswo landen wollte.

Da er noch vier Tage bis zu dem Stammtischdonnerstag im ›Bayrischen Hof‹ abwarten musste und vorher nichts klären konnte, überlegte er, ob er nicht einfach eine Auszeit nehmen und zu Anne Weber in den Odenwald fahren sollte. Während er noch zögerte und seine Notizen sortierte und ergänzte, rief Rotemeier ein zweites Mal an und informierte ihn über seine Gespräche.

Das erste mit der Präsidentin war unfreundlich kurz. Von einem ›Nachspiel‹ war die Rede. Das beeindruckte ihn aber nicht allzu sehr.

Der zweite Anruf kam aus dem Innenministerium.

Ein arroganter Schnösel, wahrscheinlich ein Staatsekretär, habe ihn zur Sau gemacht: Was er sich erdreiste! Wenn er noch einmal und so weiter und so fort! Und ›Strafversetzung‹ und ›Karriereende‹ kamen als Drohungen hinterher. Genauso erzählte es Rotemeier. »Ich habe mich auch zur Sau machen lassen, damit er nicht noch wütender und gegen mich aktiv wurde. So ist er sich sicher, dass er mich tief beeindruckt und somit erreicht hat, dass ich die Finger von dem Fall lasse. Am Schluss des Gesprächs habe ich alle Schuld auf dich geschoben, Buttmei: Du gäbst keine Ruhe; du wärst der, der weiter ermittelt. Ich habe dich sogar einen Schnüffler genannt.«

Erleichtert nahm Rotemeier zur Kenntnis, dass Buttmei ihn dafür lobte und ihn daran erinnerte, dass sie genau diese Vorgehensweise verabredet hätten.

»Der Schnösel«, schloss Rotemeier seine Mitteilung ab, »will sich mit dir in Verbindung setzen und dich, wie er sagte, zurückpfeifen, da ich ja wohl nicht dazu in der Lage wäre. Ich habe ihm deine Telefonnummer gegeben.«

»Soll er ruhig pfeifen. Ich bin schwerhörig. Das Alter, Rotemeier, bewirkt so etwas. Und wenn man schon alt ist, warum soll man es dann nicht nutzen?«

Dieses Gespräch bestärkte ihn in seiner Absicht, eine Auszeit zu nehmen. Der Schnösel sollte sich die Finger wund telefonieren und den Anrufbeantworter volllabern. Er verabredete sich mit Anne und fuhr noch am gleichen Abend zu ihr in den Odenwald. Auf dem Weg zur Bushaltestelle bemerkte er, wie sehr sich die Natur in den beiden Wochen nach dem Spaziergang zum Kalkofen entwickelt hatte und mit Macht zur Entfaltung der Blätter und Blüten drängte. Vor allem die Magnolienbäume fielen auf, weil sie ihre Blüten groß und weiß und rosa aus den Knospen fackelten. »Es wird bald Ostern«, teilte er Theo mit.

***

Ein Bus brachte sie zur Talstation Nieder-Kainsbach. Dort wartete Anne. Sie liefen zu dritt bergauf. Schon nach wenigen Schritten hatten sie Kainsbach verlassen und wanderten durch die Landschaft, die er so liebte. Er spürte nicht einmal mehr, wie das Geschehene von ihm abfiel und sich über die waldigen Hügel in Richtung Darmstadt verkrümelte.

Die Einliegerwohnung war zwar nicht so gemütlich wie das Hinterhimmelsbacher Haus. Ein Zimmer für Buttmei und Theo war jedoch vorhanden und auch schon vorbereitet. Das Bett war frisch bezogen, davor standen ein neuer Hundekorb, eine Schüssel für die Fertignahrung und eine für Wasser. Auf einem kleinen Tisch befand sich ein Vorrat an Dosen mit Hundenahrung, Theos Lieblingssorten. Anne hatte sogar Aschenbecher verteilt, einen in das für Buttmei vorgesehene Zimmer, einen anderen in den Wohnraum, in dem sie die Abende verbringen würden.

Die Blicke aus dem Fenster zeigten hügelauf, und da kein weiteres Haus zwischen diesem und der Hügelseite stand, konnte man über die Felder bis zum Waldrand blicken. Das neue Grün der Wiesen, auf dem schon die Kühe weideten, das Braun der Äcker, aus deren Furchen ebenfalls ein Flaum ersten Grüns wuchs, und die verschiedenen Grüntöne des Waldes – vom dunklen Fichtengrün bis zu den aufspringenden hellgrünen Buchenknospen – beruhigten die Augen. Von den Augen her lockerten sich der Körper und das Gemüt. Die Gedanken bewegten sich bedächtiger.

Buttmei entspannte. Theo war dagegen die Anspannung der Vorfreude auf den ersten Spaziergang anzusehen. Er saß auf den Hinterpfoten, fing bei jeder Bewegung von Anne zu schwänzeln an und richtete seine Augen auf die Tür, zu der sie hereingekommen waren.

Schon unten im Tal an der Bushaltestelle hatte Theo demonstriert, wie sehr er sich an Anne und die gemeinsam Wege mit ihr erinnerte, und seinen Herrn von da an weitgehend ignoriert, was diesen jedoch wenig störte, weil er vorhatte, zu genießen, dass Theo von Anne betreut und ausgeführt werden würde. Nachdem alle etwas getrunken hatten und sogar der durstige Buttmei akzeptiert hatte, dass es zunächst Wasser war – allerdings frisch nach Quelle schmeckendes Wasser –, schlug sie erwartungsgemäß einen ersten Weg den Hügel hinauf mit Blick über das Tal ein.

»Geh du mit Theo, der freut sich drauf. Ich schlendere erst einmal um das Haus herum und rauche eine Pfeife.«

»Du kannst auch hier rauchen.«

»Nein, das werde ich nicht. Ich habe schon beim Hereinkommen gerochen, dass in diesen Räumen noch keiner geraucht hat. Außerdem schmeckt die Pfeife in der frischen Odenwaldluft doppelt so gut.«

»Dann gehen wir, Theo!«

Der verstand sofort, was gemeint war, und rannte zur Tür. Buttmei drückte Anne die Leine in die Hand.

»Die werde ich nicht brauchen!«

»Nimm sie mit. Nicht dass Theo wieder ein Marder oder ein anderes beißwütiges Tier über den Weg läuft. Die Wunden sind gerade erst abgeheilt und das Fell so drübergewachsen, dass man sie nicht mehr sieht.«

»Auf den Feldwegen laufen keine Marder. Die Hasen sind auch so gut wie ausgestorben. Jungtiere liegen noch nicht im Feld oder Gras versteckt. Vogelnester auch nicht. Nicht eine einzige Lerche steigt mehr auf und schwirrt und trällert über die Wiesen. Das alles war einmal. Füchse und Wildschweine haben ihre Reviere woanders. Den Wald werden wir heute nicht betreten.«

Sie drückte ihm den Schlüssel für die Wohnung in die Hand, öffnete die Tür und lief wie ein junges Mädchen hinter dem davonsausenden Theo her.

Er holte seine Pfeife aus dem Reisebeutel, bereitete sie vor, stopfte sie sorgfältig mit Krümeln aus dem Tabakbeutel, zündete sie an, als er auf der Schwelle nach draußen stand, und lief paffend und den Kringeln nachsehend um das Haus.

Anne und Theo wurden kleiner. Als er die zweite Runde drehte, musste er bereits suchen, um sie noch zu entdecken. Nach der dritten Runde gelang es ihm nur noch, Anne und ihre Bewegungen auszumachen.

Er wusste, dass man ihn hier nicht anrufen konnte. Ein Handy besaß er nicht. Annes Telefonnummer kannte nicht einmal Neumann. Die Tage bis zum Donnerstag würden ruhige Tage werden, und der Fall würde sich in die hintersten Ecken seines Gedächtnisses verkriechen. Er hatte nicht einmal sein Notizheft mitgenommen. Das war ein seltener Vorgang und belegte, wie sehr er ausspannen und die Gegend erkunden wollte.

Das Dorf lag still in der Abendstunde. Ein paar Kühe muhten und wollten zum Melken in die Ställe gebracht werden. Ansonsten hätte man meinen können, dass es verlassen wäre. Diese Vorstellung störte Buttmei nicht. Er war hierher gekommen, um die Landschaft und den

Abstand von der Stadt zu genießen, und nicht, um neue Menschen kennen zu lernen, und schon gar nicht, um neuen Tatorten zu begegnen. Er war zwar kein Misanthrop. Das hätte er von sich gewiesen. Aber er war auch keiner, der auf andere Menschen zuging. Ungestört und genießerisch schmauchte er sein Pfeifchen und sog danach, immer wieder den Kopf vom Qualm des Tabaks zur Seite abgewendet, die frische Luft ein, der alle Gerüche fehlten, die in der Stadt selbstverständlich zu sein schienen.

Anne und Theo kamen zurück, Anne mit verdreckten Schuhen und vom Wind zerzausten Haaren, Theo mit erdiger Schnauze und Pfoten, die bis ins Zimmer ihre Abdrücke hinterließen. Er wollte ihn beschimpfen, sie verhinderte es.

Nach Abfütterung und hörbarem Schlappern mehrerer Wasserrationen kroch Theo in sein neues Körbchen, kringelte sich mehrmals, bis auch der Schwanz sich in den Kreis fügte, und schlief ein. Anne und Buttmei aßen ein ländliches Abendbrot mit Hausmacherwurst und tranken einen trockenen brombeerfarbenen Rotwein, der im Abgang auch nach Brombeeren schmeckte. Sie saßen noch lange in der Stube, die allmählich so viel Dunkelheit von draußen aufnahm, dass sie nur noch ihre Umrisse erkennen konnten.

Er erzählte ihr in groben Zügen von seinem neuen Fall und gab zu verstehen, dass er nach diesem Bericht nicht mehr von den Ermittlungen reden wollte.

Sie sprach von ihrem geplanten Hauskauf über die beiden nächsten Hügel hinweg in Ober-Kainsbach und schlug vor, am nächsten Tag dorthin zu laufen, weil sie es ihm zeigen wollte und weil es ein schöner Wanderweg wäre.

Der Weg führte zuerst über die Asphaltstraße hügelauf und machte Buttmeis Knie müde. Er musste sich auf seine Schritte konzentrieren und ließ Landschaft Landschaft sein. Sogar Theo trottete langsamer als sonst. Nur Anne schien die Steigung und den harten Straßenbelag nicht zu spüren und schritt vornweg.

Als sie am Scheitelpunkt standen, atmete er tiefer ein als gewöhnlich; er rang nach Luft, und sein Herz klopfte spürbar.

Anne sah ihn an: »Geh ich zu schnell?«

»Ich werde nicht jünger, und bergauf und treppauf komme ich schon ins Schnaufen. Aber noch beruhigt sich das schnell. Nun geht es ja bergab.«

Er drehte sich um und sah auf das Tal. Der Ausblick belohnte ihn. Die Dächer scharten sich in einer Mulde zwischen die nun grünenden Bäume. Die ansteigenden Felder flankierten das Dorf nach drei Seiten und schufen eine Weite, die es noch kleiner aussehen ließ, als es war. Es wurde in die Landschaft integriert. Auf der vierten, ihnen gegenüberliegenden Seite öffnete sich das Tal. Der Blick wirkte wie eine Postkartenidylle und zeigte den Odenwald von seiner schönsten Seite. An einer solchen Stelle konnte man meinen, die Welt wäre friedlich, und nichts könnte ihre Harmonie stören. Das Denken löste sich auf in Sehen. Das Sehen wurde zu Empfindungen, die den ganzen Körper für sich einnahmen. Es fiel ihm schwer, sich loszureißen.

Der ins nächste Tal führende Weg war eine Schneise mit allen Eigenschaften eines von Siedlungen weitab liegenden Waldes. Das Licht wurde gemildert, fast dämmerig. Es bekam einen Braunton, ähnlich dem der Rinden der Baumstämme. Nur einzelne Sonnenstrahlen brachen wie Speere durch die Kronen und zeichneten sich bewegende helle Flecken in die Heidelbeerbüsche. Die Geräusche wurden gedämpft, die eigenen Schritte fast unhörbar. Nur wenn irgendwo ein Ästchen brach, wachten die Ohren auf und lauschten, ob ein Tier im Gehölz unterwegs war. Die Stimmung erinnerte ihn an die schönen Momente seiner Kindheit.

Anne hatte mit der Bemerkung »Hier gibt es Wildschweine« Theo angeleint, und er lief ebenso lautlos wie sie über den federnden Waldboden. Seine Augen spähten jedoch nach allen Seiten in das Unterholz und durch die Baumstämme, ob es nicht irgendwo eine Bewegung gab, die seinen Jagdinstinkt wecken konnte. Buttmei hatte vor Wildschweinen Respekt. So wie sie ganze Wiesen umpflügen, könnten ihre Hauer auch Menschen verletzen und einen Hund wie Theo töten.

Dann stieg der Weg wieder an, über Wiesen zum nächsten Waldstück. Sie kamen an der Schnellertsruine vorbei, hielten kurz inne und sahen sich um. Eifrige Heimatforscher aus dem nächsten Dorf haben Ausgrabungen unternommen, Mauern und Turmstümpfe gesichert und das Ganze zu einem Rastplatz mit Informationstafeln gestaltet. Das Reizvolle an dem Ort war seine Lage mitten im Wald. Die umgebenden Bäume prägten die Stelle und umschlossen die spärlichen Steinreste, als wären sie ein Teil des Waldes.

Anne erzählte ihm die Geschichte des Schnellertsherren, des sagenumwobenen Rodensteiners, der zwischen dieser Burg und dem Rodenstein lärmend durch die Lüfte fuhr, wenn Krieg bevorstand, und nach dem Krieg erneut mit Getöse zum Schnellerts zurückkehrte. Sie versprach, ihm die Scheune zu zeigen, unten im Ober-Kainsbacher Tal, durch die er bisher nach Erzählungen der Hofbesitzer bei jedem Krieg, auch den beiden letzten Weltkriegen, mit seinem ganzen Heer gestürmt war. Als Buttmei skeptisch blickte, meinte sie leicht gekränkt, es gebe Dinge zwischen Himmel und Erde, von denen er keine Ahnung habe.

Nun ging es wieder bergab. Das gesamte Inventar eines ländlichen Frühlings begleitete sie: Wiesen, auf denen Löwenzahn und Wiesenschaumkraut blühten; summende Insekten; das Plätschern eines Baches; Wildkirschblüten. ›Das gibt es in unserer Welt doch gar nicht mehr‹, dachte Buttmei, aber seine Augen widerlegten ihn.

Sie näherten sich dem den Hang heraufgezogenen Dorfrand. Sie überblickten das Ober-Kainbacher Tal mit den Dächern, die sich, den Windungen der Straße entlang, in Wiesengrün, Felderbraun und Kirschbaumweiß zu einer ähnlichen Postkarte fügten, wie es der Blick über Affhöllerbach vermocht hat.

Dann standen sie vor dem Grundstück, auf dem Annes Haus entstehen sollte. Das Haus gab es noch nicht, obwohl sie immer davon gesprochen hatte, sie würde ein Haus kaufen. Es gab eine plan gemachte Stelle in einer Wiese, eine asphaltierte Straße mit Kanaldeckeln und Laternen, die befremdlich wirkte, weil sie scheinbar ohne jede Funktion herumlagen und standen. Kein einziges Haus war bereits errichtet worden oder wenigstens im Bau begriffen. Dazu war es noch eine Sackgasse, von der aus man nur auf einer Seite, dem Tal zu, die Existenz von Häusern ausmachen konnte. Sie endete abrupt vor einem Viehzaun.

Trotzdem mussten sie mit Anne auf den Hang hinter der planierten Stelle klettern und die Aussicht bewundern. Sie wurde für Buttmei ein einsehbarer Grund, warum Anne an dieser Stelle stand und von ihrem Haus sprach. Man sah ins Tal und zu den Waldhügeln auf beiden Seiten, rechts von ihnen lag der Schnellerts. Unten im Tal deutete Anne auf ein Gehöft und erklärte ihm, dass dort die Scheune sei, durch die der Rodensteiner und sein wildes Heer brausten.

Er musste jedenfalls hierher nicht mehr zurückkommen, bevor dieses Haus erbaut und Anne eingezogen war. Als sie ihn anstieß und herausfordernd sagte: »Da sind noch Bauplätze frei!«, schüttelte er deutlich den Kopf und fragte sie, ob sie die Verträge bereits unterschrieben habe.

»Ich habe Vereinbarungen getroffen.«

»Vereinbarungen? Dann kannst du jederzeit aussteigen.«

»Wieso das?«

»Hast du nicht die Geschichte mit der Darmstädter Madonna mitgekriegt? Da hat man nicht nur testamentarischen Willen mit Füßen getreten, sondern auch die Stadt über den Tisch gezogen, weil nur Vereinbarungen getroffen waren und die angeblich nicht justiziabel sind, also auch nicht eingehalten werden müssen. So einfach ist das.«

»Ich will sie aber einhalten.«

»Dann sichere dich ab, dass auch die anderen sie einhalten müssen.«

»Du siehst in zu vielen Dingen kriminelle Energie.«

»Dafür habe ich gute Gründe.«

Sie gingen den gleichen Weg zurück, den sie gekommen waren.

Sie deutete ein Seitental aufwärts und erklärte: »Da oben liegt Böllstein. Wenn du das nächste Mal kommst, wandern wir dort hinauf.« Er ahnte zu dem Zeitpunkt nicht, dass er schneller zurückkehren würde, als er es vorhatte, und dass Böllstein eine besondere Rolle spielen würde.

Als sie am Abend in den Bus stiegen, wusste er nicht, ob ihm oder Theo es schwerer fiel, zurück in die Stadt und damit in eine andere, realere Welt zu fahren. Anne winkte ihnen noch lange nach.

***

In Darmstadt an der Wohnungstür erkannte er durch das geübte Auge des Kriminalisten sofort, dass es einen Einbruchversuch gegeben hatte. Die Tür war beschädigt. In der Höhe des Schlüssellochs hatte man ein Stemmeisen angesetzt. Man hatte sogar auf der Seite die Türangeln auszuhebeln versucht. Aber sie hatte widerstanden. So sah es jedenfalls von außen aus. Der Nachbar, der die Einbrecher gehört hatte, öffnete seine Wohnungstür, weil er Theo hörte, der bellte, als er die Aufregung seines Herrn bemerkte.

Der Nachbar bestätigte, dass sie geflohen waren, nachdem er, als er den Lärm vernommen hatte, den sie beim Aufhebeln verursachten, durch den Spion geblickt und zwei Kapuzenmänner bei ihrem Einbruchversuch sah, sofort die Polizei gerufen hatte. Als die beiden Männer die Sirene hörten, wären sie weggelaufen und wohl über den Hinterhof und die Gartenmauer entkommen, während die Polizisten das Haus betraten.

»Zwei Kapuzenmänner waren es?«, fragte Buttmei.

»Ja, sie hatten Jeans an und graubraune Kapuzen über den Kopf gezogen. Handschuhe trugen sie auch. Das Stemmeisen haben sie fallen lassen. Die Polizei hat es mitgenommen.«

»Ich habe so was befürchtet.«

»Sind Sie an einem Fall?« Die Frage war mit dem Unterton der Neugier gestellt.

Der Nachbar war stets erpicht darauf, von Buttmei Erzählungen über irgendwelche Kriminalfälle zu hören, und Buttmei tat ihm den Gefallen, beschränkte jedoch die Erzählungen, die ihm eigentlich nicht so recht in den Kram passten, auf das Treppenhaus und auf ein kurzes Schwätzchen. Das war nicht allzu lästig und erhielt die nachbarliche Freundlichkeit.

»Ja, ich bin an einem Fall. Aber ich darf noch nicht darüber reden.«

Er wusste, dass er mit diesem Satz die Neugierde noch beflügelte und die Spannung erhöhte, aber auch, dass der Nachbar nicht mehr nachfragen und gespannt darauf warten würde, bis er mehr erfahren konnte. Bei den nächsten Begegnungen im Treppenhaus würde er fragen: »Gibt es etwas Neues in Ihrem Fall?« Ein wenig genoss es Buttmei, ihn hinzuhalten. Es war insgeheim das Gefühl, immer noch ein interessanter Zeitgenosse zu sein.

Die Tür hatte sich durch die Attacke leicht verschoben. Er musste sie andrücken und anheben, bis der Schlüssel griff und sie aufsprang. Im Inneren der Wohnung gab es keine Spuren von Eindringlingen. Die Sicherheitssperre, die er nach einem der letzten Fälle hatte einbauen lassen, hatte sich bewährt. Trotzdem würde er den Schreiner holen müssen, um die Tür zu richten und das Schloss zu überprüfen.

Seine Notizen lagen so aufgeschlagen, wie er sie hatte liegen lassen. Beim nächsten Ausflug würde er sie verstecken. Ein sicherer Platz würde ihm einfallen. Denn eines stand für ihn fest: Der Einbruchversuch konnte nur mit dem aktuellen Fall zu tun und seine Aufzeichnungen als Ziel haben. Ein normaler Einbrecher hätte bereits am Schloss erkannt, dass sich die Mühe, es zu öffnen, nicht lohnte. Schließlich befanden sich keine Reichtümer dahinter. Für diese Tatsache hatten professionelle Einbrecher ein Gespür. Und Gelegenheitsdiebe hätten schnell begriffen, dass sie hier nichts im Vorbeigehen erbeuten konnten.

Erst jetzt fiel ihm das Blinken des Anrufbeantworters auf, den er eingeschaltet hatte, bevor sie auf die Reise gingen. Die Anrufzahl im Display war zweistellig. Er versorgte Theo, rückte einen Stuhl zum Telefon und drückte den grünen Knopf. Zwei Stimmen waren mehrmals zu hören: die von Rotemeier und eine ihm nicht vertraute.

Rotemeiers Anrufe klangen immer besorgter und wiederholten die Fragen: »Buttmei, wo steckst du? Was ist los mit dir?« Die andere Stimme identifizierte er als die der Polizeichefin. Sie verlangte herrisch einen Rückruf.

›Die kann warten‹, dachte er und wählte Rotemeiers Nummer.

Es klang tatsächlich so, als atmete Rotemeier beim Hören der Stimme Buttmeis auf. Danach folgten die Fragen: »Wo warst du? Hat man dich entführt oder bedroht, oder was ist geschehen?«

»Nichts. Ich habe eine Auszeit genommen.«

»Und der Einbruchversuch in deine Wohnung?«

»Das weißt du auch schon?«

»Die Polizisten wissen von deiner Freundschaft mit Neumann und haben ihn informiert.«

»Wie hat Neumann reagiert?«

»Der ist völlig ruhig geblieben.«

»Er kennt mich eben.«

»Du vergisst, in welchem Fall du gerade steckst. Da ist alles möglich!«

»Ich bin gesund, unversehrt, munter und voller Tatendrang.«

»Sogar unsere Chefin war hinter dir her.«

»Aber sie hat mich nicht erreicht.«

»Das hat sie uns mehrfach mitgeteilt und mit Macht wissen wollen, wo du dich befindest.«

»Dann war es doch von Vorteil, dass du es guten Gewissens nicht beantworten konntest«, gab Buttmei zu bedenken.

»Hinter ihrer Hartnäckigkeit muss etwas Wichtiges stecken. Sie würde niemals täglich bei einem pensionierten Beamten anrufen.«

»Es wird unser Fall sein. Das ist gut so.«

»Wieso ist das gut?«

»Es kann uns nur näher an die Ursachen heranbringen. Sie schaltet sich doch nicht ein, wenn nichts Besonderes im Busch wäre. Wenn sie von mir etwas wissen will, muss sie mir mitteilen, worum es geht.«

»Wann rufst du zurück?«

»Gar nicht«, erklärte er bestimmt.

Die Antwort schien Rotemeier zu überraschen: »Wieso das?«

»So dringend, wie ihr das Gespräch mit mir zu sein scheint, meldet sie sich wieder. Morgen zum Beispiel bin ich zu Hause. Heute Abend gehe ich zu einem Stammtisch in den ›Bayrischen Hof‹. Da ich kein Handy mein eigen nenne, bin ich nicht erreichbar. Und Theo hebt das Telefon nicht ab.«

»Du kannst einen ganz schön aufregen. Ich habe das Gefühl, das macht dir obendrein noch Vergnügen.«

Darauf antwortete Buttmei nicht. Stattdessen teilte er ihm mit, dass der sogenannte Schnösel aus dem Ministerium sich nicht bei ihm gemeldet habe.

»Er wird es an die Polizeichefin delegiert haben«, überlegte Rotemeier laut, aber so, als spräche er mit sich selbst.

»Wahrscheinlich will er nicht aus der Deckung kommen. Schade. Ich hätte ein paar Fragen an ihn gehabt, die ihn sicher aus der Ruhe gebracht hätten«, stellte Buttmei fest und bat Rotemeier, Neumann mit der Odenwaldkarte, die sie im Auto des Ermordeten gefunden hatten, vorbeizuschicken. Nun bereitete er sich auf den abendlichen Ausgang vor.

***

Der Weg zum ›Bayrischen Hof‹ führte ihn an der Technischen Universität vorbei durch die Hochschulstraße. Er hatte gehört, dass die Technische Hochschule, die stolz war, eine Universität geworden zu sein, die Straße umbenennen will, weil sie der Fachhochschule, die sich endlich Hochschule nennen darf, nicht gönnt, an einer Hochschulstraße zu liegen und sich selbst erniedrigt vorkommt, diesen Straßennamen immer noch in der Adresse zu haben. So etwas amüsierte ihn. Er schmunzelte.

Vor dem Gebäude blieb er stehen. Das tat er meistens, wenn er vorüberkam, weil die Fassade aus einer anderen Zeit stammte und eine der wenigen war, die die Zerstörung der Stadt überdauert hatten. Sie beeindruckte ihn aus der Distanz des gegenüberliegenden Bürgersteigs mit ihren Medaillons und den Köpfen der bedeutenden Professoren in grünen Lorbeerkränzen. Sie zogen sich die ganze Fassade entlang und ließen für die Eitelkeiten der gegenwärtigen Professoren keinen Platz frei.

Ein imposantes Stück Vergangenheit aus roten Backstein- und dunkelgelben Steinquaderstreifen. Dazu passten die kleinen und großen Löwen und der griechischen Vorbildern nachgebaute Eingang mit korinthischen Säulen und einem Giebelfries und als Zugabe zur Rechten und zur Linken martialische Köpfe.

Er lief am ehemaligen Heizwerk vorüber, an den grauen Metallmäulern, die, wie er annahm, die ehemaligen Fenster verstellten, und unter den Pseudowasserspeiern mit ihren grotesken Fratzen entlang.

Danach kamen auf der linken Straßenseite die ersten schwungvollen Giebel. Sie reihten sich wie ein vorweggenommenes Echo auf den Giebel des ›Bayrischen Hofs‹ zu: grüne, weiße, gelbe Fassaden, manchmal mit Fachwerk an den Seitenrändern. Fast wehmütig betrachtete er diese Überbleibsel aus dem alten Darmstadt. Es gab nicht mehr viele davon, um so bewusster nahm er sie in sich auf.

Dann stand er vor dem ›Bayrischen Hof‹. Der Name verwunderte ihn. Wie kam der Zusatz ›Bayrisch‹ an diese Stelle mitten im alten Darmstadt? Rührte er noch aus der Zeit, als die Hessen mit den Bayern verbündet gegen die Preußen gekämpft und leider verloren hatten? Er nahm sich vor nachzuforschen, nachdem der aktuelle Fall abgeschlossen war.

Er betrachtete noch die malerische Reihe von Giebeln und die prachtvollen Gebäude, die sich an der Alexanderstraße um den ›Bayrischen Hof‹ scharen, dann durchschritt er den Torbogen zum Hof, suchte den Eingang und betrat die Gaststube. Auch sie wirkte wie ein Relikt aus der Biergartenepoche des vorletzten Jahrhunderts. Die Ausstattung mit einfachen Holztischen, die Stammtischatmosphäre, die an jedem Tisch herrschte, das Gedränge, das Publikum, Einheimische oder welche, die sich dazu zählten. Das sah er auf einen Blick. Viele Gesichter waren darunter, die man aus dem Stadtleben kannte.

Der größte Stammtisch war der, den er suchte. An mehreren zusammengeschobenen Tischen saß inmitten anderer bekannter Leute Eckstein und winkte ihm.

Neben ihm saß der Anwalt, mit dem er sprechen wollte. Er erkannte ihn an dem breitrandigen Hut, den er auch im Lokal aufbehielt. Eckstein hatte alles vorbereitet, schob einen neuen Stuhl zwischen sich und den Anwalt und forderte Buttmei auf, sich zu setzen. Dann rief er quer über den Tisch: »Das ist der berühmte und berüchtigte Hauptkommissar Buttmei, zuständig für zahllose Mordfälle. Ich habe ihn für heute Abend eingeladen, damit er alle potentiellen Mörder unter uns ausdeutet.«

Alle starrten zu ihm her, klopften auf die Tische und begrüßten ihn auf diese Weise. Dann wandten sie sich wieder den Bembeln und Gläsern und den rustikalen Mahlzeiten zu: Höschen, Rippchen mit Sauerkraut, Wurstplatten, Handkäs mit Musik.

Die Bedienung ignorierte Buttmei eine Weile. Offensichtlich hielt sie sich streng an eine Reihenfolge, die er als Neuling nicht durchschaute. Dann stand sie vor ihm. Eine rundliche Frauenperson mittleren Alters, energisch, so als würde sie stets die Arme in die Hüfte stemmen, und fragte. »Was kriesche Sie?«

Er sah sich etwas hilflos um. Alle hatten die blaugrauen Bembel vor sich, in denen man Apfelwein servierte. Er merkte, dass sie ungeduldig wurde und sagte rasch, bevor sie davonlief: »Haben Sie einen Rotwein für mich?«

»Nadierlich hawwe mer aach Rodwei.«

»Einen trockenen?«

»Ich hädd Ihne eh en drockene gebracht, so wie Sie aussehe. Un was esse mer?«

»Handkäse.«

»Handkäs mit Musick. Do passd awwer kaan Rodwei dezu!«, wiederholte sie, die Bestellung präzisierend, kritzelte es auf ihren Bestellzettel und eilte davon. Buttmei wusste als Einheimischer natürlich, was mit ›Musick‹ gemeint war: die Zwiebelringe, die den Handkäse zu einer Art Nationalgericht alter Darmstädter machten. Es war ohne Zweifel das ortstypischste Gericht auf einheimischen Speisekarten.

Eckstein – so war es seine Art – redete nicht lange um etwas herum, vielleicht wollte er es aber auch erledigt haben, um sich ganz auf das Stammtischgerede konzentrieren zu können. Er stellte Buttmei seinem Nachbarn, dem Anwalt, vor und sprang mitten hinein in dessen Anliegen: »Er will wissen, was der M. für ein Typ war.«

»Wieso ›war‹?«, fragte der Anwalt zurück.

»Er ist verschwunden.«

»Warum will er das wissen?«

»Er ermittelt, was mit ihm passiert sein könnte.«

»Der wird in eine Frauengeschichte verwickelt sein.«

»Nee, das ist ernster.«

Der Anwalt drehte Gesicht und Hut zu Buttmei. Der nun folgende Dialog ließ Eckstein außen vor, was diesem recht war und ihn seinen Apfelwein vergnügt genießen ließ.

»Wieso ermitteln Sie? Sie sind doch Pensionär.«

»Das ist eine lange Geschichte. Wenn Sie wollen, erzähle ich sie Ihnen ein anderes Mal unter vier Augen.«

Er gab sich damit zufrieden und fragte: »Also, was wollen Sie wissen?«

»Ich würde mir gern ein Bild von der Person Dr. M. machen. Es ist leichter, eine Nachforschung zu betreiben, wenn man eine Vorstellung hat, wie der Mensch aussieht und wie er sich verhält.«

»Zum Verhalten sage ich nur: arrogant, eitel, unnahbar, aber eifrig und unbeeinflussbar. So was wie ein Alleinherrscher in seinem Ressort. Er war gekränkt, wenn er nicht Recht behielt. – Was noch? Geschieden. Die Frau ist ihm davongelaufen. Viele Frauengeschichten. Das war schon fast manisch. Vielleicht brauchte er es zur Selbstbestätigung.«

»Und wie sieht er aus?«

»Er ist leicht zu erkennen: groß gewachsen, schlank, auf Figur getrimmt und auf gutes Aussehen. Da sitzt jede Haarsträhne. Weil die Haare weniger werden, hat er mit Hochkämmen nachgeholfen. Maßanzüge, meist hellgrau. Sein Markenzeichen sind plissierte Hemden, stets blütenweiß und frisch gestärkt, und ein Goldkettchen im offenen Hemdkragen, Goldringe an den Fingern und Goldkettchen um die Armgelenke. Die sieht man jedoch nur, wenn er einem privat über den Weg läuft. Im Gericht verbirgt die Robe diese Zutaten zu seiner Männlichkeit. In der Robe wirkt er streng und unnahbar.«

»Gibt es ein typisches Hobby?«

»Außer der Jagd nach jungen Frauen? Da muss ich überlegen. Ja, doch. Er ist ein leidenschaftlicher Jäger und hat irgendwo im Odenwald eine Jagdhütte.«

»Wissen Sie, wo?«

»Er hat keinen von uns mitgenommen. Wir sind ihm dazu nicht gut genug. Jäger ist man aus Passion, betonte er. Mich hat es allerdings auch nicht interessiert. Mit der Jagd habe ich nichts im Sinn. Wenn er das spürt, hebt er die Nase noch höher. Die Verachtung ist mit Händen zu greifen.«

»Fällt Ihnen noch was ein?«

»Nein.«

An der Stelle kam Buttmeis Handkäse. Der Rotwein stand bereits auf dem Tisch. Er hatte nicht gemerkt, dass die Bedienung ihn hingestellt hatte. Er widmete sich dem Essen und Trinken und sah sich in der Runde um. Von den Gesprächen verstand er wenig. Das Sprechgewirr war zu groß und sein Gehör altersbedingt schwächer geworden. Er bemühte sich also nicht erst, etwas von den Inhalten der Gespräche mitzubekommen. Aber die Versammlung besonderer Typen und Charakterköpfe am Tisch interessierte ihn, und er studierte sie Kopf für Kopf.

Als er die Reihe in seinem Gedächtnis gespeichert hatte, fragte er Eckstein, wer wer war. Das war eine Aufforderung, der Eckstein gern nachkam. Menschen zu charakterisieren auf seine Weise, unverblümt, direkt, das liebte er. So erfuhr nun Buttmei zu jedem der Köpfe ein paar Sätze, die ihm sehr schnell klar machten, wer in dieser Stammtischrunde saß, wer er war, und wie er war.

Nur bei Informationen zu dem ehemaligen Polizeipräsidenten winkte Buttmei ab. Ihn kannte er aus seiner aktiven Dienstzeit so gut, das er von Eckstein keine zusätzlichen Hinweise benötigte. Er hatte den ehemaligen Vorgesetzten gemocht. Er war ein menschlicher, gutmütiger und geduldiger Präsident gewesen, ohne Allüren, ohne Machtgelüste und immer freundlich. Sehr gealtert schien er ihm. Die Augen wirkten, als hätten sie Sehprobleme, die Gestik wirkte gebremst. Aber der Blick war trotz einer wohl im Alter erworbenen leichten Melancholie offen und angenehm, wie er es bei ihm gewohnt war. Auch an seine Frau erinnerte er sich gut: eine hochgewachsene, schlanke schwarzhaarige Schönheit. Auch an ihrem Aussehen war das Alter nicht spurlos vorüber gegangen. Sie wirkte besorgt und trug die gleiche Melancholie im Blick wie ihr Mann. Er war wohl der Initiator des Stammtisches und saß zurückgelehnt in seinem Stuhl in der Mitte der Gesellschaft.

Buttmei gegenüber saß, den Reden nach, ein Physiker mit seiner Frau. Grau meliert, mit Oberlippenbart und schmalrandiger Brille dozierte er, sich immer mehr in Feuer redend. Er versuchte seinem Nachbarn die Maxwellsche Formel zu erklären. Während seine Frau ihn mit geduldiger Verzweiflung ansah, weil dies wohl sein Lieblingsthema war, trank der Nachbar seinen Apfelwein und antwortete gar nicht erst.

Es war der Buttmei bekannte Fotograf, mit dem er in einem seiner früheren Fälle zusammengetroffen war: ein krausbärtiger und kraushaariger Mann, der mit sich selbst vergnügt auf sein Glas blickte. Sein dichter Rauschebart wuchs hoch bis zu den Schläfen, grau wie das Haar, das nach vorn gekämmt war, wohl auch, weil es sich ausdünnte und eine hohe Stirn zum Vorschein kommen ließ. Aus dem Haar standen einzelne Büschel nach oben und verstärkten noch seine verschmitzte Miene mit den großen graublauen Augen inmitten seiner stillen Fröhlichkeit. Es schien ihn weder zu stören noch zu interessieren, was ihm der Physiker erläuterte.

Dessen Frau störte sich erheblich mehr daran. Ihr Lächeln über den Eifer des Mannes blieb jedoch unverändert charmant. Sie war dezent geschminkt, das Haar perfekt rot getönt und hochtoupiert. ›Kein einheimisches Gewächs‹, dachte Buttmei und tippte dem Akzent nach, den er vernahm, wenn sie versuchte, ihren Mann von seinem Thema abzulenken, auf Französin.

Am unteren Ende saßen zwei nebeneinander, die etwas jünger waren als die anderen. Der eine mit einem relativ kleinen und runden Kopf und flinken Äuglein sah sich eifrig um. Dabei blickte er über den oberen Rand seiner Hornbrille. Sein Gesicht war bedeckt von einem Bart, der sich noch mühte, einer zu werden. Sein breites Lachen tönte über die Tischplatte bis in Buttmeis Ecke. Neben ihm saß ein bekannter Lokaljournalist, einer, wie sie ihn in seiner aktiven Zeit oft belästigt hatten und oft das Unwichtige nicht vom Wichtigen und das Falsche nicht vom Richtigen unterscheiden konnten oder wollten, weil es ihnen nicht in den Kram passte. Man sah ihm an dem Gesicht und den Augen an, dass er mit sich und der Welt unzufrieden war, weil er nicht das sein konnte, was er sein wollte, nämlich mehr als nur ein Lokalredakteur, weil ihn die Welt jenseits der Stadt nicht zur Kenntnis nahm, wie er sich das wünschte.

Auffallend war es für Buttmei, dass sie durcheinanderredeten und mal hierhin und mal dorthin und auch weiterredeten, wenn keiner zuhörte. Ebenso fiel ihm auf, dass ihre Hände still unter oder auf der Tischplatte lagen und sich nur bewegten, wenn sie nach dem Glas griffen. ›Ein typisch deutscher Stammtisch‹, dachte er, gab jedoch zu, das auch er nur mit den Händen redete, wenn er aufgeregt war.

Als der erste aufstand und sich verabschiedete, weil er müde war und genug getrunken hatte, war dies ein Signal, und die Gesellschaft löste sich auf. Die Bedienung verzögerte den Ablauf, weil sie sich nicht aus der Ruhe bringen ließ, auch weglief, wenn ein Essen fertigbereitet und an einem anderen Tisch zu servieren war, und erst wiederkam, nachdem sie das erledigt hatte und dazu noch alle Bestellungen neu gekommener Gäste aufgenommen hatte. Kam sie endlich zu ihnen an den Tisch, nahm sie sich wiederum viel Zeit, um auf ihrem kleinen Blöckchen zu suchen, wem sie was gebracht hatte. Sie wandelte die Striche in Zahlen um und addierte sie für jeden Gast. Anschließend prüfte sie, ob sie richtig gerechnet hatte. Erst dann kassierte sie, und zwar in der Reihenfolge, in der die

Stammtischfreunde am Tisch saßen. Keiner wurde bevorzugt, keiner benachteiligt. Obwohl alle ihr Portemonnaie bereits vor sich auf dem Tisch liegen hatten, warteten sie geduldig. Die Prozedur war ihnen vertraut.

Buttmei begab sich auf den Heimweg. Aus seinem Briefkasten ragte eine weiße Papierecke. Er öffnete vorsichtig. Es war der Odenwaldplan, den ihm Rotemeier versprochen hatte. Neumann hatte ihn vorbeigebracht und eingeworfen. Das erkannte er an dem gelben Klebezettel, auf dem ein Gruß Neumanns stand.

Er entfaltete den Plan im Licht der Stehlampe neben seinem Sessel, in dem er die Abende verbrachte. Im Schlafkorb neben dem Sessel hob Theo kurz den Kopf, drehte sich einmal im Kreis und schlief wieder ein.

Auf dem Plan fand er nach langem Suchen eine Bleistiftmarkierung mitten im Wald im Dreieck zwischen Böllstein, Kilsbach und Affhöllerbach. Die Stelle sagte ihm zunächst nichts. Die Leiche von M. lag seiner Erfahrung nach auf keinen Fall dort, denn wenn man ein Opfer vergräbt, um es zu verbergen, markiert man die Stelle nicht, weder in einer Karte noch sonstwo. Er nahm sich vor, an Ostern Anne zu besuchen und mit der Karte den Ort aufzuspüren. Mit diesem Gedanken ging er zu Bett und schlief gut, aber nicht lange.

***

Früh am Morgen – für seine Verhältnisse sehr früh am Morgen, denn seit seiner Pensionierung schlief er bis gegen acht Uhr – schellte das Telefon hartnäckig und hörte nicht auf, bis er den Hörer abhob und ein »Ja« knurrte.

»Hier Stöcking!«

»Kenn' ich nicht.«

»Spreche ich mit Herrn Buttmei?«

»Am Apparat.«

»Ich bin Ihre Vorgesetzte!«

»Vorgesetzte? Ich habe keine Vorgesetzten.«

»Ich bin die neue Polizeipräsidentin!«

»Na und?«

»Ich versuche Sie schon seit Tagen zu erreichen. Außerdem bat ich Sie um einen Rückruf.«

Der Ton störte Buttmei so sehr, dass er energisch antwortete: »Ich hatte keine Lust zurückzurufen.«

Die Anruferin stutzte, anscheinend hatte die Antwort ihr die Sprache verschlagen. Buttmei schwieg und wartete auf den nächsten Satz der Frau.

Sie versuchte einen energischen Ton anzuschlagen: »Ich mache es kurz. Hiermit untersage ich Ihnen, weiter im Fall Dr. M. zu ermitteln.«

»Sie können mir gar nichts untersagen!«

Eine kurze Sprechpause entstand. Sein Gegenüber musste sich erst von Buttmeis Antwort erholen. Dann fuhr sie fort: »Sie sind immer noch Beamter!«

»Außer Dienst, Frau … wie war Ihr Name?«

»Stöcking!«

»Außer Dienst, Frau Stöcking, außer Dienst.«

»Ich warne Sie!«

»Ach, Sie waren das, die mir die zwei Kapuzenmänner auf den Hals geschickt hat?«

Nun verschlug es seinem Gegenüber völlig die Sprache. Buttmei wartete geduldig, bis sie Luft geholt hatte.

»Wieso dürfen Sie ermitteln? Da könnte jeder kommen!«

»Ich bin nicht so ein Jeder, wie Sie meinen, Frau Stöcking, ich betreibe eine eingetragene Detektei.«

»Ein Schnüffler!«

»Wenn Sie mich beleidigen, hänge ich ein!«

»Ich werde Ihre Zulassung überprüfen!«

»Tun Sie das. Ich kann Ihnen meine Zulassungsnummer geben, dann geht die Überprüfung schneller.«

»Wer hat Sie überhaupt damit beauftragt, zu ermitteln?«

»Ein Verwandter des Vermissten.« Den Namen des Sohnes wollte er nicht nennen.

»Wie heißt er?«

»Das brauche ich Ihnen nicht mitzuteilen.«

Nachdem Gerlinde Stöcking »Sie hören von mir!« in die Hörmuschel gebrüllt hatte, legte sie auf.

Zuerst informierte er Rotemeier, der seufzte nur und fragte, was Buttmei nun tun würde.

»Weitermachen natürlich. Jetzt erst recht!«

Rotemeier bedankte sich: »Gut, dass du mich angerufen hast. – Und hast du mich erwähnt?«

»Natürlich nicht.«

»Ich werde trotzdem versuchen, der Stöcking ein paar Tage aus dem Weg zu gehen. Ich bin sowieso etwas verschnupft. Das hört man doch.«

Buttmei bestätigte es grinsend, und sie beendeten das Gespräch.

Danach rief er den Lokalredakteur an, den er am Vorabend an dem Stammtisch gesehen hatte. Er berichtete ihm vom Verschwinden des Staatsanwalts, von dem Kleiderfund im Dianateich und dass irgendwer die Versuche, den Mann zu finden, behindere. Der Redakteur hörte aufmerksam zu, versprach ihm, sich bei der ermittelnden Behörde zu erkundigen und danach zumindest eine Notiz zu bringen.

***

Als der Kaffee dampfend vor ihm auf dem Tisch stand, nahm er seine Notizen zur Hand und überdachte noch einmal das, was bisher geschehen war.

Zuerst den Kleider- und Mappenfund. Er brachte nicht mehr als die Hinweise auf den verschwundenen Staatsanwalt. Ansonsten löste er nur Irritationen aus. Wo war der Körper, der in die Kleider hineingehörte? Warum lagen nur Jacke und Hose im Teich? Wieso lagen sie im Dianateich, der nur für wenige Waldgänger zugänglich war? Sollte es dauern, bis man sie fand? Vielleicht erst in der Phase, in der man die Suche nach dem Vermissten bereits aufgegeben hatte?

Aber was ergab das für einen Sinn? Ohne seinen durch Kindheitserinnerungen ausgelöste Zähigkeit hätte er den Teich nie aufgesucht. Und ohne Theo hätte er weder die Mappe noch die Kleider entdeckt.

Seine Überlegungen kreisten, ohne zu einem Kern der Sache vorzudringen. Er wurde ärgerlich, dass ausgerechnet er diesen mysteriösen Fund machen musste. Unlogische und zu nichts führende Ereignisse hatte er immer so lange gedreht und gewendet, bis er einen weiterführenden Zusammenhang entdeckte. Das gelang ihm dieses Mal nicht. Vielleicht war nur Dilettantismus am Werk. Der war für einen Profi manchmal schwer zu durchschauen, weil er mehr dahinter suchte, als zu finden war.

Er konzentrierte sich auf die nächsten Schritte. Der Überfall auf ihn. Eigentlich auch dilettantisch, so als wäre es eine gewöhnlicher Raubüberfall in einer einsamen Gegend. Aber der Tod des Attentäters machte ihn zu einem gewichtigen Vorgang. Der Mord konnte seiner Ansicht nach nicht mit dem Überfall zusammenhängen. Der Mann musste größere Fehler begangen haben.

Wahrscheinlich führte von ihm eine Spur über den Sohn zu dem verschwundenen Vater. Dort musste der Ansatz sein, dort musste er die Fehler begangen haben, die für die Bande hätten gefährlich werden können. Möglicherweise hatte er die Kleideraktion unternommen und versiebt, so dass die Ermittlungen aufgenommen wurden, die über ihn zu der Bande hätten führen können. Man hatte sein Phantombild, dadurch wurde er zum Risiko. Das leuchtete Buttmei ein. Wahrscheinlich war er der Mörder oder Entführer des Staatsanwalts. Aber auch dafür konnten weder Rotemeier noch er verwertbare Spuren finden. Dass er mit dem Fall in enger Verbindung stand, war eindeutig. Es blieb das Rätsel, wieso er Buttmei überfallen hatte. Woher hatte er die Kenntnisse, dass dieser sich in den Fall eingemischt hatte?

Die Existenz einer Bande war bewiesen. Ihr Betätigungsfeld, Drogen und Geldwäsche, stand ebenfalls fest. Auch für das Verschwinden des Staatsanwalts gab es eine Erklärung. Offensichtlich war er mit seinen Ermittlungen der Bande zu sehr auf die Pelle gerückt. Sehr wahrscheinlich wurde er mit der Rolle, die sein Sohn für sie gespielt hatte, erpresst. Das waren wenigstens feststellbare und festhaltbare Tatsachen.

Die Kreise seines Nachdenkens zogen sich immer enger um die Frage, deren Beantwortung für ihn der Schlüssel für den Fall war.

Wieso wusste die Polizeipräsidentin davon, dass er sich mit dem Fall befasste? Warum sie es ihm verbieten wollte, konnte er sich halbwegs erklären. Gerlinde Stöcking und andere, die hinter beziehungsweise über ihr standen, wollten nicht, dass er einer für sie gefährlichen Sache auf die Spur kam. Sie waren auf irgendeine Weise involviert. Das rückte den bisher nur als Andeutung vorhandenen Parteispendenskandal, der in der Öffentlichkeit noch keiner war, aber, wenn er herauskam, einer werden würde, in die Mitte.

Um den Drahtziehern auf die Spur zu kommen, musste er in Erfahrung bringen, wer die Informationen über seine Beteiligung weitergegeben hatte. Rotemeier hatte ihm hoch und heilig und glaubhaft geschworen, dass von ihm aus keine Hinweise über Buttmeis Aktivitäten weitergegangen waren. Gab es einen Maulwurf im Kommissariat? Das musste Rotemeier untersuchen. Mit einem karrieregeilen Spitzel sollte man immer rechnen.

Am meisten erregte ihn, dass man seine Schritte genau beobachtete, ohne dass er wusste, wer das war, und wie es geschah. Dazu gehörte auch der Einbruchversuch der Kapuzenmänner. Direkte Verfolger hatte er außer in den Streuobstwiesen nicht ausmachen können. Er glaubte, sehr erfahren zu sein im Erkennen von Verfolgern, und konnte mehrere Gelegenheiten aufzählen, bei denen er sie hätte entdecken müssen. Zum Beispiel bei dem Treffen mit dem Sohn im Dornberger Schloss oder bei der Fahrt zu Anne Weber nach Affhöllerbach. Wenn es sie gab, waren sie besser als er. Das wurmte ihn.

Wieso hatte der verdeckte Ermittler den Namen Colinari erwähnt? Neumann hatte inzwischen bestätigt, dass er sich noch im Gefängnis befand.

Die Polizeioberste war sicher nur ein Rädchen im Getriebe der Ereignisse. So bedeutend war ihre Stellung nicht. Man konnte allenfalls ihren Ehrgeiz nutzen, um sie zur Handlangerin zu machen.

Stand das LKA hinter allem? Rotemeier musste zuverlässig eruieren, ob es ein Zeugenschutzprogramm gab. In der Frage musste er sich sicher sein. Buttmei glaubte nur zögernd daran, denn seiner Meinung nach wäre es das Leichteste, alle Nachforschungen, auch die seinen, zu beenden, wenn man einen Hinweis auf ein bestehendes Schutzprogramm gab. Sowohl er als auch Rotemeier würden sofort die Finger von der Sache nehmen, wenn sie erführen, dass es so wäre. Dass sie es ausplauderten und den auf diese Weise Geschützten gefährdeten, war unwahrscheinlich. Ihre Berufs- und Lebensläufe belegten das. Der Hinweis war also ungefährlicher als das, was jetzt geschah. Man müsste sie über diesen Hinweis hinaus nicht informieren, was mit der Person Dr. M. Geschah, und wie und wo es geschah. Sie würden ihre Ermittlungen ohne Wenn und Aber einstellen.

Buttmei fühlte sich umstellt von einer gesichtslosen und unsichtbaren Macht. Das mochte er, um es vorsichtig zu formulieren, überhaupt nicht. Noch schlimmer empfand er es, dass er sich genarrt fühlte. Man servierte ihm handfeste Ereignisse wie Überfall und Einbruch und hinterließ nicht eine Spur, woher die Täter wirklich kamen und was letztlich ihr Grund war, so plump gegen ihn vorzugehen. Einschüchterung kam nicht infrage. Wer ihn kannte, wusste, dass das nur das Gegenteil bewirkte.

Er lief zum Fenster und untersuchte die Straße Meter für Meter. Da war keiner, und auch die parkenden Autos waren die der Anwohner und ihm bekannt. Er blickte von seinem Balkon in den Hinterhof und die Nachbargrundstücke. Obwohl er sich viel Zeit nahm und Mauer für Mauer und Busch für Busch kontrollierte, fand er nichts Verdächtiges. Schließlich holte er sein Fernglas und suchte die Umgebung Zentimeter für Zentimeter ab. Er fand weder eine versteckte Kamera noch ein Richtmikrophon.

Inzwischen traute er seinem Gegner alles zu. Also untersuchte er auch seine Wohnung gründlich nach solchen Geräten, obwohl allem Anschein nach niemand sie betreten hatte. Den Einbruchversuch hielt er inzwischen für ein absichtlich plumpes Ablenkungsmanöver, weil es ihnen gelungen war, auf andere Weise in seine Wohnung einzudringen.

Er holte die Leiter aus seinem Besenschrank, klappte sie auf, erklomm sie langsam und auf sein Gleichgewicht achtend und untersuchte die Lampen und Schrankaufsätze. Er räumte das Geschirr aus und sah in jede Tasse. Zuletzt schraubte er das Telefon auseinander. Er fand nichts. Es war natürlich möglich, dass sie sein Telefon abhörten, ohne etwas in seinen Räumen installieren zu müssen.

Buttmei fand nur eine Lösung: Er würde ihnen über das Telefon und durch auffälliges Verhalten im eigenen Stadtviertel Fallen stellen. Wenn sie hineintappten und aktiv wurden, wusste er, woran er war.

Es konnte aber auch sein, dass alles Ausspionieren über Rotemeiers Büro lief. Vielleicht gab es dort versteckte Mikrophone und ein Abhören des Telefons. Er würde ihn in dieser Richtung in Bewegung setzen. Rotemeier sollte sein Büro so untersuchen, wie er es mit seiner Wohnung getan hatte.

Bevor er ihn anrief, legte er eine neue, detaillierte Liste an, die er abarbeiten wollte. Der Reihe nach standen dort die Stichwörter:

– Polizeipräsidentin und Hintermänner
– Möglicher Verbleib von Dr. M.
– Aufenthaltsort des Sohnes
– Verbleib der Bande

– Wer ist der verdeckte Ermittler?
– Maulwurf im Kommissariat?
– Hat Eckstein weitererzählt, dass er ermittelte, und wenn, wem?
– Hat Rotemeier außer Neumann irgendjemanden über seine Aktivitäten informiert?

Es waren viele Fragen, denen er nachgehen wollte. Einigen der Personen konnte er sie direkt stellen und auf Antworten hoffen. Für andere fehlte zu dem Zeitpunkt jeder Ansatz.

Nach den Personen notierte er Vorgänge, die er abklären wollte. Nun standen Wörter auf dem Papier wie:
– Zeugenschutzprogramm
– Abhörmöglichkeiten im Kommissariat
– Überprüfung der Nachbarschaft
– Wer hat unterschrieben bei der Verfügung, die Rotemeier die Ermittlungen entzog?
– Gibt es eine Möglichkeit an Aktenkopien, die mit dem Fall in Zusammenhang standen, heranzukommen?
– Wer hat dem Staatsanwalt zugearbeitet?
– Überprüfung der Markierung auf der Odenwaldkarte

Er beendete seine Notizen mit der Aufzählung der ihm bekannten Motive:
– Drogen
– Geldwäsche
– Bevorstehender Prozess
– Parteispenden
– P.S.: Motiv für die Ermordung des Mannes, der ihn attackiert hatte.

Es erleichterte ihn, das alles zu Papier gebracht zu haben, und weckte neue Aktivitäten. Er würde sofort beginnen, die Liste abzuarbeiten und die Ergebnisse in die Zwischenzeilen, die er nach jedem Stichwort gelassen hatte, einzutragen. Die am einfachsten zu klärenden Fragen sollten den Anfang machen. Der erste Ansprechpartner war folglich Rotemeier. Er griff zum Telefon und wählte dessen Nummer.

»Hier Rotemeier«, ertönte die dienststrenge Stimme.

»Hier Buttmei, Herr Hauptkommissar«, erwiderte er gutgelaunt. Als erstes bat er Rotemeier, das Gespräch nicht in seinem Zimmer weiterzuführen, wenn er seine Liste diskutieren wollte.

Rotemeier bat ihn daraufhin, den Hörer aufzulegen, er rufe zurück. Schon nach kurzer Zeit kam der Rückruf, und Rotemeier erklärte ihm, er wäre jetzt auf dem Flur und rufe von seinem Handy aus an.

Buttmei klärte ihn sofort über seinen Verdacht auf, dass Rotemeier in seinem Kommissariatszimmer abgehört würde: »Woher sonst soll jemand wissen, dass ich mit dem Fall befasst bin, wenn nicht auf diesem Weg?«

Danach gingen sie zusammen seine Liste durch. Rotemeier konnte ihm weder sagen, wer hinter seiner Vorgesetzten steckte, noch eine Auskunft geben zum Verbleib des Staatsanwalts oder der Bande oder des Sohnes. Das hatte Buttmei erwartet und war schon zufrieden, als Rotemeier zusagte, dass er den Verbleib des Sohnes eruieren wolle. Er verneinte erneut, außer mit Neumann mit irgendjemandem in oder außerhalb des Präsidiums darüber gesprochen zu haben, dass Buttmei in die Ermittlungen eingebunden war. In dem Zusammenhang äußerte er auch sein Verwundern, dass Buttmei so schnell attackiert und obendrein auch noch von der Polizeipräsidentin angegangen worden war.

Das veranlasste Buttmei, ihm den Verdacht zu erläutern, dass sie beide oder einer von ihnen abgehört würde. »Du erinnerst dich, dass wir schon einmal darüber gesprochen, aber nichts unternommen haben. Aber meines Erachtens hat sich der Verdacht jetzt verdichtet.«

»Das lässt sich klären«, kommentierte Rotemeier. »Ich werde die Spezialisten im Haus auf mein Zimmer ansetzen, und zu dir schicke ich sie ebenfalls wegen Gefahr im Verzug.«

»… bevor mir wieder einer auf den Kopf schlägt!«

»Exakt.«

»Wir sollten eine Falle stellen«, meinte Buttmei.

»Wie stellst du dir das vor?« Der Ton hinter der Frage klang skeptisch.

»Sobald ich zu Hause bin, rufe ich auf deinem Amtstelefon an, beschwere mich wegen des Verdachts, bespitzelt zu werden, und äußere ebenfalls den Verdacht, dass du abgehört wirst, weil vertrauliche Einzelheiten aus unseren Gesprächen nach außen gedrungen wären.«

»Und weiter?«

»Dann entscheidest du am Telefon, dass die Spezialisten am nächsten Tag dein Zimmer und meine Wohnung untersuchen werden.«

»Ich kapiere. Dann müssen sie eventuell vorhandene Mikrophone abbauen.«

»Und wir erfahren, woher sie kommen!«

»Und wenn nicht?«

»Dann gibt es keine Abhöranlagen, und wir müssen woanders ansetzen. Sie können sich nicht leisten, dass illegale Anlagen entdeckt werden, weder bei dir, noch bei mir. Das gäbe einen Skandal, der genau so schlimm wäre wie das, was sie vor uns verbergen wollen.«

»Du hast Recht. Also werden wir genau so verfahren und gespannt warten, was passiert. Aber wie willst du merken, ob sie in deine Wohnung eingedrungen sind?«

»Ich habe einen Sicherheitsriegel.«

»Das ist für die Profis, die wir hinter der Sache vermuten, kein Hindernis. Die kriegen alles auf, ohne Spuren zu hinterlassen.«

»Dagegen gibt es einfache und wirksame Mittel.«

»Welche?«

»Das erfährst du, wenn der Tag vorüber ist.«

»Was liegt noch an?«, wollte nun Rotemeier wissen.

Buttmei kehrte zu seiner Liste zurück. »Konntest du etwas über ein Zeugenschutzprogramm in Erfahrung bringen?«

»M. scheint nicht in einem solchen Programm untergetaucht zu sein.«

»Wer hat die Verfügung unterschrieben, die dir das weitere Ermitteln untersagt hat?«

»Die Präsidentin.«

Buttmei stellte seine letzte Frage. Die anderen Listenpunkte musste oder wollte er mit Rotemeier nicht besprechen: »Es muss doch Aktenkopien geben, anhand derer man die verschwundenen Prozessakten nachvollziehen kann. Oder wenigstens Notizen dazu. Auch müssen Zuarbeiter existieren, die Auskunft geben können, worum es bei den Untersuchungen ging.«

»Ich werde mich darum kümmern.«

»Dann lege ich jetzt auf und rufe dich in deinem Zimmer an.«

Bevor Buttmei erneut Rotemeier antelefonierte, strich er auf seiner Liste die Punkte durch, die offensichtlich keine Lösungen bringen konnten. Die Bande war verschwunden, und er wusste aus seinen Erfahrungen mit ähnlichen Fällen, dass es nahezu unmöglich war, ihr wieder auf die Spur zu kommen. Man hätte intensiv in ihren Heimatorten ermitteln müssen, und das brachte nicht einmal die dortige Polizei fertig. Eine Reise dorthin würde er auf keinen Fall unternehmen. Seine Reiselust reichte gerade einmal für das Rhein-Main-Gebiet, und das war in seinen Augen schon zu viel an Aufwand. In der Regel hatte man die Mafiosi von der Zentrale aus durch neue Akteure ersetzt, die der Polizei im Rhein-Main-Gebiet unbekannt und also vorerst nicht ermittelbar waren. Sie würden das Geschäft wieder aufnehmen, sobald das erste Gras über die Sache gewachsen war.

Rotemeier als Quelle für sein Eingreifen in den Fall schloss er ebenfalls aus. Er hatte es auch nur der Vollständigkeit halber notiert. Rotemeier sagte anderen eher zu wenig als zu viel. Auf seine Verschwiegenheit konnte man sich verlassen.

Hinter das Stichwort ›Zeugenschutzprogramm‹ malte er ein Fragezeichen.

Insgesamt war das Ergebnis dürftig. In seinem Kopf kreiste nun der Gedanke an zu stellende Fallen und nicht nur die eine, gerade besprochene, wegen des Abhörverdachts.

Wenn er sich selbst zum Köder machte? Das müsste die unsichtbaren Gegner aus ihren Verstecken locken. Nur so konnten sie weiterkommen. Nach dem Gespräch mit Rotemeier würde er nachdenken, welche Möglichkeiten ihm dazu einfielen.

Er wählte das Kommissariat an und beschwerte sich, sobald Rotemeier abgenommen hatte, heftig darüber, dass er abgehört würde und den dringenden Verdacht habe, dass auch das Kommissariat bespitzelt würde:

»Wie ist es sonst möglich, dass ich angegriffen werde und dass die Polizeipräsidentin mich bedroht? Wenn nichts geschieht, werde ich die Vorgänge öffentlich machen. Ich kenne einen von der Presse, der bereit ist, den Fall aufzugreifen! So geht das nicht! Wenn ich keine richterliche Abhörgenehmigung zu sehen bekomme, werde ich mir einen Anwalt nehmen.«

Rotemeier tat so, als wollte er ihn beschwichtigen, sagte auf drängendes Nachhaken jedoch zu, am nächsten Tag die Spezialisten zu schicken, die solche Anlagen entdecken würden. Er sagte auch zu, im Kommissariat die gleiche Untersuchung anzuordnen.

Buttmei gab sich zufrieden, betonte noch einmal: »Also morgen, ich kann mich darauf verlassen. Ich werde erst nach der Untersuchung wieder ruhig schlafen können!«

Als das Gespräch beendet war, rieb er sich die Hände, sagte aber auch zu sich selbst: »Nicht schlafen können, Anwalt nehmen – Buttmei, du übertreibst!«

Zu Theo sagte er: »Wir gehen aus und kehren nicht vor Abend zurück!« Er steckte Geld ein, nahm eine Tube Uhu aus der Tischschublade. Da Theo das Wort ›Ausgehen‹ gehört hatte, postierte er sich an der Wohnungstür und wartete, bis auch sein Herr soweit war und die Tür öffnete. Vor der Tür verharrte er einen Moment. Theo hatte bereits seinen Treppenlauf begonnen und blieb verwundert stehen. Buttmei riss sich drei Haare aus, die längsten, die er finden konnte, kniete nieder und klebte sie mit so wenig Uhu wie möglich und im Abstand von wenigen Zentimetern über das untere Stück der Tür und spannte sie zum Türrahmen hinüber.

Nachdem er diese Aktion beendet und sich ächzend erhoben hatte, war er sich sicher, dass keiner seine

Wohnung betreten würde, ohne die Haare abzureißen. Um wenigstens noch einen Punkt auf seiner Liste abzuarbeiten, schellte er bei seinem Nachbarn. Der war wie er ein Alteingesessener, seit Jahrzehnten nicht umgezogen und bestens mit allen Vorgängen in der Straße vertraut. Er fragte ihn, ob es in letzter Zeit einen Auszug oder Einzug in den nahe gelegenen Häusern gegeben habe.

»Ei, warum wolle Sie dann des wisse?«, antwortete der Nachbar, zunächst ohne auf seine Frage einzugehen.

»Eine Bekannte von mir sucht eine Wohnung«, schwindelte er ihn an.

»In unsre Gäjend zieht kaum aaner aus und kaum en annern ei!«

»Also gab es keinen Wohnungswechsel und auch keinen Leerstand?«

»Nix von dem. Des sinn alles langfristige Mieter odder sogar Eicheetümer von anno dozumol.«

»Ich habe noch eine Frage: Hat ein verdächtiges Auto in den letzten Tagen in der Nachbarschaft geparkt?«

»Des hedd ich gemerkt. Ich kenn alle die, die wisse, wo mer hier noch en Parkplatz finne kann. Do wor kaan Fremder debei. Wisse Se, so en Rentner wie isch hodd Zeit, aus em Fenster zu gucke.«

Buttmei bedankte sich, zuckte noch auf die Frage »Gell, es gibd wos Neies in Ihne Ihrm Fall?« mit den Schultern und eilte hinter Theo her die Treppe hinunter.

Auf den Stufen fiel Buttmei ein, dass im Herrngartencafé Haxentag war. Das Essen würde die ersten beiden Stunden des Tages ausfüllen. Danach würde er sich weitere Unternehmungen einfallen lassen und vielleicht einen Stadtteil aufsuchen, in dem er lange nicht gewesen war.

***

Das Lokal war gut besetzt. Die Sonne und die billigen Mittagspreise lockten vor allem junge Leute, Studenten aus der nahen Technischen Universität. Im Baumschatten fand Buttmei einen leeren Biertisch, hockte sich auf einen der Stühle, band Theo am Tischbein an und bestellte bei dem ihm vertrauten Kellner eine Haxe mit Sauerkraut und Brot. Dazu bestellte er einen Süßgespritzten und ein Fläschchen Wasser für den Hund. Während er auf das Essen wartete, sah er sich um. Durch die Baumwipfel lugte das Dach des alten Theaters. Ihm gegenüber stand ein kleiner Musikpavillon, fantasielos mit schwarzen Buchstaben verschmiert.

Das Essen kam schnell. Die Haxe reichte für beide. Theo kräuselte seine Lefzen vor Vergnügen, vergaß das Ausspähen nach Enten und Baumstämmen und benagte den mächtigen Haxenknochen. Buttmei hatte seine Notizen mitgebracht und sah sie erneut durch, ohne dass ihm etwas Überraschendes in den Sinn gekommen wäre. Den Punkt ›Nachbarn befragen‹ strich er als erledigt durch.

Die ersten Studenten hatten die Tische bereits wieder verlassen. Neben ihm am nächsten Tisch hatte eine in einen bräunlichgrauen Pelz eingehüllte Frau Platz genommen. Er hatte sie in den Augenwinkeln auf einem hochbeinigen Fahrrad ankommen gesehen. Sie trank Kaffee und schrieb in ein Leerbuch. Plötzlich sprach sie ihn an: »Schreiben Sie auch?«

»Ich mache nur Notizen.«

»Für ein Buch?«

»Nein, so weit habe ich es noch nicht gebracht.«

»Wenn die Sonne scheint und die ersten Essensgäste gegangen sind, sitzt es sich hier gut und lässt sich gut nachdenken und schreiben«, kommentierte sie.

»Also schreiben Sie ein Buch?«, fragte er zurück.

»Ich schreibe immer Bücher.«

»Und was für welche?«

»Ich habe ein Buch über das Oberfeld geschrieben. Haben Sie nicht davon gehört?«

»Oberfeld? Das macht mich neugierig. Ich werde mir das Buch kaufen.« Gleichzeitig dachte er, dass das Oberfeld mit seiner offenen Landschaft ein Spazierweg wäre, den er und Theo aufsuchen könnten.

»Im Augenblick schreibe ich über eine berühmte Heidelberg Bibliothek, die mit Maultieren über die Alpen in den Vatikan transportiert wurde.«

»Interessant.«

»Ich komme gut vom Fleck. Hier lassen mich nämlich die Bedienungen in Ruhe und fragen nicht dauernd, ob ich noch etwas bestellten wolle.«

»Das fügt sich gut«, beendete Buttmei das Gespräch und wandte sich wieder seinen Notizen zu, während sie eifrig in das aufgeschlagene Buch weiterschrieb.

Die Notizen vermochten ihn wenig zu fesseln, weil ihm nichts einfiel. Sie verschwammen vor seinen Augen, und er überließ sich der Nachessensträgheit und einem Pfeifchen, das er umständlich und gründlich stopfte und mit mehreren Streichhölzern trotz der Brise, die über den Kies kam, anzündete. Den Rauch blies er nach der Seite, an der kein Tisch stand.

Auf der anderen Seite beugte die Frau ihre rötlich gefärbten Haare über ihr Manuskript. Er wunderte sich nachträglich, dass er sich in ein Gespräch hatte verwickeln lassen. Die Person muss ihm irgendwie sympathisch gewesen sein. Außerdem hatte sie ihn, ohne sich durch seine möglicherweise an der Körperhaltung ablesbare Abwehr davon abhalten zu lassen, angesprochen. Der Nimbus Schriftstellerin kam noch hinzu. Vor Menschen, die Bücher schrieben, hatte er Respekt. Ihm waren schon die Protokolle, die er hatte verfassen müssen, eine Last gewesen, die er so lange vor sich her geschoben hatte, wie es irgend möglich gewesen war. Damit nichts mehr zu tun zu haben, gehörte zu den Erleichterungen die die Pensionszeit auszeichneten.

So verbrachte er den ersten Teil des Nachmittags mit dem Studium der Notizen und blickte hin und wieder nach dem Nachbartisch, wo ein Buch entstand. Dann forderte er Theo zum Weiterwandern auf.

Inzwischen wusste er auch, in welches Viertel sie sich begeben würden, nämlich auf einen Gang rund um den Großen Woog. Sie hatten es nicht weit zur Bushaltestelle, mussten auch nicht lange auf den ersten Bus warten und fuhren, immer noch satt und vergnügt, zum Ostbahnhof.

***

Die befremdliche und zugleich originelle Holzfassade des Bahnhofsgebäudes ließ er hinter sich, dachte auch nicht länger über seine Herkunft aus der Zarenzeit nach und bog auf den ersten Weg ein, der sich durch das Grün um das Gewässer herum zum Eingangsportal der TSG 1846 schlängelte.

Als er das blauschimmernde Wasser des Großen Woogs erblickte, ließ er Theo von der Leine. Das einzige, was ihm hier in die Quere kommen konnte, waren Fahrräder.

An der Tennishalle stand ein Schild »Hallenzeiten zu vermieten«.

»Theo!«, rief er, »wollen wir uns eine Halle mieten? Da kannst du um die Kurven rutschen, wie du willst.« Theo hörte nicht mehr auf ihn, er wühlte in einem Maulwurfhügel und kam mit erdiger Schnauze wieder aus ihm heraus. Die Wände der Halle waren durch Sprayerzeichen verschmiert. Hinter der Halle vergammelte ein Tennisfeld. Wahrscheinlich waren alle Freizeitsportler inzwischen Golfer statt Tennisspieler.

Vom See her kamen Enten- und Gänseschreie. Zu dieser Jahreszeit gehörte der Badesee ihnen. Nicht ein einziger Schwimmer zerschnitt die ebene Fläche des Wassers. Theo jagte inzwischen erfolglos balzende Amseln.

Als Buttmei den Schilfgürtel am Ufer erkannte, musste er plötzlich an seinen Vater denken. Er hatte dem Kind erzählte, wie die Altstadtbuben, zu denen er gehörte, durch das Schilf krochen, um die Insel zu erreichen, ohne Eintritt zu zahlen. Das erinnerte ihn an die Überraschung des Vaters, dass er sich als Heranwachsender den Dialekt weitgehend abgewöhnte. Die Ausbildung und der Beruf brachten es mit sich. Stolz war der Vater auf den Titel Hauptkommissar. Er selbst hatte es zum Streifenpolizisten in der Schlosswache gebracht.

Zu ihrer Linken lagen nun die Laufbahn und der Fußballplatz. Ein einsamer Läufer zog seine Runden. Es sah so aus, als zöge er sich am Schwung der Arme nach vorn. Die langen Haare flogen bei jedem der weit ausgreifenden Schritte zuerst nach hinten und dann nach unten ins Genick.

Der Weg führte an sehr hohen, dickstämmigen Bäumen vorbei, deren Äste noch kahl in den blauen Himmel fingerten. Sie überquerten eine kleine Brücke mit einem Steinbogen und Gittern im Bogen. Unter ihr floss der berühmte Darmbach dem Woog zu.

Sie erreichten den Eingang zum Sportgelände der TSG 1846. Ein Steinviereck mit einem chinesisch anmutenden Aufsatz und in Stein geritzten Löwen auf beiden Seiten, die die Schwänze recken und die Krallen zeigen. Farbe kam in die Landschaft durch ein baumbestandenes Plätzchen, auf dem rote Tulpen blühten.

Sie kamen an der Brücke vorüber, die zur Insel führt. Hier hatte er seinen Freischwimmer absolviert. Buttmei erkannte den geschwungenen Bogen der Rutsche und die Zwischenbrücken. Auf der der weißen Häuserwand zugewandten Seite reihten sich Kinderspielplätze, Kletterhäuser, Klettersteine, Schaukeln. Die Mütter saßen auf den Bänken und beobachteten aus den Augenwinkeln ihre spielenden Kinder. Gleichzeitig nutzten sie das Handyzeitalter und telefonierten mit Gott und der Welt.

Nun stand er an der Stelle des ehemaligen Flöhbades. Das gemauerte Ufer fiel steil zum Wasserspiegel hinunter. Wieder erinnerte er sich seines Vaters. Von ihm hatte er erfahren, dass die Altstädter, die eigentlichen Heiner, hier kostenlos baden durften. Der abfällige Name ›Flöhbad‹ rührte daher, dass die Bürgersleute naserümpfend vorbeigingen. ›Flohheiner‹ war auch ein Ausdruck, der inzwischen ausgestorben ist, weil seit einiger Zeit alle Heiner sein wollen. Die Zerstörung der Altstadt und die Vertreibung der Bewohner, die das Bombardement überlebt hatten, in andere Viertel oder in andere Orte hatte aus dem Schimpfnamen überraschend eine Bezeichnung für alle gemacht, die sich mit Darmstadt identifizieren wollen. Und so feiern sie inzwischen Jahr für Jahr als stolze Heiner ihr ›Heinerfest‹. Wahrscheinlich hätte diese Entwicklung den Vater froh gestimmt.

Buttmei überblickte den ganzen Badesee. Ein Baumgürtel umgab ihn, als wäre die Stadt weit entfernt. Birken, Linden, Buchen, Kastanien, Ahorn mischten ihre verschiedenen Grüntöne. Über dem Weiß der Jugendherberge am gegenüberliegenden Ufer ragte der Hochzeitsturm in die Höhe, und durch Baumkronen leuchtete die Goldzwiebel der russischen Kapelle.

Er setzte sich auf eine Bank. Theo stand erst an seinen Füßen, dann umkreiste er die Bank. Sein Besitzer hatte es nicht eilig. Er genoss nicht nur die Aussicht und hing etwas wehmütig den Erinnerungen an seinen verstorbenen Vater nach, er wollte auch erst am Abend wieder in der Wohnung sein, um möglichen Eindringlingen die Zeit zu lassen, die Sperren zu überwinden und eventuell vorhandene Mikrophone zu entfernen.

Als er überzeugt war, dass er genug Zeit gelassen hätte, wanderte er mit Theo auf den hohen Sprungturm des Woogs zu. Der Turm und die Zementstege wirkten ohne Publikum überflüssig und störten den Blick auf den See. Hinter dem Turm zog er seinen Gefährten Treppenstufen hinunter, lief über einen Trampelpfad in die Wiese vor dem Elisabethenstift.

Der Bach floss als ein in Steine eingemauertes Rinnsal. Er wirkte, als wäre er künstlich angelegt worden, oder als hätte der Große Woog ihn ausgesaugt und das Wasser zurückbehalten. Vom Krankenhaus sah man durch die Bäume nur den mehrstufigen Backsteinaufsatz mit dem grauen Kreuz. Zwei Mammutbäume fielen ihm durch ihre rote Rinde und die großen Nadelbüschel auf.

Nun zog es ihn zur Haltestelle. Sie eilten auf einem asphaltierten Weg an einem Findling vorbei. Buttmei konnte nicht verhindern, dass Theo ihn bremste und den Findling markierte. Ins Blickfeld kam der grünspanfarbene und zweifach gestufte Turm des Jugendstilbades und der gestelzte Glockenaufsatz der Stadtkirche. Dann standen sie auf der Straßeninsel, an der der Bus hielt. Sie mussten nicht lange warten und fuhren, das Schaukeln genießend, vergnügt und erwartungsvoll ihrer Wohnstraße zu.

Bevor Buttmei das Haus betrat, wanderte er noch einmal ums Viereck und spähte in alle Höfe und Winkel, ohne etwas Verdächtiges zu entdecken. Zuletzt zog er noch einen größeren Kreis im Viertel, damit er Theo an diesem Abend nicht noch einmal ausführen musste.

Von einem der grauen Kästen saß ein Telekom-Mann, hatte die Blechtüren weit geöffnet und stocherte – so kam es Buttmei vor – in einem Gewirr farbiger Drähte herum.

Das weckte Buttmeis Spürnase. Er näherte sich, stellte sich neben den Mann und fragte ihn wie beiläufig: »Sind das unsere Telefonanschlüsse?«

»Wenn Sie hier im Viertel wohnen ...«

»Gab's denn Probleme?«

»Ja, sonst säße ich nicht hier.«

»Darf ich Ihnen eine neugierige Frage stellen?«

»Als zu! Ich bin sowieso so gut wie fertig.«

»Ich lese gerade einen Kriminalroman, in dem das Abhören von Telefonen eine Rolle spielt. Könnten Sie von hier aus mein Telefon abhören?«

»Das geht. Aber dann müsste ich den ganzen Tag hier sitzen und Kopfhörer auf den Ohren haben.«

»Das würde auffallen.«

»Allerdings. Aber heutzutage läuft das über die Zentrale. Dort kann man in alle Gespräche reinhören. Man kann sie sogar aufzeichnen.«

»Es braucht eine richterliche Genehmigung?«

»In der Regel, ja.«

»Und außerhalb der Regel?«

Der Mann lachte: »Dafür bin ich nicht zuständig.«

Buttmei blieb hartnäckig. Doch der Mann nahm es geduldig zur Kenntnis. Seine Arbeit war getan, außerdem war er gutmütig.

»Funktioniert diese Art des Abhörens in meiner Wohnung auch, ohne dass das Telefon benutzt wird?«

»Was haben Sie denn angestellt?«, fragte ihn der Mann, misstrauisch und erstaunt zu ihm aufsehend.

»Nichts. Ich habe auch nicht vor, etwas anzustellen. Der Krimi beschäftigt mich.«

»Ich lese keine Krimis. Das überlasse ich meiner Frau. Was ist es denn für einer?«

»Ein Darmstadt-Krimi.«

»Das gibt's? Wissen Sie, ich bin kein Darmstädter.«

»Woher kommen Sie?«

»Aus dem Ried. Aber zu Ihrer Frage: Wenn man Sie in der Wohnung abhören wollte, müsste man ein Mikro in das Telefon einbauen. Das ist viel zu umständlich und altmodisch. Das macht man heutzutage mit Richtmikrophonen. Die kann man überall verstecken. Aber ich bin kein Fachmann für so was und will's auch nicht werden.«

»Sie haben mir trotzdem geholfen.«

»Na, dann«, sagte der Mann und packte seine Werkzeuge ein und rief dem Weitergehenden noch nach: »Viel Erfolg bei Ihrem Krimi. Vielleicht klärt sich der Mord ja bald.«

Während Buttmei das Viereck im Viertel zu Ende zog, schloss der Reparateur die Blechtüren, lief zu seinem Auto und fuhr davon. Das beobachtete Buttmei, weil er sich so lange behutsam umsah, bis der Mann und sein Auto außer Sichtweite waren.

Jetzt drängte es ihn auf den Heimweg. Zu Hause an der Wohnungstür angekommen, ging er auf die Knie. Die Haare waren noch so, wie er sie angeklebt hatte.

›Also wieder keine Spur‹, dachte Buttmei, und löste sie vom Türrahmen. Nach dem Gespräch am Telefonkasten hatte er es nicht anders erwartet.

Er verriegelte den Zugang, schob einen Stuhl gegen die Tür. Er sollte umfallen und ihn wecken, falls jemand versuchen würde, einzudringen. Zum Erstaunen Theos schob er sogar dessen Schlafkorb gegen die Tür, weil Theo garantiert aufwachen würde, wenn sich jemand an der Tür zu schaffen machte. Theo würde ihn verbellen.

Buttmei ärgerte sich. Er war frustriert. So im Ungewissen herumzutappen mochte er gar nicht. Sackgassen wie diese konnte er nicht ausstehen. Aber aufzugeben kam für ihn nicht infrage. ›Jetzt erst recht nicht‹, dachte er trotzig.

Die Vorstellung, eine Falle zu stellen, ging ihm nicht aus dem Sinn. Sie blieb als einzige vielversprechende Möglichkeit. Aber wo ansetzen? Dazu fiel ihm nur die Polizeipräsidentin ein, weil alle bisherigen Spuren zu ihr führten. Auch wenn die Sache für sie eigentlich eine Nummer zu groß war – wenn es einen Einstieg nach oben zu den Drahtziehern gab, dann über sie.

Bevor er ins Grübeln geriet, wie er es anstellen konnte, und als vorhersehbare Folge die halbe Nacht wach liegen würde, weil es nicht einfach war, einen Weg zu finden, der ihn an die Präsidentin heranbrachte, schloss er energisch alle weiteren Überlegungen mit der Bemerkung ab: »Ich kann doch nicht in ihr Zimmer spazieren und sagen: Sie sind der Weg, der zu dem vermissten Staatsanwalt und den Tätern führt.«

Umso überraschter war er, als ihn Rotemeier früh morgens anrief und ihm berichtete, dass am Vorabend ein angeblicher Handwerker in seinem Zimmer zuwege war, weil etwas zu reparieren wäre. Er habe einen Blaukittel getragen, schulterte eine Aluminiumleiter und hielt einen Werkzeugkasten in der Hand. Das alles wusste Rotemeier vom Hausmeister, der dem Mann das Zimmer aufgeschlossen hatte.

»Hat er sich den Auftrag zeigen lassen?«, fragte Buttmei.

»Ja. Aber er hat ihn nur flüchtig angesehen, weil er offiziell wirkte, mit Briefkopf und Stempel.«

»Hat er unterschrieben?«

»Ja. Aber der Mann hat den Auftrag danach in die Tasche gesteckt und erklärt, es wäre alles in bester Ordnung.

»Was nun?«, fragte Buttmei.

»Ich habe im ganzen Haus rumtelefoniert. Keiner will den Auftrag gesehen oder gar unterschrieben haben.«

»Was ist mit Ihrer Chefin?«

»Auch deren Vorzimmer habe ich angerufen und ebenfalls die Auskunft erhalten, dass ein solcher Auftrag nicht über den Schreibtisch gegangen sei.«

»Es gibt bei euch doch keine Gespenster!«, stellte Buttmei energisch fest.

Rotemeier fragte ihn, wie es bei ihm gewesen wäre.

»Keiner hat versucht, bei mir einzudringen.«

»Wie willst du das wissen?«

»Ich habe Haare an das untere Ende der Tür geklebt und zum Türrahmen hinübergezogen. Sie waren unbeschädigt.«

»Das war dein Trick«, reagierte Rotemeier und kommentierte es mir den Worten: »Wer macht denn heute noch so was? Ich dachte, das gäbe es nur noch in uralten Kriminalfilmen.«

»Aber es funktioniert! Auch weil keiner vermutete, dass man so was noch macht.«

»Wie wollen wir weiter verfahren? Ich bin ratlos.«

»Ich sehe nur eine Möglichkeit.«

»Und die wäre?«, wollte Rotemeier wissen, und Buttmei hörte die Erregung in seiner Stimme mitschwingen.

»Ich werde deiner Vorgesetzten einen Besuch abstatten.«

»Ob das eine gute Idee ist?« Nun klang Rotemeiers Stimme panisch.

»Du bleibst außen vor. Ich werde dich nicht mal erwähnen. Außerdem habe ich einen plausiblen Grund. Sie hat mich angerufen, mir gedroht. Das bohrt in mir, und nun will ich direkt von ihr wissen, warum sie das getan hat. Vorher werde ich aber noch ein paar Erkundigungen über sie einziehen.«

Rotemeier seufzte hörbar: »Ich hätte dich nicht einbinden sollen. Wahrscheinlich wäre es am besten gewesen, wenn wir den Fall wie eine heiße Kartoffel hätten fallen lassen. Sollen sich andere daran verbrennen.«

»Dafür ist es jetzt zu spät.« Diesen Satz betonte Buttmei sehr deutlich und beendete danach das Gespräch.

Kurz darauf rief der Lokalredakteur an. Er hatte sich mit der Polizeichefin in Verbindung gesetzt und sofort erkannt, wie unangenehm ihr sein Anruf war. Daraufhin hatte er ihr Fragen zum Verschwinden des Staatsanwalts gestellt und damit gedroht, auf eigene Faust weitere Auskünfte einzuholen. Erst dann habe sie zugegeben, dass Dr. M. verschwunden sei, aber von laufenden Ermittlungen gesprochen, die man auf keinen Fall stören dürfe. Sie sei immer kleinlauter geworden und habe zuletzt darum gebeten, ein paar Tag abzuwarten.

Bevor er der Polizeipräsidentin auf die Pelle rückte, benötigte er eine Auskunft, wer und wie die Frau war. Die Frage konnte er Eckstein stellen. Der kannte alle prominenten Personen in der Stadt. Danach würde er sich eine Strategie für das Gespräch ausdenken. Er hatte sich somit neue Aufgaben gestellt und war wieder voller Tatendrang.

***

Am nächsten Tag drängte es Buttmei, einen Friedhofsbesuch zu machen. Er war eine Ewigkeit nicht an seines Vaters Grab gewesen. Der Woogspaziergang hatte ihn quasi auferstehen lassen. Erst danach wollte er mit Eckstein Kontakt aufnehmen und anschließend einen Termin zur Vorsprache im Präsidium einholen.

Das erste Stück gingen sie zu Fuß. Theo beschnupperte eine im Tageslicht leuchtende kleine viereckige Platte, die im Trottoir eingelassen war. Es war ein Stolperstein, den Buttmei bisher übersehen hatte. »Hilde Betty Thalheim, 1934 – 1942«, ein achtjähriges Mädchen, das die Nazis ermordet hatten. Es schauderte ihn, sich den gewaltsamen Tod dieses Kindes vorzustellen. Er blieb einen Moment stehen, als könnte er ihm damit einige Sekunden nachträglichen Lebens zukommen lassen. Was waren das für Unmenschen! Gegen sie waren die Mörder, die er gejagt hatte, unbedeutende Kleinverbrecher. Dankbar war er, dass es unter seinen Vorfahren keinen gab, der an dieser Barbarei beteiligt war. Obwohl der Vater Polizist gewesen war, war er als kleiner Streifenbeamter nicht involviert worden.

Sie durchquerten den Herrngarten, liefen zwischen altem Theater und Landesmuseum hindurch zum südlichen Schlossportal. Die Anblicke waren ihm so vertraut, dass er nicht den Kopf hob, um sie anzusehen, auch nicht zu dem bunten Wappengebilde über dem Tor zum Schloss.

Als sie die Unebenheiten des Hofpflasters überwunden hatten und auf der anderen Seite des Schlosses herauskamen, fiel sein Blick auf den Marktplatz. Bauern aus der Umgebung hatten Stände aufgebaut und boten ihre Erzeugnisse an. Das Grün des Gemüses und das Rot der Karotten, die Osterzweige und Tulpen korrespondierten mit den aufgespannten und grün-weiß gestreiften Planen. Hinter den Ständen entfaltete sich das Barock des Alten Rathauses, die gestuft geschwungenen Giebel, der schiefergraue Dachreiter, das Weiß und Sandsteinrot der Fassade.

Als sie vom Weißen Turm her die Straßenbahn Nummer 9 um die Ecke kommen sahen, eilten sie sich, an die Haltestelle zu kommen, stiegen ein und fuhren zum Friedhof. Zuerst kaufte Buttmei in Erinnerung an die väterliche Tradition einen Blumentopf.

Die Bäume, das Grün auf und zwischen den Grabsteinen strömten Ruhe aus, die sich auf die Besucher, die sich dafür zu öffnen bereit waren und Zeit mitbrachten, übertrug. Immergrün dominierte auf den Gräbern, bei den gepflanzten Bäumen. Es war, als wollte man den Toten wenigstens die Vergänglichkeit, die sich in den Jahreszeiten zeigte, vorenthalten. Vielleicht sollten auch die Lebenden Trost im Immergrün finden und von ihrer eigenen Sterblichkeit trotz der

Namen und Jahreszahlen auf den Grabsteinen abgelenkt werden.

Die Wege fand er noch. An dem vor sich hin alternden Mausoleum vorbei mit dem Portal, das endgültig geschlossen schien, obwohl ein Metallring aufforderte, anzuklopfen und einzutreten. Aber wohinein? In ein fröstelndes Jenseits ohne Wiederkehr? Man könnte aber auch – spekulierte er – eine Leiche dort ablegen, und es würde Jahre dauern, bis man sie fände. Ein gut geeigneter Ort für ein Mordopfer.

Er hatte manchmal solche Einfälle. Sie waren ein Grund dafür, dass er sich in seine Gegenspieler so gut hineinversetzen und mit Erfolg gegen sie ermitteln konnte. Ein Kommissar musste nachvollziehen können, wie Verbrecher denken.

An der Grabstätte des Komponisten Flotow verharrte er und betrachtete ihre Inszenierung mit einem Engel, der die Pforte zum Jenseits öffnete, um einen Lorbeerkranz hineinzubringen. Mit Vögeln auf dem metallrosenumrankten Gitter, die die Melodien aus der Oper ›Martha‹ hätten trällern können, wenn sie lebendig gewesen wären. Ihre Schnäbel waren jedenfalls geöffnet. Obenauf die Grünspanbüste des Komponisten.

Da der Großvater Flotow an dessen Villa auf dem Weg zu den Hirschköpfen gesehen hatte und stolz war, dem berühmten Mann begegnet zu sein, war das Ereignis in die Familiengeschichte eingegangen. Der Vater hatte ihm jedes Mal das Denkmal gezeigt, wenn sie an den dafür vorgesehenen Feiertagen Großvaters Grab besuchten, um ein Blumenstöckchen aufzustellen. Manchmal hatte er dabei eine der Melodien gesummt. Wenn er besonders gute Laune war, sang er sogar, wenn auch leise, damit es niemand außer ihnen hörte, die Verballhornung: »Martha, Martha, du entschwandest, und mit dir mein Portemonnaie. Gib mir wieder, was du fandest.«

Es wurde ein Weg voller innerer Rückblicke. Die Zeit schien still zu stehen, nur wenige neue Grabhügel durchbrachen das Bild aus der Vergangenheit. Neu waren für ihn die Spuren, die ein Sturm hinterlassen hatte. In dem Teil des Friedhofes, in dem das Familiengrab lag, hatte er alle hohen Bäume gefällt und eine offene Grablandschaft geschaffen, in der man weithin über die Grabsteinreihen schauen konnte.

Am Grab stehend und die Namen lesend, sah er den Vater wieder vor sich in der grünen Uniform, mit Gamaschen und Stiefeln, einem Lederriemen über der Brust und einem schwarzglänzenden Helmgebilde auf dem Kopf, das sie auftürmte zu einer Spitze mit einem Ornament, dessen Aussehen und Bedeutung er nicht mehr entziffern konnte. Er sah die mächtige und eindrucksvolle schwarze Pistolentasche, die kleine Gesetzesbrecher schon durch ihr Aussehen abschreckte. Auch der Name der Mutter stand auf dem schwarz polierten Granit. Sie war gestorben, als er noch klein war, so dass er keine Erinnerung an sie hatte. Das Fehlen ihrer Fürsorglichkeit hatte ihn trotz der Mühe, die sich der Vater gegeben hatte, geprägt und ein gutes Stück zu seiner eigenbrötlerischen Wesensart beigetragen.

Er stellte den Blumentopf vor den Stein, rupfte ein paar Löwenzahnpflanzen, die aus dem pflegeleichten Bodendecker wuchsen. Dann stand er an der grauen Steinumrandung auf dem Grasweg und dachte an zurückliegende Zeiten, ohne dass ihm genaue Bilder und Ereignisse in den Sinn kamen.

Theo wurde es langweilig. Er zog an der Leine. Durch ein Spalier von Stiefmütterchen in allen Farben – Weiß, Gelb, Blau und viele Schattierungen von Rot

– suchten sie einen anderen Weg zum Ausgang. Erst jetzt las er das Schild, dass es verboten war, Hunde auf den Friedhof mitzubringen.

Sie fuhren mit der Linie 9 zum Luisenplatz, stürzten sich nicht in das Gewühl des Platzes, sondern liefen zielstrebig in Richtung ihres Viertels. In einem Café am Mathildenplatz spähte er durch die große Scheibe, weil er wusste, dass es einer der bevorzugten Aufenthaltsorte Ecksteins war, und hatte unerwarteten Erfolg. Eckstein saß mit mürrischer Miene vor einem Glas Zitronensaft. Er hatte eine Verhandlungspause und war trotz seines standfesten Humors angestrengt und in Gedanken. Der saure Saft prägte sicher nicht seine säuerliche Miene.

Buttmei band Theo an einen Fahrradständer, betrat das Café und trug Eckstein sein Anliegen vor. Er wolle so bald wie möglich mit ihm über die Polizeipräsidentin sprechen.

Auf Ecksteins Gesicht entstand ein Lächeln, als wäre er für die unerwartete Ablenkung dankbar, dann antwortete er: »Heute geht's nicht. Ich habe eine Sitzung nach der anderen. Morgen habe ich Papierkriegstag. Ich schlage vor, Sie kommen zu mir ins Gerichtsgebäude. Ich mache speziell für Sie eine kleine Führung durchs Haus. Dabei sprechen wir miteinander über die neuernannte Chefin der Darmstädter Polizei.«

»Wann soll ich kommen?«

»Nicht so spät. Sagen wir: 12 Uhr. Ich informiere die Pforte.«

»Ich bin um 12 Uhr da.«

»Aber bitte ohne Hund. Hausmeister und Pförtner nehmen ihren Job sehr ernst.«

»Theo bleibt zu Hause.«

»Ich werde Ihnen alles zeigen, sogar die Einzelzellen. Ich könnte Sie einen Tag lang dort einsperren. Wie wäre das?« Er lachte laut, sein Gesicht rötete sich vor Vergnügen.

Buttmei tat so, als ginge er auf den Vorschlag ein: »Machen wir! Ich bringe meine Notizen mit und ermittle in aller Ruhe und Abgeschiedenheit, wer die Täter sind. Wenn Sie mich am Abend herauslassen, habe ich die Lösung, und Sie erfahren es als Erster.«

Nun blickte Eckstein zunächst über diese Antwort erstaunt aus zusammengekniffenen Augen, dann lachte er noch lauter und schlug auf den Tisch: »So machen wir's!« Er zog seine Visitenkarte aus der Tasche: »Wenn etwas dazwischen kommt, auf der Karte sind alle meine Nummern. Ihre Nummer steht natürlich schon in meinem Telefonverzeichnis.«

Buttmei hörte Theo bellen, verabschiedete sich rasch und eilte nach draußen. Theo versuchte gerade einen Radfahrer daran zu hindern, sein im gleichen Ständer untergebrachtes Fahrrad herauszuziehen. Buttmei erntete einen bösen Blick des Radlers. Es rührte ihn wenig; er nahm die Leine von dem Ständer und führte Theo in den vor ihnen liegenden Herrngarten.

***

Am nächsten Tag stand er pünktlich um 12 Uhr vor dem Eingang des neuen Amtsgerichts und wartete auf Eckstein. Er ging eine Weile auf und ab. Schließlich sah er ihn durch breitgezogene Glasscheibe, die fast das gesamte erste Stockwerk des Gebäudes ausmachte, die Treppe herunterkommen. Er kam hemdsärmlich und breitbeinig mit weißen Socken in Sandalen auf ihn zu.

Weil Buttmei es auf keinen Fall vergessen wollte, fragte er ihn, noch auf der Straße stehend, ob er irgendjemandem von seinen Aktivitäten erzählte habe und unterstrich seine Frage mit dem Satz: »Ich muss es unbedingt wissen!«

Eckstein verneinte es klar und deutlich, und Buttmei strich diesen Punkt aus seiner Liste.

Die Schranke war rasch durchschritten, weil er alle Gegenstände, die man hätte beanstanden können, aus seinen Taschen entfernt und auf den Tisch gelegt hatte. Bereits auf den ersten Treppenstufen fragte er Eckstein nach der Polizeichefin.

»Die ist funkelnagelneu hier. Na ja, ein paar Monate sind es schon.«

»Ist das ein Problem?«

»Hören Sie mal! Nassauer in Darmstadt – und an einflussreicher Stelle! Wie soll das gut gehen? Die weiß doch gar nicht, was und wie hier gespielt wird!«

»Ist die Polizei in Darmstadt anders als anderswo?«

»Das fragen ausgerechnet Sie! In Darmstadt ist alles anders.«

»Wie: ›anders‹?«

»Weniger Hektik, mehr Augenmaß. Wir gucken dreimal hin, bevor wir entscheiden. Und wir lassen uns nicht hetzen. Das ist aber so eine.«

»Was für eine?«

»Eine, die meint, sie müsse immer Tempo machen. Die will den Erfolg sehen, bevor die Tat geschehen ist.«

»Nun kann ich mir einiges vorstellen. Können Sie noch mehr über sie sagen?«

»Die werden Sie nie an einem Stammtisch antreffen.«

»Und dienstlich?«

»Übereifrig. Nach unten treten, nach oben buckeln, als wolle sie noch mehr werden, als sie schon geworden ist. Eventuell im nassauischen Wiesbaden. Im Ministerium zum Beispiel. Am Hebel der Macht. Typische Karrierefrau. Die bleibt nicht lange hier. Aber das ist gut so.«

»Den Ehrgeiz hat sie?«

»Manche können nicht hoch genug hinaufkommen. Eigentlich ist Polizeipräsidentin in Darmstadt doch schon was! Oder?«

»Vor allem für Nassauer!«, spottete Buttmei.

»Jetzt haben Sie mich verstanden. Ich schlage vor, wir wechseln das Thema und fangen mit der Besichtigung an.«

»Einverstanden. Ich habe in etwa von Ihnen erfahren, was ich erfahren wollte. Wenn mir weitere Fragen einfallen, kann ich sie immer noch stellen.«

»Nach der Besichtigung können Sie an einer Gerichtsverhandlung teilnehmen und mich in voller Aktion erleben.«

Buttmei zögerte mit der Antwort, meinte dann: »Lieber nicht. Das hat nichts mit Ihnen zu tun. Ihnen würde ich gerne zuhören. Aber ich habe an so vielen Gerichtsverhandlungen teilgenommen, dass ich die Rituale nicht mehr mitmachen möchte. Und dazwischenrufen darf ich sowieso nicht – egal, was ich von der Verhandlung halte.«

»Bevor ich einen Zwischenruf von Ihnen hören und rügen muss, lassen wir es lieber.« Eckstein grinste.

Und Buttmei war erleichtert. Er fragte aus Höflichkeit: »Was für eine Sache ist es denn?«

»Eine verwurschtelte Verkehrsgeschichte mit Fahrerflucht und Versicherungsproblemen.«

Danach begannen sie mit der Wanderung durch das neue Gerichtsgebäude. Das Innere erinnerte ihn zunächst an Flughafengebäude, allerdings deutlich kleiner dimensioniert. Vor den Verhandlungssälen standen niedrige schwarze Stuhlreihen wie in den Warteräumen des Airports. Der Bau selbst ernüchterte den Besucher durch weiße Wandgeometrien. Gemildert wurde der Eindruck durch größere Glasflächen, in denen der an diesem Tag blaue und weißbewölkte Himmel schimmerte und an den Seitenwänden Gehölze und große gelbe Blumen zu sehen waren.

Als Eckstein seinen Blick dorthin beobachtete, kommentierte er trocken: »Die sind für die Romantik.«

Buttmei erschrak, als über Lautsprecher grelle und unverständliche blecherne Durchsagen in den Gängen widerhallten. Sie bezogen sich auf den Verhandlungsbeginn in einem der Säle. Er durfte einen Blick in einen Raum werfen. Das Interieur erwies sich als nüchterner, aber freundlicher Mix aus Holz, Glas und weißen Wänden. Wahrscheinlich hatte es mit der Würde des Gerichts zu tun, dass auch hier die Stühle schwarz waren; das silberne Gestänge wurde von den Barrieren teilweise verdeckt. Buttmei gefiel es, dass die Schranke zwischen Publikum und den an der Verhandlung aktiv Beteiligten ebenfalls aus Glas war. Das verlieh dem Raum etwas Durchsichtiges und nahm ihm einen Teil der Strenge, trotz der obligaten und unaufhaltsamen Uhr über dem immer noch erhöhten Richterpult.

Durch eine Seitentür brachte ihn Eckstein auf den »Weg der Angeklagten«, wie er es nannte. Eine Metalltreppe führte nach unten zu den Zellen. Die Gitterstufen ließen die Schritte klingen, als schlügen sie gegen das Metall, und schufen ein zusätzliches Echo im Raum.

Inzwischen begleitete sie ein Beamter. Er trug die neuerdings übliche blaue Hose und das hellblaue Hemd mit dem Hessenwappen. Am Gürtel baumelten Handschellen. Da er die Schlüsselgewalt in diesem

Trakt hatte, öffnete er ihnen eine Zelle. Der Anblick wirkte klinisch steril und darüber hinaus in seiner aufdringlichen Leere bedrückend.

Nun gab Buttmei einen Kommentar: »Mancher würde es sich dreimal überlegen, eine Straftat zu begehen, wenn er vorher jemals eine Zeitspanne auf Probe in einem solchen Raum verbracht hätte.«

Das Licht war zwar hell, aber das verstärkte noch die kalte Einsamkeit, die die Kacheln, die gelb die Wände und grau den Boden bedeckten, verbreiteten. An der Längswand gegenüber der Tür befand sich ein ebenfalls gelb gekachelter Diwan für schlaflose Stunden. Wer hier saß oder davor auf und ab ging, war bereit zu gestehen, um diesem Raum zu entkommen. Das einzige Inventar, ein Waschbecken und eine Kloschüssel aus silbergrauem Metall, änderte nichts an der Kahlheit des Raumes. Beides stand eher verloren in der Ecke, als gehörte es nicht hierher.

Buttmei hatte genug gesehen, bedankte sich bei dem Beamten und bei Eckstein, der ihn spöttisch fragte, ob er nicht doch einmal einen Tag ›probesitzen‹ wollte.

Die Besichtigung endete jäh, als ihnen auf dem Flur zu den Einzelzellen zwei Beamte mit einem jungen Mann in ihrer Mitte entgegenkam und dieser, während sie zur Seite traten, um sie vorbeizulassen, Buttmeis Namen rief und hinterher den Satz: »Sie müssen mir helfen!«

Er sah ihm ins Gesicht. Es war tagelang unrasiert geblieben und fast zugewachsen. Trotzdem erkannte er ihn, vor allem an den Augen. Es war der Sohn des vermissten Staatsanwalts. Rasch flüsterte er es Eckstein zu. Der staunte, aber nur kurz, dann reagierte er und forderte die Beamten auf, stehenzubleiben. Sie kannten Eckstein und befolgten die Aufforderung.

»Wen habt ihr da?«

»Er ist bei einem Einbruchversuch geschnappt worden und hat weder Papiere dabei, noch gibt er Auskunft über seine Person.« Sie nannten auch die Anschrift des Hauses, in das er eingebrochen war.

Buttmei zuckte zusammen. Er hatte es zwar vermutet, aber nun erhielt er die Bestätigung, dass es das Haus des Vaters war.

»Und was passiert jetzt?«, fragte Eckstein.

»Das wissen Sie doch. Er wird dem Richter vorgeführt, und wenn er nicht den Mund aufmacht, bestimmt Ihr Kollege, wie lange er in Beugehaft sitzen wird.«

»Steht schon fest, wer die Untersuchung führt?«

Sie nannten den Namen des Richterkollegen, und Eckstein sagte sowohl zu dem jungen Mann als auch zu Buttmei: »Ich kümmere mich drum.« Danach führten die Beamten ihn zu seiner Zelle.

Zu Buttmei gewandt, fragte Eckstein: »Warum redet der nicht?«

»Er hat Angst. Um sich selber und um seinen Vater.«

»Lebt denn der Vater noch?«

»Ich gehe inzwischen davon aus.«

»Und wo steckt er?«

»Wenn ich das wüsste!«

»Haben Sie immer noch keinen Erfolg in Ihrem Fall?«

»Nein. Das bringt mich zur Verzweiflung. Vielleicht führt der Sohn uns zu der Lösung. Der Einbruch war nämlich gar kein Einbruch.«

»Wieso nicht?«

»Weil er in das Haus des Vaters und damit quasi ins eigene Haus eingestiegen ist.«

»Dann kommt er schnell frei.«

»Bitte nicht zu schnell!«

»Warum das?«, fragte Eckstein erstaunt.

»Zu seinem eigenen Schutz! Ich befürchte, dass er immer noch in akuter Gefahr ist.«

»Ich werde mit dem Kollegen reden. Sie können sich auf mich verlassen.«

Buttmei bat Eckstein, ihn zum Ausgang zu bringen, damit er rasch passieren konnte, ohne Gefahr zu laufen, zum Vergnügen Ecksteins doch noch, wenn auch vorübergehend, eine Einzelzelle ausprobieren zu müssen.

Zu Hause informierte er als erstes Rotemeier telefonisch über die Verhaftung des Sohnes und bat ihn, ein Auge auf den weiteren Fortgang zu haben. Der versprach, die Ermittlungen an sich zu ziehen, weil die Tat mit dem ersten Einbruch in die Villa im Zusammenhang stehen könnte.

Buttmei stärkte sich mit einer Tasse Kaffee, gab Theo ein paar Knochenkekse, damit er etwas zu nagen hatte und noch eine Weile Ruhe hielt, atmete tief durch, um seinen Puls so weit wie möglich herabzudrücken, und rief im Büro der Polizeichefin an.

Die Sekretärin war am Apparat. Sie reagierte überraschend schnell auf den Namen Buttmei und verband ihn mit ihrer Chefin.

»Hier Stöcking!«, dröhnte es in Buttmeis Ohren.

»Hier Buttmei!«, dröhnte er zurück.

»Was wollen Sie?« Gerlinde Stöckings Ton blieb barsch und kurz angebunden.

»Mit Ihnen sprechen! Und zwar so schnell wie möglich.« Buttmei versuchte sich im Ton zu mäßigen.

»Worüber soll ich mit Ihnen sprechen?«

»Über den Fall M.«

»Der Fall, wenn er denn einer ist, geht Sie nichts an!«

»Ich stehe kurz vor der Aufklärung.«

Buttmei merkte, dass sie stutzte, eine Pause einlegte und überlegte, wie sie reagieren sollte. Bevor sie zu einem Schluss und damit zu einer Antwort gekommen war, fuhr Buttmei in energisch werdendem Ton fort: »Sie sind in die Sache verwickelt. Das kann ich beweisen. Wenn Sie nicht mit mir reden, gehe ich an die Öffentlichkeit.«

Er vernahm ein heftiges Atmen, dann kam eine Antwort auf seine Attacke: »Morgen um 11 Uhr hier in meinem Zimmer.«

»Danke«, sagte Buttmei und legte auf. Das Danken war nicht so sehr seine Sache, aber in diesem Fall hoffte er, dass Gerlinde Stöcking den ironischen Unterton hörte und sich ärgerte. Jedenfalls war er mit sich zufrieden und gut gelaunt.

***

Mit dieser guten Laune begab er sich am folgenden Tag in das Präsidium. Es störte ihn nicht, dass die Sekretärin ihn warten ließ. Sie tat, als hätte sie keine Zeit, ihn anzumelden. Amüsiert sah er zu, wie sie Papiere von der einen Seite zur anderen des Schreibtischs schob und auf das Telefon blickte, in der Hoffnung, angerufen zu werden.

Verzweifelt blickte sie, als er nach zehn Minuten erklärte, er werde noch zwei Minuten warten, dann ginge er und stehe für ein zweites Gespräch nicht mehr zur Verfügung.

Sie packte planlos einen Stapel Papiere und betrat das Zimmer ihrer Chefin. Nach kurzer Zeit kam sie mit dem gleichen Papierstapel wieder heraus, ohne die Tür hinter sich zu schließen, und bat ihn einzutreten.

Gerlinde Stöcking hatte sich hinter ihrem Schreibtisch verschanzt. Das sah man an der steifen und abwehrenden Körperhaltung. Mit einer knappen Geste forderte sie Buttmei auf, sich zu setzen. Auch sie kramte noch in Papieren, gab es aber auf, als sie den grinsenden Blick Buttmeis bemerkte, und versuchte das Gespräch zu eröffnen und somit den Verlauf zu bestimmen. Damit hatte Buttmei gerechnet.

Ihr erster Satz sollte ihn bereits in die Enge treiben: »Sie haben keinerlei Legitimierung, sich mit dem Fall zu befassen! Ich müsste Sie also gar nicht empfangen.«

Buttmei ließ sich nicht aus der Ruhe bringen und zählte auf: »Erstens habe ich eine Zulassung als Detektiv. Aber das wissen Sie. Zweitens kann ich nachweisen, dass alle Fäden im Fall M. zu Ihnen führen. Alle Behinderungen bei den Ermittlungen gehen auf Ihre Kappe. Daraus lässt sich schließen, dass Sie sowohl mit dem Verschwinden des Staatsanwalts zu tun haben als auch mit den Attacken auf mich und damit sogar mit der Leiche im Landgrafenteich. Da nachweislich kein Zeugenschutzprogramm für Dr. M. existiert, müssen Sie sich sehr gute und schlüssige Erklärungen einfallen lassen, um aus der Sache herauszukommen.«

Gerlinde Stöcking hatte mehrfach Luft geholt und versucht, ihn zu unterbrechen. Nun gelang es ihr, zu Wort zu kommen: »Sie haben gar nichts in der Hand!«

»Sie können es ja darauf ankommen lassen. Dann lesen Sie meine Ergebnisse eben morgen in der Presse.«

»Was bilden Sie sich ein, wer Sie sind, um mir drohen zu können!«

»Frau Präsidentin, Gott sei Dank unterstehe ich nicht Ihrer Befehlsgewalt. Und ich empfange auch meine Anweisungen nicht aus Wiesbaden.«

Sie wurde puterrot, sprang auf und schrie: »Raus!«

Wieder tat Buttmei etwas für ihn Außergewöhnliches, er erhob sich nicht nur, sondern er deutete eine Verbeugung an, sagte »Auf Wiedersehen, Frau Präsidentin«, und folgte der gegen ihn ausgestreckten Hand zur Tür.

Draußen dachte er: ›Wie gut, dass Theo nicht dabei war, der wäre ihr an die Beine gegangen und hätte beiden, Herr und Hund, ein Hausverbot und auch eine Anzeige wegen Hausfriedensbruch eingebracht.‹ Auch von der Sekretärin verabschiedete er sich und riet ihr, der Chefin eine Tasse Kaffee zu bringen.

Noch vergnügter wurde er, als Rotemeier am nächsten Tag anrief und ihn fragte, was er mit Gerlinde Stöcking angestellt habe: »Im Präsidium ist der Teufel los! Die Chefin telefonierte reihum, ob jemand wüsste, was du ermittelt hättest. Von der Sekretärin habe ich erfahren, dass sie nach den Telefonaten Richtung Wiesbaden gedüst ist. Sie wollte von mir wissen, was los wäre. So habe ich erfahren, wie sehr ihre Chefin außer Fassung war.«

»Sehr gut!«, kommentierte Buttmei.

»Mich hat sie selbstverständlich auch angerufen und wollte wissen, wie du überhaupt zu deinen Ermittlungen gekommen bist. Ich habe ihr beschrieben, wie du die Kleider und die Mappe entdeckt hast, dass du danach überfallen wurdest und dass der, der dich überfallen hat, als Leiche im Landgrafenteich gefunden wurde. Aber ich glaube, sie hat mir gar nicht mehr zugehört.«

Rotemeier teilte ihm noch mit, dass er beauftragt wäre, Buttmei zurückzupfeifen.

»Dann pfeif mal!«, lachte Buttmei ins Telefon.

»Ich habe erklärt, dass ich keinen Einfluss auf dich habe und dass du bekanntermaßen ein Dickkopf wärst.«

»Hat sie dir geglaubt?«

»Weiß ich nicht.«

»Dann wollen wir abwarten, was passieren wird.«

»Und wenn du nicht die Finger davon lassen würdest, sollte ich dich vor möglichen Folgen warnen, und zwar nachdrücklich.«

»Das hast du hiermit getan.«

»Ich würde es nicht auf die leichte Schulter nehmen.«

»Ich werde vorsichtig sein.«

Endlich kam Bewegung in die Sache. Alles, was nun geschah, war ihm lieber, als abwarten und im Dunkeln herumtappen zu müssen. Als er dies formulierte, verstand Rotemeier ihn, erinnerte ihn dennoch noch einmal an die von Gerlinde Stöcking ausgesprochene Warnung.

»Theo, du musst auf mich aufpassen. Die wollen mir an den Kragen, verstehst du?« Theo spitzte die Ohren, soweit er seine Hängeohren spitzen konnte. Buttmei war immer noch vergnügt und hatte keine Bange vor zukünftigen Ereignissen. Sie kamen jedoch schneller auf ihn zu, als er es erwartet hatte.

***

Das erste Ereignis konnte durchaus Zufall sein. Es ereignete sich auf dem Herrngartenweg mit Theo, den er sich wieder angewöhnt hatte, weil die anderen Wege zu Komplikationen geführt hatten, die schwerer wogen als das Schimpfen von Spaziergängern oder eine Mahnung der Ordnungspolizei. Er lief auf dem rechten Bürgersteig an den dicht an dicht parkenden Autos vorbei. Theo trottete hinter ihm her. Ihm entgegen kam der mit einer Stofftasche in der Hand Schritt für

Schritt seinen Weg suchende Mann, den er aus dem Viertel kannte. Hinter ihm fuhr ein Auto langsam in der schmalen Straßenlücke, die die auf beiden Seite parkenden PKWs ließen. Das fiel ihm nicht weiter auf, weil er annahm, dass der Fahrer nach einem Parkplatz suche. Ein alltäglicher und häufiger Vorgang in dieser durch Parken beruhigten Straße.

Buttmei wechselte zur linken Straßenseite hinüber. In dem Augenblick gab das Auto Gas. Es heulte auf, laute Geräusche eines Sportwagenmotors, und schoss auf ihn zu. Er erstarrte, bereits auf der Fahrbahn stehend, und erwartete wie gelähmt den Zusammenprall. Eine Hand packte ihn am Kragen und riss ihn auf den Bürgersteig zurück. Der Kotflügel streifte sein Knie und stieß seinen rechten Fuß zur Seite, dann brauste das Auto mit hoher Geschwindigkeit und dem Lärm eines niedrigen und stark beschleunigenden Ganges davon.

Er drehte sich um. Vor ihm stand, von Theo verbellt, der Mann, dem er eine solche Schnelligkeit nicht zugetraut hatte. Der schlenkerte verlegen mit den Armen, als wäre es ihm peinlich, Buttmei berührt zu haben.

Buttmei beruhigte erst einmal Theo, dann bedankte er sich und hatte den Eindruck, als wollte der Mann den Dank und das dazugehörige Gespräch nicht: Er trat zurück zur Wand und forderte ihn mit dieser Geste auf, an ihm vorbeizugehen. Danach lief er im üblichen Zeitlupentempo weiter, als hätte er niemals eine schnelle Bewegung gemacht. Wenn Buttmei es nicht am eigenen Leib erfahren hätte, hätte er nicht geglaubt, dass es dieser Mensch gewesen sein könnte, der ihn rasch und mit fester Hand zurückgerissen hatte.

›Er hat mich vor einem Unfall bewahrt, der wahrscheinlich übel ausgegangen wäre‹, grübelte er und schob den Vorgang auf die Verkehrsverhältnisse. Ihn irritierte jedoch, mit welchem Getöse das Auto plötzlich gefahren war, und zwar erst, nachdem er den Fuß auf die Straße gesetzte hatte. Noch mehr wunderte es ihn, dass der Fahrer nicht angehalten hatte. Schließlich war nichts passiert, die Schuld schien auf Buttmeis Seite zu liegen, und eine Schimpfkanonade über die leichtsinnigen Fußgänger wäre die normale Reaktion gewesen. ›War es also Absicht‹, überlegte er, ›eine Aktion wie in einem schlechten Kriminalfilm?‹ Weil er keine Gewissheit hatte, behielt er die Überlegung für sich und setzte seinen Weg fort. Zurückbehalten würde er ein paar blaue Flecken und Kratzer im Leder der Schuhe.

Da die Stellen am Knie zu schmerzen anfingen, lief er an der im Viertel gelegenen Apotheke vorbei und ließ sich von dem ihm bekannten Apotheker eine Salbe zum schmerzstillenden Einreiben geben.

Der Apotheker mit den für ihn typischen kurzgeschnittenen Haaren, die nun auch einen Grauschimmer bekamen, lachte ihn an und fragte: »Was haben Sie denn angestellt?«

Buttmei kannte dieses Lachen, wusste, dass der Mann Humor hatte, und antwortete: »Etwas zu viel getrunken und im Dunkeln gegen einen Stuhl gestoßen. Das nächste Mal lasse ich das Licht an.«

Mit Anweisungen, wie er die Salbe auftragen und wie oft er sie nehmen sollte, wurde er verabschiedet. Das Angebot, die Seniorenzeitung mitzunehmen, hatte er abgelehnt. So enthielt die Tüte außer der Salbe nur noch Traubenzucker und Papiertaschentücher.

***

Das zweite Ereignis geschah am Vormittag des nächsten Tages. Er hatte einen Stadtweg vor sich, weil ihm der Pfeifentabak auszugehen drohte. Auf dem Weg sah er sich nach allen Seiten um. Hinter ihm waren nur Fußgänger und Radfahrer zu sehen, die es in dieser Straße immer in Hülle und Fülle gab. An den Ampeln mischte er sich unter die langsamer gehenden Leute und überquerte die Straße im Pulk, Theo energisch hinter sich her ziehend.

Im Gewühl auf dem Luisenplatz gab er es auf, sich umzusehen. Von allen Seiten strömten Menschen auf ihn zu. Fahrradfahrer fuhren artistische Kurven und versuchten die Menschenströme zu überholen. Straßenbahnen kamen von drei Seiten, und man wusste nicht, wohin sie abbogen, da man nicht immer die Zeit hatte, die Nummer der Bahn zu erkennen. Das berühmte Bad in der Menge wurde zum Wunsch nach heilem Entkommen.

Außer den Bewegungen von allen Seiten mussten er und Theo auch noch andere Hindernisse überwinden: Pfähle, gespannte und stachelige Ketten, Fahrscheinautomaten und was sonst noch alles in den Augenwinkeln auftauchte. Nur fremde Hunde wurden in diesem Gedränge zu ungefährlichen Begegnungen, weil die Tiere nervös durch den Wald von Beinen liefen und keine Zeit für Innehalten und Verbellen fanden.

Buttmei kam sich vor, als zwänge man ihn, ein Labyrinth zu durchqueren mit der zusätzlichen Erschwernis einer knapp bemessenen Zeitvorgabe. Wenn er stehenblieb, fürchtete er selbst zum Hindernis und angerempelt zu werden. Also passte er – den Strom, der ihm entgegenkam, musternd und nach Lücken spähend – sein Tempo denen an, die mit ihm die gleiche Richtung liefen. Am wenigsten konnte er dabei beachten, wer von der Seite kam.

Bevor er die Durchquerung bewältigt hatte und noch eine ankommende Straßenbahn vorbeilassen musste, um die rettende Stelle vor den Brunnenschalen zu erreichen, bekam er einen Stoß. Ein Fahrradfahrer war mit tollkühnen Schwüngen wie bei einem Slalom durch die Menschenreihe gefahren, stoppte hinter ihm, stieß ihn vor die Straßenbahn und kurvte weiter.

Zweierlei bewahrte Buttmei vor Schlimmerem: Die Bahn fuhr bereits langsam und bremste heftig quietschend, weil der Fahrer das Manöver des Radlers beobachtet hatte, und Theos Leine verhedderte sich in einem der Pfähle, weil er den Angreifer verjagen wollte und den Weg auf der anderen Seite des Pfahls genommen hatte. Seine Reflexe waren deutlich schneller als die Buttmeis. Die Leine verursachte einen Ruck, der Buttmei zusätzlich zurückzog. Er konnte sich mit der rechten Hand an der langsam gewordenen Bahn abstoßen und taumelte weg von ihr gegen andere Fußgänger. Auch sie hatten den Vorgang mitbekommen und fingen ihn auf.

So stand er nun im Gewühl. Seine Hand war verstaucht, die Leine entglitt ihm. Das war gut so, denn Theo würgte bereits, weil sie durch das Verhaken zu stark angezogen worden war und Buttmeis heftige Bewegungen noch zusätzlich an ihr rissen.

Die Passanten fragten, ob ihm etwas passiert wäre. Er verneinte. Nun schimpften sie auf rücksichtslose Radfahrer. Der Fahrer der Straßenbahn kam gelaufen und erklärte, er hätte den Vorgang genau gesehen; es wäre Absicht gewesen, und er wäre bereit, dies zu bezeugen.

Buttmei reagierte kaum. Die Stimmen kamen von weither. Erst als Theo den Weg um den Pfahl herum zu ihm gefunden hatte und an ihm hochsprang, kehrte er in die Wirklichkeit zurück. Sie waren davongekommen. Das dachte er jedoch erst, als sie an der Brunnenschale vor dem Luisencenter standen.

Die Hand schmerzte. Er schlug einen weiten Bogen um das Gedränge am Fuß der Ludwigssäule herum hin zur Merckapotheke, kaufte eine Bandage für das Handgelenk (eine Salbe gegen Prellungen lag ja bereits zu Hause), platzierte sie um den schmerzenden Knöchel und wanderte im gleichen Bogen zu seinem ursprünglichen Ziel, dem Tabakgeschäft. Die erste Pfeife rauchte er auf einer Bank an der Brunnenschale. Erst als er saß und rauchte, spürte er, dass seine Beine zitterten. Das Knie schmerzte noch vom Zusammenstoß mit dem Auto, nun kamen die Schmerzen im Handgelenk dazu. Gut, dass ihm wenigstens niemand auf den Kopf gehauen hatte.

An diesem Tag machte er nur noch die notwendigsten Gänge, wie die obligate Runde mit Theo und kleine Einkäufe. Er legte Eisbeutel auf das Handgelenk und dachte, als die Schmerzen nachließen, über die beiden Vorfälle nach.

Das neudeutsche Wort ›Action‹ kam ihm in den Sinn. Er hatte sie sich gewünscht, um nicht mehr tatenlos auf der Stelle treten zu müssen. Doch nun kam sie mit einer Heftigkeit, die ihn fast atemlos machte. Der zweite Angriff auf ihn bewies seiner Meinung nach, dass auch der erste kein Zufall war und dass seine Gegner inzwischen über Warnungen hinausgingen. Beide Ereignisse hätten ihn schwer verletzten und langfristig außer Gefecht setzen können. Da sie gescheitert waren, würden weitere Attacken folgen. Er würde sich von nun an sehr vorsehen müssen und nur noch die notwendigen Ausgänge unternehmen können. Sich zu Hause zu verkriechen, kam nicht infrage. Ein Tag, zwei Tage, warum nicht? Aber danach könnte er es nicht mehr in den vier Wänden aushalten, weil sie von Tag zu Tag enger würden.

Er nahm sich vor, Rotemeier und Neumann stärker in seine Unternehmungen einzubinden und bei Stadtwegen die Orte, an denen Gedränge herrschte, zu meiden. Man konnte in der Stadt, wenn man sich auskannte, auch über weiträumige Umwege an sein Ziel kommen.

Am Abend ertönte die Hausschelle. Da er niemanden erwartete, öffnete er zwar die Eingangstür des Hauses, schob jedoch den Sperrriegel vor und erwartete am Türspion, wer die Treppe heraufkam. Es war ein Pizzabote. Bevor er öffnete, eilte er zum Fenster. Auf der Straße stand das typische Pizzaauto mit Dachreiter und Reklamebemalung, das er aus einer der Nachbarstraßen kannte. Er legte Theo die Leine an, band sie kurz und öffnete die Wohnungstür einen Spalt breit.

Der Pizzabote teilte ihm mit, dass jemand eine Pizza für ihn bestellt, bezahlt und einen Brief dazu gelegt hätte. Da er Theo am Halsband zog, knurrte der vernehmlich, und er konnte den Boten leicht überzeugen, ihm die Schachtel mit der Pizza durch den Türspalt zu reichen. Der Mann war sichtlich froh, nicht näher an den Hund herangehen zu müssen, und hielt auch noch eine Flasche Montepulciano durch den Türspalt: »Die gehört dazu.«

Dem Verhalten und der Ängstlichkeit nach war er kein Attentäter. Buttmei kramte aus seiner Tasche einen Euro hervor und gab ihn dem danach die Treppe Hinuntereilenden.

Zuerst untersuchte er die Flasche. Dazu holte er eine Lupe aus der Tischschublade. Er kam sich dabei zwar etwas lächerlich vor und wie aus einem Sherlock-Holmes-Buch entsprungen, aber er wollte kein Risiko eingehen.

Es waren keinerlei Spuren von Manipulation zu erkennen. Der Verschluss einschließlich der Banderole war unbeschädigt. Er fand auch keinen Einstich, den eine Spritzennadel hätte verursacht haben können. Nachdem er die Ummantelung des Flaschenhalses entfernt und gegen das Licht gehalten hatte, um sie nochmals nach kleinen Löchern zu untersuchen, fand er auch den Korken unbeschädigt vor. Er öffnet die Flasche, roch zuerst an ihr, dann goss er eine Bodendeckung in das Glas und prüfte den Duft, den der Wein verströmte. Erst jetzt probierte er einen kleinen Schluck. Der Wein war offenbar ein originaler und unverfälschter Montepulciano. Das konnte er beurteilen, denn er trank ihn nicht zum ersten Mal.

Er füllte das Glas und wandte sich der Pizza zu. Auch hier stimmte der äußere Anschein mit seinem Wissen überein. Der Aufdruck auf der Schachtel belegte die Firma aus der Nachbarstraße. Er roch am Belag. Salami, Pilze, Käse schienen einwandfrei zu sein, es war auch kein Pulver oder keine Flüssigkeit über die Oberfläche verteilt worden. Die kleinen dunklen Pünktchen, von denen er eines herausklaubte und unter die Nase hielt, erwiesen sich zweifelsfrei als Oregano.

Die ganze Zeit über stand Theo mit aufgerecktem Kopf neben ihm und schielte nach der Pizza. Das brachte ihn auf die Idee, ihm ein kleines Stück abzubrechen und hinzuhalten. Der Hund hatte einen viel feineren Geruchssinn als er und würde – verwöhnt, wie er war – nichts fressen, was seiner Nase nicht behagte.

Theo schnappte zu und hob sofort den Kopf auf und verlangte mehr. Buttmei wäre sich schofel vorgekommen, wenn er Theo abgefüttert hätte, ohne selbst zu essen, wartend, was mit dem Hund geschah. Also teilte er die Pizza, und beide aßen. Nach dem zweiten Bissen tat es auch Buttmei mit Vergnügen. Der Wein schmeckte ebenfalls und passte gut zum Essen.

Plötzlich griff sich Buttmei an den Kopf: Der Brief lag ungeöffnet neben der Schachtel Er hatte ihn beiseite gelegt. Er war nicht darauf eingestellt, Briefe zu bekommen. Außerdem häuften sich seit einiger Zeit die Vergesslichkeiten, wenn er nicht sofort handelte, sondern etwas zunächst zur Seite legte. Manchmal verließ er seinen Sessel, um etwas zu holen, doch kaum hatte er das Zimmer verlassen, wusste er nicht mehr, was er hatte holen wollen. Wenn er dann zu seinem Ausgangspunkt zurückkehrte, fiel es ihm wieder ein.

Nun öffnete er das Kuvert und fand einen Zettel ohne Anrede und ohne Unterschrift. In Blockbuchstaben las er: »Morgen Abend 21.00 Uhr an der Kirche Sankt Ludwig. Habe wichtige Informationen!« Er drehte den Zettel um und konnte nichts entdecken, was verraten könnte, woher das Papier stammte.

Ohne zu zögern, fasste er zwei Beschlüsse. Erstens, er würde am nächsten Abend zu dem Treffpunkt gehen. Zweitens, er würde Rotemeier informieren und um Begleitschutz bitten. Er wollte nicht leichtfertig in einen Hinterhalt geraten. Die beiden Attentate hatten ihn hellhörig werden lassen. Außerdem würde er ihm den Zettel und das Kuvert zur gründlichen Untersuchung überlassen.

***

Gleich am Morgen regelte er alles mit Rotemeier. Der wollte selbst den verdeckten Einsatz leiten und zugreifen, wenn es notwendig werden sollte.

Als es dunkelte, machte sich Buttmei ohne Theo auf den Weg. Er hatte zuerst geplant, ihn mitzunehmen. Aber wenn es einen Tumult gab, weil Rotemeier eingreifen musste, war Theo im Weg und sogar gefährdet. »Theo, ich gehe zu einer katholischen Kirche. Da kannst du nicht mitkommen«, belehrte er ihn. Von Gefährdungen sprach er nicht. Um sich selbst machte er sich mit den Ex-Kollegen im Rücken keine Sorgen. Zu oft hatte er Ähnliches in der Vergangenheit riskiert und war durchaus auch leichtsinniger und ohne Rückendeckung vorgegangen.

Er lief den kürzesten Weg an der Eleonorenschule vorbei, dann unter den Arkaden des Amtsgerichts, überquerte den Luisenplatz am Rand vor der Sparkasse und pilgerte schnurstracks auf den nun in seinem Blickfeld liegenden Rundbau der Kirche zu. Das letzte Stück des Wegs ging bergauf, seine Schritte wurden langsamer, und er atmete stärker. »Hinter Tätern her rennen oder vor Attentätern wegrennen wirst du nicht mehr«, sagte er zu sich selbst und blieb, oben vor dem Obelisken angekommen, stehen und atmete durch. Danach war er zu dem geheimnisvollen Treffen bereit.

Er sah sich um. Rotemeier und seine Kollegen waren nicht zu sehen. Das war gut so. Auf den klein gepflasterten Wegen am Rand der Grasfläche bewegte sich ebenfalls niemand.

Nur die Spitze des Obelisken stach einsam in die Dunkelheit. ›Zahnstocher‹ – diese bei alten Darmstädtern übliche Bezeichnung kam ihm in den Sinn.

Dass sich diese mehr oder weniger liebevollen Spottnamen aufdrängten, war für Eingeborene eine Art Automatismus. Ähnlich verhielt es sich mit dem Begriff ›Käsglock‹ für den einzigen Kuppelrundbau in der Stadt. Sankt Ludwig war angestrahlt, das Sandsteinrot und die weißen Flächen standen wie ein Reiseführerfoto in der Nacht, die Kuppel verschwand in der Finsternis. Die Bäume auf dem Platz wurden zu schwarzen und unregelmäßigen Randeinfassungen des Bildes.

Nach rechts wanderte sein Blick über den neu gestalteten Vorplatz des Theaters. Weiße Steinpilze gesellten sich zu dem ebenfalls weiß leuchtenden und schwungvoll geformten Eingang. Ihr Rhythmus hatte durchaus etwas ästhetisch Anrührendes im Gegensatz zu der allzu pedantisch wirkenden Rasenfläche, die ihn an die strengen Geometrien von Heldenfriedhöfen erinnerte. Warum er auf diesen Vergleich kam, konnte er nur vermuten. Wahrscheinlich weil er vor noch nicht allzu langer Zeit Bilder des amerikanischen Heldenfriedhofs Arlington in einem Magazin gesehen hatte.

Hinter der Kirche tauchte ein Mann auf, lief auf den Platz und sah sich suchend um. Buttmei wartete einen Augenblick, dann ging er auf ihn zu. Der Mann war größer als er, schmal, hager, dunkelhäutig. ›Wahrscheinlich ein Nordafrikaner‹, schätzte er ihn ein. Zunächst blieb der Mann mit Abstand vor Buttmei neben einem Baumstamm stehen.

Als Buttmei ihn mit den Augen fixierte und ebenfalls keine Anstalten machte, sich weiter zu bewegen, fragte er: »Du Buttmei?«

»Ja.«

»Ich was haben für dich.«

Er sah sich nach allen Seiten um, zog hastig einen Beutel mit weißem Pulver aus seiner Jackentasche, drückte ihn Buttmei in die Hand und lief weg. Während Buttmei noch verdutzt dastand, den Beutel in beiden Händen, kam Bewegung in die Schatten der Baumstämme.

Zwei Männer sprangen, wie aus dem Nichts auftauchend, auf ihn zu. Sie kamen so überraschend und schnell, dass Buttmei zuerst nicht begriff, was geschah. Der eine bog ihm die Arme auf den Rücken und legte ihm Handschellen an. Der andere nahm den Beutel mit weißem Pulver, öffnete ihn und roch daran. Buttmei hörte das Wort »Kokain!« und den Satz: »Wir haben ihn!« Sie hatten sich offensichtlich hinter den Stämmen verborgen und ihn beobachtet. Nun griffen sie zu.

Sie stießen ihn vor sich her zu einem am Rand des Platzes geparkten Auto. Buttmei fand nicht einmal Zeit, gegen die grobe Behandlung zu protestieren. Nur ein Gedanke beschäftigte ihn: ›Wo bleibt Rotemeier?‹

Als sie ihn am Kopf packten, um ihn in das Auto hineinzustoßen, sprangen weitere Männer aus irgendwelchen finsteren Ecken des Platzes, und Buttmei sah keine Möglichkeit mehr, der Verhaftung oder Entführung oder was es werden sollte zu entkommen. Er spürte Angst in einer Weise, wie er sie nicht vorher nicht gekannt hatte, und verfluchte innerlich seinen Leichtsinn, sich auf diesen Fall eingelassen zu haben.

Vornweg lief Rotemeier mit gezogener Pistole, hinter ihm kamen Neumann und zwei weitere Beamten in Uniform. Buttmei konnte sie nicht sehen, weil sein Kopf sich bereits im Türrahmen befand. Aber er hörte ihre Stimmen und spürte, wie man seinen Kopf freigab. Er richtete sich auf und sah die ersehnten Ex-Kollegen. Sie hatten in ihrer Mitte den Nordafrikaner und ihm bereits die Hände gefesselt.

Beide Gruppen standen sich gegenüber, musterten

sich mit giftigen Blicken. Rotemeier zog seinen Ausweis aus der Tasche. »Hauptkommissar Rotemeier, Mordkommission. Und wer sind Sie?«

»Drogenfahndung«, antworteten sie und holten ebenfalls Dienstausweise hervor.

Ein kurzes Verhör begann.

»Wer hat Sie hierher beordert?«

»Wir haben einen anonymen Hinweis erhalten.«

»Und wieso haben Sie den Täter laufen lassen? Sie standen hinter den Bäumen, als er an ihnen vorbeirannte, und haben nicht zugegriffen.«

»Welchen Täter? Wir habe keinen Täter gesehen!«

Rotemeier deutete auf den Nordafrikaner und fuhr, als sie schwiegen, fort: »Das stinkt zum Himmel! Ich werde das mit Ihren Vorgesetzten klären!«

Buttmei deutete mit dem Kinn auf die Handschellen. Daraufhin forderte Rotemeier die beiden energisch auf, die Handschellen zu öffnen. Als sie zögerten, bedeutete er ihnen, dass Buttmei ein verdeckter Ermittler sei und zu seinem Team gehöre und dass er sie wegen Amtsanmaßung und Störung bei der Ermittlung in einem Mordfall festnehmen würde, wenn sie nicht sofort seinen Anordnungen nachkämen.

Das wirkte. Sie öffneten, durch Rotemeiers Aggressivität überrascht und beeindruckt, die Handschellen. Buttmei rieb sich die Handgelenke. Früher war er es gewesen, der anderen Handschellen angelegt hatte, das war jetzt seine zweite Selbsterfahrung mit diesen Metallfesseln.

Rotemeier klopfte ihm auf die Schultern »Gut gemacht!« Danach ließ er Neumann die Daten der Dienstausweise der Drogenfahnder notieren und erklärte: »Der Einsatz ist beendet. Sie können gehen, aber ich erwarte morgen einen ausführlichen Bericht, in dem vor allem Auskünfte über den sogenannten anonymen Hinweis enthalten sind. Ich erwarte ebenfalls Erklärungen, wieso Sie einen Drogendealer laufen lassen. Versuchen Sie sich nicht auf Zeugenschutz oder Ähnliches herauszureden. Es geht schließlich um die Aufklärung eines Mordfalls.«

Die beiden sahen sich an, drehten sich um und verschwanden in der Dunkelheit.

Nun wandte sich Rotemeier Buttmei zu: »Die wollten dich im Knast verschwinden lassen. Dazu haben sie was investiert. Die Menge Kokain war beträchtlich. Das hätte Wochen dauern können, bis die Untersuchungen abgeschlossen und alles aufgeklärt war.«

Buttmei war noch etwas atemlos und dachte mit Grausen an die Zelle, die er besichtigt hatte. Er sah sich in den gelben Kachelwänden auf und ab tigern und spürte die Kälte, die von ihnen und dem Fußboden ausging, als wäre sie gegenwärtige Wirklichkeit.

Rotemeier fuhr fort: »Das Verhör des Marokkaners erbringt vielleicht was. Er schlottert jetzt schon mit den Knien. Vielleicht kommen wir an seine Auftraggeber ran. Die beiden Fahnder werden uns irgendwelche Ausreden auftischen. Ich werde ihnen trotzdem zusetzen. Wenn es gelingt, werde ich sie sogar einem Zeugenverhör unterziehen. Ich gehe jedoch davon aus, dass ihr Vorgesetzter es verhindern wird. Auf ihre Ausreden bin ich gespannt.«

»Du informierst mich?«

»Nach der Aufregung lasse ich dich doch nicht im Ungewissen! Außerdem müssen wir absprechen, was wir sagen, wenn Nachfragen zu der Aktion kommen. Zum Beispiel von unserer Präsidentin.«

»Sie wird auf keinen Fall akzeptieren, dass ich zu deinem Team gehöre.«

»Habe ich das gesagt?«

»Also gut. Ich weiß es nicht mehr. Aber war das mit der Pistole in der Hand nicht zu theatralisch und zu riskant?«

»Für dich ist uns kein Risiko zu hoch!« Das klang ehrlich, aber auch ein wenig ironisch. »Traust du dich allein nach Hause?«

»Warum sollte ich nicht?«

»Das war's dann. Bis morgen.« Rotemeier und die beiden Beamten zogen mit dem Festgenommenen ab.

Neumann blieb bei Buttmei und erklärte, er ginge ein Stück des Weges mit ihm.

Sie liefen schweigend den Berg hinab zur Stadtmitte. Die Lichtreklamen beleuchteten den Weg und die beiden Menschen mit einem fahlen Licht. Der Boden unter den Füßen war noch grauer als am Tag. Um diese Zeit waren nur noch wenige Passanten unterwegs.

Die unbeleuchteten Schaufenster einiger leerstehender Geschäftsräume vermehrten die Dunkelheit. Mag sein, dass das eine oder andere geschlossen worden war, weil es seine Aufgabe als Geldwäsche erfüllt hatte und der Besitzer sich wenig Mühe gab, es neu zu belegen, da ihm die Steuerabschreibungsvorteile genügten.

Buttmei brach das Schweigen, bevor sie die Stadtmitte erreichten: »Warum sind die so hinter mir her? Ich habe bisher nichts in der Hand, was sie gefährden könnte. Ich tappe immer noch oder sogar noch mehr als am Anfang im Dunkeln.«

Neumann antwortete: »Die meinten, alles gedeckelt zu haben, und nun kommst du und bist der Einzige, der keine Ruhe gibt. Solange der Fall am Leben gehalten wird, müssen sie Angst haben, dass sie auffliegen. Wer ertappt wird, muss den Hut nehmen und gehen. Ich zähle nur auf, wer alles betroffen sein könnte: die

Polizeipräsidentin, ein Staatssekretär, ein Parteispendenskandal, also die betroffene Parteispitze, und obendrein noch die Mafia. Das ist ein tödliches Gemisch!«

»Ich lebe noch!«

»Freu dich drüber!«

»Und Rotemeier?«

»Er scheint nach außen hin still zu halten. Wahrscheinlich ahnen sie, dass er hinter dir steckt, aber er ist eine bekannte Amtsperson. Wie sollen sie ihn ausschalten, ohne sich die Finger zu verbrennen? Wenn ihm etwas zustößt, wird die Geschichte garantiert öffentlich.«

»Also bin ich als euer ›Mitarbeiter‹ im Brennpunkt, weil man es mit mir machen kann!« Das Wort ›Mitarbeiter‹ unterlegte er mit einem ironischen Unterton.

Neumann reagierte ernst: »So ist es! Ich würde an deiner Stelle aussteigen.«

»Das kommt nicht infrage!«

»Ich weiß. Aber ich wollte es gesagt haben.«

Inzwischen waren sie am Luisenplatz angekommen. Das Licht der Laternen wurde heller, der Schein blieb fahl.

»Die richtige Beleuchtung für einen Krimi«, stellte Buttmei fest.

Neumann konterte. »Und für einen Überfall.«

»Heute trauen die sich nicht mehr. Sie waren sich sicher, dass die Nummer mit dem Kokain hinhaut, und haben nichts weiteres vorbereitet«, meinte Buttmei und verabschiedete sich: »Das letzte Stück Weg kann ich alleine gehen. Aber ich danke dir für deine fürsorgliche Begleitung. Das meine ich ernst.«

Sie schüttelten sich die Hände und tauchten nach verschiedenen Seiten in der Dunkelheit der Seitenstraßen unter.

***

Der kommende Tag war zunächst ruhig. Auch das erste Telefonat brachte nichts Aufregendes. Rotemeier berichtete ihm von dem Verhör des Marokkaners.

Er war ein Kleindealer und nur als Köder benutzt worden. Nun plauderte er alles aus, was er wusste, weil sie festgestellt hatten, dass er sich an dem Kokain vor der Übergabe an Buttmei bedient hatte. Sie hatten ihm daraufhin gedroht, diesen Tatbestand in der Drogenszene durchsickern zu lassen. Nun war er froh, ein paar Tage in Haft bleiben zu können. Aber inhaltlich hatte er wenig berichten können. Offensichtlich war alles so abgelaufen, dass sie über ihn nicht an die Hintermänner herankommen konnten. Was sie erfuhren, hatten sie daraufhin der Drogenfahndung übermittelt. Wahrscheinlich würden sie ein paar kleine Fische fangen können.

Auch die Rückfragen wegen des Verhaltens der Drogenfahnder im Schatten der Kugelkirche hatten nur ausweichende Auskünfte erbracht. »Die tappen in der Suche nach den großen Hechten genauso im Dunkeln wie wir im Fall des verschwundenen Staatsanwalts«, kommentierte Rotemeier. Nachfragen in der Pizzeria hatten ergeben, dass sich die Verkäufer an den Auftraggeber nicht erinnern konnten, obwohl es selten vorkam, dass ein Brief zu einer Bestellung gelegt wurde. Vielleicht wollten sie sich aber auch nicht erinnern.

Dann berichtete er noch, dass der Sohn mit Hilfe Ecksteins und mit seinem eigenen Einverständnis ein paar Tage in Untersuchungshaft gehalten und dann ohne weitere Folgen entlassen würde.

Alarmierend war der zweite Anruf am Abend. Buttmei hatte es sich gerade gemütlich gemacht. Das üblich Szenarium umgab ihn: der Rotwein, die bereitgelegte Pfeife und Theo im Schlafkorb. Am Apparat war der verdeckte Ermittler. Buttmei erkannte ihn an der Stimme. Er musste also nicht erklären, wer er war.

Seine Mitteilung war drastisch: »Buttmei, ich habe versprochen, Sie zu warnen, wenn es brenzlig wird. Es ist soweit. Sie müssen ein paar Tage unauffindbar verschwinden. Sonst kann Ihnen niemand garantieren, dass sie die Sache überleben werden. Auch Rotemeier nicht! Wenn man Sie nicht ausschalten kann, werden Köpfe rollen, und zwar bis in obere Etagen. Da die dilettantischen Versuche, Sie außer Gefecht zu setzen, gescheitert sind, werden die Frankfurter Mafiabosse die Sache in die Hand nehmen, und denen sind weder Sie noch das Darmstädter Kommissariat gewachsen. Tauchen Sie unter, und zwar so schnell wie möglich!« Ohne Nachfragen zuzulassen, brach der Mann das Gespräch ab.

Buttmei wusste sofort, dass er diese Warnung ernst nehmen musste. Er dachte kurz nach, ließ den Wein stehen, die Pfeife liegen und rief Anne Weber an.

»Anne, ich muss verschwinden!« Mit diesem Satz konfrontierte er sie noch vor einer Begrüßung.

»Ist es so schlimm?«

»Noch schlimmer!«

»Komm zu mir!«

»Ich muss so verschwinden, dass keiner auf die Idee kommen kann, wo ich stecke.«

»Du meinst, zu mir finden sie?«

»Es wäre immerhin möglich.«

»Und wenn ich dich in einem Nachbardorf unterbringe?«

»Das wäre zuerst einmal ausreichend.«

»Ich denke an Böllstein. Das ist nicht zu weit weg, aber auch nicht zu nahe, weil es keine offizielle Verkehrsverbindung zwischen beiden Dörfern gibt.«

»Das klingt gut.«

»Es gibt dort eine kleine Pension am Waldrand.«

»Dann besorg mir ein Zimmer.«

»Und Theo?«

»Kann er bei dir bleiben?«

»Das fragst du noch?«

»Wie komme ich nach Böllstein?«

»Zu Fuß. Aber du kommst zunächst zu mir. Wir gehen zusammen. Es gibt Wege, auf denen uns keiner folgen wird.«

»Ich komme also morgen mit dem Mittagsbus.«

»Ich hole dich ab.«

***

Nach einer unruhigen Nacht erwachte er früh. Er hatte wieder einmal den Albtraum seiner Kindheit geträumte, in dem er versuchte, vor einem verfolgenden Ungetüm davonzulaufen und nicht vom Fleck kam. Als es ihn erreichte, versuchte er zu schreien, aber es kam kein Laut aus seiner Kehle.

Er legte die Gegenstände auf den Tisch, die er mitnehmen wollte. Seine Notizen, die Pistole, den abgelaufenen Dienstausweis, die Pfeifentasche mitsamt dem Tabakbeutel, die Odenwaldkarte, die er von Rotemeier erhalten hatte, eine Taschenlampe. Daneben stapelte er das übliche: Schlafzeug, Pantoffel, Unterwäsche, zwei Hemden, zwei Paar Strümpfe, Rasierapparat, Zahnbürste und ein Necessaire, in dem so allerhand kleine Gegenstände wie ein Korkenzieher, ein Taschenmesser, ein Kamm, eine Schere und eine Nagelfeile gesammelt waren. Für Theo musste er nichts mitnehmen außer der Leine. Anne würde den Hund liebevoll versorgen. Nun brauchte er nur noch Geld.

Auf die Minute genau zur Öffnungszeit stand er vor der eine Straße entfernten kleinen Sparkasse. Dorthin wurde seine Rente überwiesen, und er erledigte seine Daueraufträge, so dass er nicht an Termine für Miete und Strom und Krankenkasse und was noch so alles von ihm an Zahlungen erwartet wurde, denken musste. Man kannte ihn, man war freundlich, half ihm beim Geldabheben. Er hatte sich immer noch nicht mit der ihm zugestellten Bankcard und den Automaten zum Geldziehen vertraut gemacht. Wenn kein Publikumsverkehr war, durfte er sogar Theo mit in die Schalterhalle bringen. Es zahlte sich aus, wenn man wie er jahrzehntelang im gleichen Viertel wohnte. Das Geld verstaute er in Hosen- und Jackentaschen. Er hatte genug abgehoben, um mehrere Tage in einer Pension verbringen zu können.

Dann lief er mit zwei Beuteln in der Hand zu den Flaschen- und Papiercontainern an der Kirche. Das hatte drei Gründe: Die leeren Flaschen rochen nach abgestandenem Alkohol, also wollte er sie nicht länger im Zimmer stehen lassen. Und wenn er schon zu den Containern ging, konnte er Altpapier, Zeitungen und Reklameschriften gleich mitnehmen. Außerdem konnte er auf diesem Weg und vor allem von der übersichtlichen Stelle aus, an der die Behälter standen, zuverlässig überprüfen, ob ihm jemand folgte. Das war nicht der Fall.

Die letzte Überlegung, die er vor der Abreise, anstellte, war, in welchen Behälter er seine Habseligkeiten verpacken sollte. In einen Koffer? Das verneinte er als zu auffällig und auf eine Abreise hindeutend. Aus dem gleichen Grund verneinte er die Reisetasche. Er entschied sich für die beiden Stoffbeutel, in denen er Flaschen und Papier weggebracht hatte. Wenn er sich mit ihnen auf dem Weg zum Bus begab, würde niemand auf die Idee kommen, dass er auf unbestimmte Zeit verreise.

So bepackt begaben sie sich zur Bushaltestelle, Theo vornweg und an der Leine ziehend, als wüsste er, dass es in den Odenwald zu Anne ginge, Philipp Buttmei hinter ihm her mit den beiden Stoffbeuteln in den Händen. Der gegen Mittag fahrende Bus transportierte in der Regel nur wenige Fahrgäste. Sie konnten sich einen bequemen Platz im hinteren Teil aussuchen. Buttmei nickte während der Fahrt immer wieder ein. Das kam von der unruhigen Nacht. Theo saß neben ihm am Fenster auf einer Zeitung und beschäftigte sich mit den vorübergleitenden Bäumen am Straßenrand.

An der Haltestelle im Tal erwartete sie Anne. Sie nahm ihm einen der Beutel ab und ebenfalls die Leine, die schlaff durchhing, weil Theo mit dem ganzen Körper wedelnd an ihr hochsprang. Er witterte nicht nur Verwöhnung, sondern auch lange und aufregende Spaziergänge. ›Um ihn muss ich mir keine Sorgen machen‹, dachte der die Szene beobachtende Buttmei, während sie durch Nieder-Kainsbach liefen.

Als sich das Tal, das nach Affhöllerbach führte, vor ihnen öffnete mit seinen Hängen aus Äckern und Wiesen und den Waldkuppen obenauf, bemerkte Buttmei, dass sich die Landschaft seit seinem letzten Besuch verändert hatte. Das Blütenweiß war verweht, mit ihm die Farben der Blüten und der Blumen. Selbst der Löwenzahn hatte sein Gelb abgelegt und durch die Samenkugel ersetzt, die die Kinder mit so großem Vergnügen in die Luft bliesen, um den kleinen Fallschirmen nachzusehen, bis sie in der Wiese verschwanden. Die Farbe Grün dominierte in allen Variationen, vom Gelbgrün des jungen Laubes bis zum Dunkelgrün der Nadelbäume. Die Wiesen malten ihr saftiges Grün dazwischen und die Hänge hinauf.

Der Anblick beflügelte ihn. Er bewältigte den Anstieg zum Dorf ohne Beschwerden und schneller, als er es von seinem letzten Besuch her in Erinnerung hatte. Anne hatte eine Mahlzeit vorbereitet. Danach überredete sie ihn zu einem Mittagsschlaf und unternahm mit Theo einen ersten Ausflug. Nach einer gemütlichen Kaffeerunde schlug sie vor, dass sie sich zu dritt auf den Weg nach Böllstein begaben.

Der erste Teil auf der asphaltierten Nebenstraße, die kaum befahren wurde, wie Anne ihm erklärte, ging steil bergauf. Er war deshalb froh, als er ihn hinter sich hatte, denn danach stieg der Weg nur noch sanft an.

Die Pension, die Anne ausgesucht hatte, lag am Waldrand und war das letzte Haus im Dorf. Von ihr aus konnte man ungesehen auf Feldwegen spazieren gehen oder auch nach Affhöllerbach auf einem verborgenen Talpfad hinunterlaufen. Diesen Pfad zeigte sie ihm, bevor sie das Haus betraten. Es würde der unbeobachtete und daher ungefährdete Weg zu ihr und Theo sein.

Er schärfte ihr ein, niemandem, wer es auch sei, zu sagen, wo er sich in den nächsten Tagen aufhalte. Das gälte ebenso für Rotemeier und Neumann. Und wenn sie sich träfen, müsste sie stets darauf achten, dass ihr niemand folgte. Um es nachdrücklich zu machen, sagte er noch vor der Gasthaustür: »Mein Leben kann davon abhängen!«

Nachdem er das Zimmer bezogen und Anne und Theo verabschiedet hatte, sah er sich in der Umgebung des Hauses um. Nicht weit davon führte eine Art Naturtreppe aus Rundhölzern in ein Waldstück und zu einem mächtigen Felsen. Er lagerte sich breit auf einen Hügel und drängte die Bäume zur Seite. Als Buttmei vor ihm stand, erkannte er auf einer Tafel, dass die Bewohner Böllsteins den Naturfels benutzt hatten, um ihrer Toten in den beiden Weltkriegen zu gedenken. Zwischen Stein und Moos waren die Namen unter der Überschrift »Für die Heimat« aufgereiht.

Vor dem Felsen standen Bänke mit grünen Metallfüßen, Ästen und Wurzelwerk nachgebildet. Er setzte sich, lehnte sich zurück und genoss die Ruhe und das Alleinsein. Die einzigen Geräusche waren das sanfte Rauschen des Windes in den Blättern und Vogellaute. Er fühlte sich sicher und war überzeugt, das Richtige getan zu haben. Gleichzeitig war ihm bewusst, dass er es hier nur wenige Tage aushalten würde. Der Fall, in dessen Untersuchung er sich hatte hineinziehen lassen, war ihm so nahe gerückt, dass er nicht aufgeben konnte. Wenn es nicht die Warnung des verdeckten Ermittlers gegeben hätte, von deren Gewicht er überzeugt war, wäre er nie auf den Gedanken gekommen, unterzutauchen. Er gab sich also eine Woche Zeit, reduzierte es dann auf drei oder vier Tage. Das sagte er auch den Wirtsleuten, als er in das Haus zurückging.

Am Abend saß er in der Wirtsstube und studierte die Speisekarte. Sie enthielt keine Überraschungen, aber mehrere Angebote, die durchaus seinem Geschmack entsprachen. Es gab Schnitzel in allerlei Variationen. Er nahm sich vor, als Mittagsmahlzeiten einige auszuprobieren. Das Abendangebot ließ ihn schwanken zwischen Strammem Max und einer Vesperplatte. Er entschied sich für Letzteres. Überrascht war er durch die Aufzählung der angebotenen Weine:

französischer Landwein, ein Merlot, Trollinger, ein Bergsträßer Spätburgunder. Er würde sie durchprobieren. Zur Vesper bestellte er den Landwein.

Während er auf das Essen wartete, sah er sich in der Gaststube um. Das Inventar entsprach den Odenwälder Wirtschaften, die in kleineren Dörfern lagen und die Modernisierungen der letzten Jahre nicht mitgemacht hatten: eine alte Standuhr, die noch tickte; Blümchen und Orangenbäumchen auf den Fensterbänken; hinter Tüllgardinen Ausblicke auf Wiesen und die ersten Häuser Böllsteins; Geweihe an der Wand von Rehböcken, Hirschen und Mufflons; Gemälde mit Landschaften in Morgen- und Abendstimmung; auf dem Tisch karierte Decken und frische Blumen aus dem Garten; auf den Stühlen und den Eckbänken blumengemusterte Kissen. In der Neuzeit hinzugekommen war ein Tresen mit Barhockern. Da das Vesperbrot gut schmeckte, begab er sich entspannt zu Bett.

Das Zimmer war zwar klein, aber der Nachttisch reichte für seine Notizen aus, die Toilette war in den Raum eingebaut. Es ließ sich ein paar Tage an diesem Ort aushalten. Den Begriff ›Fremdenzimmer‹ kannte er von früher. Hier stand er noch als Werbung vor dem Haus. Es störte ihn nicht, weil er sich nicht fremd fühlte. Er war, solange er sich dort befand, ein Zwischenwesen – ein Stadtmensch, der die Aufenthalte in dieser Welt genoss und sich ohne Rückhalt in sie hineinbegeben konnte, wenn auch nicht auf Dauer.

Das sagte er auch zu Anne, als sie am Morgen anrief, während er noch frühstückte. Den Vorschlag, sich mit ihr zu treffen, lehnte er für diesen Tag ab. Er wollte zuerst seine Gedanken sortieren, Pläne fassen und die Landschaft erkunden. Sie verabredeten sich für den nächsten Tag, auch weil er an der Eingangstür gelesen hatte, dass es ein Ruhetag war und er nur Frühstück bekommen würde.

***

Nachdem er wieder einmal und erneut ohne Erfolg seine Notizen durchgesehen hatte, ließ er nur die Odenwaldkarte mit dem Kreuz unweit von Böllstein auf dem Nachttisch liegen, weil er sie dem Wirt zeigen wollte, und unternahm einen ersten größeren Spaziergang vom Haus aus über die Feld- und Waldwege.

Zuerst kam ein kurzer Aufstieg durch ein Waldstück mit Buchen, Eichen, Lärchen in bunter Reihe. Aus dem mit vermoderndem Laub und braunen Tannennadeln bedeckten Boden wuchsen zweiblättrige Buchensprösslinge. Holzstöße begleiteten den Weg. Neu geschlagenes Holz verbreitete seinen Duft: die Buche herb, die Nadelbäume mit dem Geruch frischen Kienspans. Die bereits länger geschlagenen Holzscheite waren abgedeckt mit Planen und alterten grau vor sich hin. Dann wanderte er auf dem Höhenkamm. Der Weg war uneben, er musste darauf achten, sich die Knöchel nicht zu verstauchen, daher blieb er immer wieder stehen, um die Landschaft zu betrachten.

Vor ihm breitete sich das Gersprenztal aus. Ein Konzert aus dem Grün der Waldhügel, dem hellen Braun der gepflügten Äcker und den an den gegenüberliegenden Hängen im Flirren des Sonnenlichts auszumachenden Dörfern. Besondere Akzente setzten die leuchtend gelben Rapsfelder. Jenseits des Tales markierten die Wälder und der Radarturm der Neunkirchner Höhe die Hügelkette vor dem nächsten Tal.

Wieder einmal erholte er sich beim Anblick der Landschaft von den Vergeblichkeiten beim Ermitteln und von den Attacken, mit denen man versucht hatte, ihn außer Gefecht zu setzen. Sie verschwanden für einen Augenblick so weitgehend, dass er nicht einmal mehr darüber nachdachte, ob er es einfach unterlassen sollte, weil ihn niemand zwingen konnte weiterzumachen.

Der Rückweg führte durch Viehweiden. Links und rechts begleiteten ihn in die Erde gerammte Pfähle und vor sich hin rostender Stacheldraht. Tiere standen nicht unter den alten und krummen Apfelbäumen, die gerade abgeblüht waren. Ein weißer Flaum lag noch unter ihren rissigen Stämmen. Traktorspuren machten die Wege noch holpriger, als sie mit ihren Erdlöchern und Graswurzeln ohnehin waren.

Nach Schnitzelessen und Mittagsruhe zeigte er dem Wirt die Odenwaldkarte und das kleine Bleistiftkreuz und fragte ihn, was damit markiert sein könnte.

»Da befindet sich der Steinbruch«, lautete die Antwort.

»Wie lange läuft man von hier aus, um dorthin zu kommen?«

»Eine halbe Stunde.«

»Gibt es einen Waldweg?«

»Sie müssen die Chaussee entlang laufen.«

»Ist das nicht gefährlich?«

»Da gibt es nicht viel Verkehr. Ein paar Autos morgens, wenn die Hiesigen zur Arbeit fahren, und ein paar abends, wenn sie zurückkommen. Aber Sie dürfen den Steinbruch nicht betreten!«

»Wieso nicht?«

»Weil manchmal gesprengt wird.«

»Wozu das?«

»Straßenbau, Grabsteine …«

»Und wenn ich ihn doch betrete?«

»Ich weiß nicht, was passiert. Aber heute sprengen sie nicht. Nur einmal in der Woche werden neue Steine gebrochen. Vor dem Wochenende sind nicht einmal Arbeiter im Bruch.«

»Das hört sich gut an.«

»Was wollen Sie dort?«

»Ich habe gehört, es gebe interessante Mineralien.«

»Das stimmt. Aber das Sammeln ist ebenfalls verboten. Was sie antreffen und beobachten können, sind selten gewordene Tiere: Eidechsen, Molche, Schlangen, Eulen, Falken.«

»Woher wissen Sie das?«

»Weil ich schon dort war.«

»Ist es für Sie nicht verboten?«

»Doch. Aber einen Einheimischen zeigt man nicht an. Das würde in den umliegenden Dörfern dem, der ihn verpfeift, mehr schaden, als dem, der erwischt würde.«

»Dann bin ich eben ein Einheimischer!«

Der Wirt lachte, und Buttmei fuhr fort: »Ich werde dorthin wandern.«

»Die Eulen werden sie tagsüber nicht zu sehen bekommen.«

»Die interessieren mich nicht.«

»Lassen Sie sich nicht erwischen.«

»Keine Bange. Mit dem Nichterwischenlassen kenne ich mich aus.«

Buttmei holte seine Pistole aus dem Zimmer, steckte sie in die Jackentasche, kontrollierte, ob er seinen alten Dienstausweis dabei hatte, und lief los.

Der Eingang zum Steinbruch war markiert durch einen viereckigen Steinturm und eine rot-weiß gestreifte Schranke. Der Zugang sah aus wie ein normaler Waldweg. Der Abbruch war von der Straße aus nicht zu sehen. Die Schilder belegten, dass es der Zugang war, den er suchte. In Rot: »Zutritt verboten!« Schwarz darunter: »Unberechtigtes Betreten erfüllt den Tatbestand des Hausfriedenbruchs und kommt zur Anzeige.« Ein zweites Schild bezeichnete den Ort, um den es ging, genauer: »Unbefugten ist das Betreten des Steinbruchgeländes strengstens verboten!« In Rot darunter: »Absturzgefahr!« Ein gelbes Schild verlieh den Verboten Nachdruck: »Vorsicht! Sprengarbeiten!«

Das typische Farbenspiel von Warnungen in Gelb und Verboten in Rot konnte ihn nicht abschrecken. Jede Straßenampel spielt damit. Tatbestände waren ebenfalls nichts Neues für ihn. Außerdem fühlte er sich mit dem Dienstausweis in der Tasche, dessen Verfallsdatum er jederzeit mit dem Daumen verdecken konnte, und der Pistole für alle Arten der Begegnung gewappnet. Er umging die Sperre.

Der Waldweg führte im Bogen durch Eichen mit den für sie bezeichnenden Lichtverhältnissen. Zwischen hoch aufragenden Stämmen wechselten Licht und Schatten, je nachdem, wie der Sonneneinfall die Kronen durchdringen konnte. Das erzeugte eine Stimmung von Geborgenheit, ohne sich eingeengt zu fühlen. Der Steinbruch war von diesem Weg aus nicht zu sehen.

Dann stand er vor einem Drahtzaun. An der linken Seite des Wegs befanden sich zwei Pfosten nebeneinander. Das war ein Indiz, dass man hier den Zaun öffnen konnte. Buttmei musste nur eine Drahtschlaufe nach oben schieben, und schon kippte er zur Seite weg.

Dass er sich nun in dem Steinbruch befand, erkannte er an dem planierten Weg, der sich zu einem Platz öffnete, an dessen Rand der Abbruch in die Tiefe erkennbar wurde. Kleine, neu gepflanzte Bäume säumten den

Weg: Nadelgehölze und im Wind raschelnde Zitterpappeln. Sie waren nicht höher als seine Schultern.

Als er an die Abbruchkante kam, wich er zunächst einen Schritt zurück. Die Wand fiel steil hinunter in das breite Maul, das der Steinbruch gegen ihn aufriss. Da er schwindelfrei war, wagte er es, wieder an die Kante zu treten und hinunterzusehen.

Rötlich und gelb geflecktes Gestein türmte unregelmäßige Muster in die Wand, die ihm wie Wunden in der aufgerissenen Erde vorkamen. Die Sohle des Bruchs war planiert. Ein Drittel wurde bedeckt von dem grünschwarzen Wasser eines Sees. Der Fichtenwald, der den Ort umringte, verstärkte mit seinem dunklen Grün noch das Unheimliche des gewaltsam in die Erde geschlagenen Lochs.

Mehrere Gedankenketten liefen wie Filme in Buttmeis Kopf ab. Wenn jetzt einer hinter ihm auftauchte und ihn hinabstieße, hätte er keine Chance. Da er sowieso das Gefühl hatte, als zöge der Schlund ihn magisch an, trat er wieder zurück, sah sich gleichzeitig um, nahm die Pistole aus der Tasche und entsicherte sie.

Kein Schritt unterbrach die Stille, im ganzen Gelände war keine Bewegung auszumachen. Der Zaun lag noch, wie er ihn geöffnet hatte. Er war allein.

Seine nächsten Gedanken galten dem möglichen Tatort. Wenn man hier den Staatsanwalt getötet und die Leiche in dem See, der der Farbe nach tief zu sein schien, versenkt hätte, gab es kaum eine Möglichkeit, nach ihr zu suchen. Manöver konnte Rotemeier an diesem Ort nicht veranstalten, er lag außerhalb seiner Zuständigkeit. Eine andere Behörde würde aufgrund vager Hinweis keine Untersuchung veranlassen. Selbst wenn sie mitspielen wollte, würden es die oberen Instanzen verhindern können. Der See war demnach der für diesen besonderen Fall ideale Ort, um die Leiche zu entsorgen, und nur der Kommissar Zufall, wie es Buttmei wenig originell, aber zutreffend nannte, konnte sie mit der Zeit an das Tageslicht bringen.

War also die Suche an diesem Ort zu Ende? Es wäre einer der wenigen Fälle, die er nicht lösen konnte, und der erste ungelöste seit seiner Pensionierung. Vielleicht lag es auch daran, dass er genau genommen keinen Mörder jagte. Der Tote aus dem Landgrafenteich interessierte ihn nur als Mosaikstein. Mafiamorde waren nie sein Ressort gewesen und sollten es nun erst recht nicht werden. Diese Tätersuche beschäftigte ihn nicht. Ihm ging es um das Aufklären eines Schicksals, in das er durch den Kleiderfund im Dianateich hineingezogen worden war. Ob an Dr. M. ein Verbrechen begangen worden oder ob er an einem Verbrechen beteiligt war, beschäftigte Buttmei und würde ihn trotz der augenblicklichen Aussichtlosigkeit, es aufzuklären, nicht loslassen. Er würde also neue Ansätze suchen, um wenigstens herauszubekommen, ob der Staatsanwalt noch lebte oder, wie es sich jetzt darstellte, für immer verschwunden war.

Buttmei hob einen Stein auf, dessen Farbenspiel ihn anzog. Es spiegelte alle Farben des Steinbruchs. Eine Landkarte mit Inseln und Flüssen und Ebenen und Bergen aus dunklem, fast schwarzem Rot, aus helleren Rottönen, aus gebrochenem Gelb, das eher glomm als leuchtete. Kristalline Einsprengsel brachten ihr Weiß dazu. An manchen Stellen glänzte der Stein. Als Buttmei seine Hand betrachtete, glänzte auch sie. Kleine Teile des Glimmers, den er jetzt im Stein entdeckte, hatten sich abgelöst und schmückten seine Finger. Das Wort ›Katzengold‹ fiel ihm ein. So hatte man es in dem Dorf genannte, in dem er am Kriegsende evakuiert war. Jahrzehnte vorher hatten die Einheimischem es noch im Tagebau abgetragen und verkauft, weil es als Isoliermaterial gebraucht wurde.

Er warf noch einen Blick über den Steinbruch, speicherte ihn in seinem Gedächtnis. Den Stein behielt er in der linken Hand, verließ das Gelände, schloss den Zaun hinter sich und begab sich auf den Rückweg.

***

Der darauf folgende Tag war Anne und Theo gewidmet. Theo freute sich, Buttmei zu sehen, und sprang an ihm hoch. Das wiederum freute ihn. Anne hatte sich einen besonderen Spazierweg ausgedacht. Einen der alten Holzwege, der zwar inzwischen vor sich hin moderte, aber noch gangbar war. Er führte tief in den Wald zu einer Felsengruppe, die mächtiger und zerklüfteter aus dem Waldboden ragte als die in Böllstein.

»Hier haben Füchse noch ihren Bau«, sagte Anne und leinte Theo an. Sie hatte diesen Weg gewählt, weil ihnen niemand begegnen würde und sie sich ungestört unterhalten konnten.

Er erzählte die Geschichte seines Falles.

Sie kommentierte seinen Bericht mit den Sätzen: »Dieses Mal wirst du keinen Erfolg haben.«

»So sieht's aus.«

»Das passt dir nicht. Habe ich Recht?«

»Ja, so ist es.«

»Hör doch einfach auf, weiter einem Phantom nachzujagen.«

»Das sagst du so!«

»Was hindert dich daran, aufzuhören? Weil du nicht aufgeben kannst?«

»Zugegeben, das fällt mir schwer. Aber mein Bauchgefühl sagt mir, dass es irgendeine Spur geben muss, die ich übersehen habe.«

Er erzählte ihr von seinem Steinbruchbesuch und zeigte ihr die Karte. Sie hielt sie in einen durch die Wipfel dringenden Sonnenstrahl, drehte sie hin und her, bis sie meinte, dass ihre Ausrichtung mit der Umgebung übereinstimmte. Dann sagte sie: »Das Kreuz markiert nicht den Steinbruch! Es ist über einem Taleinschnitt gezeichnet, der sich weiter östlich befindet.«

Buttmei reagierte wie elektrisiert: »Zeig her!«

Er drehte nun auch die Karte hin und her: »Du hast Recht!«

»Frauen sind manchmal cleverer und genauer!«

Das überhörte Buttmei: »Was befindet sich dort?«

»Genau kann ich es dir nicht sagen. Ein kleines, abgelegenes Waldtal. Da ist meines Wissens nichts zu sehen und nichts zu ernten.«

Nun war er enttäuscht, nahm sich aber vor, am nächsten Tag in dieses Tal vorzudringen. Es lag näher an Böllstein als der Steinbruch. Er würde den Wirt nach Wegen dorthin fragen.

Sie wechselten das Gesprächsthema. Anne wollte wissen, warum er so auf Darmstadt fixiert war, weil sie sich wohl insgeheim wünschte, dass er in den Odenwald und ihre Nähe zöge.

»Da gehöre ich einfach hin. Ich bin dort geboren, ich habe dort die Schule besucht, meine Ausbildung und meinen Beruf ausgeübt, und jetzt bin ich Rentner und Spaziergänger zwischen dem Herrngarten und meiner Wohnung. Was soll ich anderswo?«

»Fehlt dir denn gar nichts in Darmstadt?«

»Doch!« Und er zählte mit einem spöttischen Lächeln in den Augen- und Mundwinkeln auf: »Ein großer Fluss mit Brücken, ein Platz mit einer Kathedrale und ein hoher Berg, von dem man auf die Stadt herunterschauen kann.«

»Du verspottest mich!« Sie wirkte gekränkt.

»Nein, das würde ich nie tun wollen. Aber was soll ich dir anderes antworten, wenn es um eine so selbstverständliche Sache geht, über die ich nicht nachdenken muss, es auch nicht will. Nimm mich, wie ich bin, und lad mich öfters mal zur dir in den Odenwald ein.«

»Du bist immer willkommen!«

»Wenn dieser Fall abgeschlossen ist, werde ich keinen neuen an mich rankommen lassen. Dann habe ich viel Zeit, um dich zu besuchen.«

»Das sagst du immer und wartest nur darauf, dass du wieder irgendetwas Spannendes ermitteln kannst.«

»So bin ich halt.« Er lachte. »Aber eigentlich will ich nicht mehr auf Tätersuche gehen. Ich werde allmählich zu alt dafür.«

»Du willst nur, dass ich dir widerspreche.«

»Warum tust du es nicht?«

Sie liefen noch gemeinsam ein Stück den Weg auf Böllstein zu, dann trennten sie sich.

***

Zum Frühstück am nächsten Tag, nahm er die Odenwaldkarte mit und bat den Wirt, sich zu ihm zu setzen. Er deutete auf das Kreuz und erklärte ihm, dass es nicht den Steinbruch meinen könnte, weil es über einen kleinen Taleinschnitt im Wald gezogen wäre. Der Wirt lief zur Theke, holte eine Brille, setzte sie umständlich auf, weil er nicht gewohnt war, sie zu tragen, und besah die Karte.

»Sie haben Recht«, reagierte der Mann, nachdem er

die Karte mit dem rechten Zeigefinger die Linien entlangfahrend studiert hatte, »das markiert ein kleines Waldtal, das nicht weit von hier nach Affhöllerbach hinterführt.«

»Befindet sich irgendwas Außergewöhnliches in diesem Tal?«

»Außergewöhnliches? Eigentlich nicht. Da steht die Hütte unseres Jagdpächters, und weiter unten steht ein Hochsitz. Äcker und Viehweiden gibt's nicht. Das Tal ist viel zu schmal.«

»Eine Jagdhütte?«

»Ja.«

»Ist sie bewohnt?«

»An Wochenenden. In der Jagdsaison manchmal auch in der Woche.«

»Wer wohnt dort? Nur der Jagdpächter?

»Er hat selten Freunde dabei. Wenn besondere Jagdtage sind, dann kommen welche, ansonsten jagt er am liebsten allein.«

»Kennen Sie den Mann?«

»Hin und wieder kommt er zu uns zum Essen. Oder er bietet frisch geschossenes Wild an. Das war eine Weile nicht der Fall. Derzeit ist die Jagd geschlossen wegen der Jungtiere und der Schonzeit.«

»Sie haben demnach keinen näheren Kontakt zu ihm?«

»Meine Frau macht hin und wieder Einkäufe für ihn und bringt sie ihm zur Hütte. Eigentlich mag ich das nicht. Aber er zahlt gut.«

»Ist er denn da?«

»Zur Zeit ist er ständig im Haus. Er macht wohl Urlaub.«

»Ist das normal?«

»Außerhalb der Jagdzeit eigentlich nicht.«

»Können Sie den Mann beschreiben?«

»Warum das?« Der Wirt wurde misstrauisch, und Buttmei fragte nicht weiter, obwohl er es gerne getan hätte. Wenn sein Fragen aufgefallen wäre, hätte es sich sehr schnell im Ort herumgesprochen. Das wollte er auf keinen Fall. Er musste wohl oder übel die Fragerei, die nun bereits zu einer Art Verhör geworden war, einstellen. Er wechselte das Thema, fragte nach den aufgehängten Geweihen, nach den Wetteraussichten und anderem, was ihm gerade an unverfänglichen Themen einfiel.

***

Als er sich nach einem ausführlichen und lang hingezogenen Frühstück und der Zeitungslektüre aus seiner Sitzecke erhob, erzählte er dem Wirt, wie wohl er sich fühlte und wie sehr ihm die Landschaft gefiele. Dann sagte er ihm, er hätte ihn neugierig auf das kleine Tal gemacht, und ob er ihm beschreiben könnte, wie man dorthin käme. Er erhielt zwei Beschreibungen: einen längeren Weg nach Affhöllerbach hinunter, kurz vor dem Dorf rechts abbiegen, und er befände sich am Anfang des Tales. Auf Nachfrage, ob er nicht durch den Wald und von oben her, wo auch die Jagdhütte lag, hinuntergehen könnte, erfuhr er, dass er ein Stück die Straße entlang wandern sollte, dann sähe er irgendwann durch die Stämme die Einblicke in das Tal und könnte durch den Wald hinunterlaufen.

Er vertrat sich die Beine in der Wiese hinterm Haus und plante seine nächste Unternehmung. Als er sich entschlossen hatte, holte er die Pistole aus dem Zimmer und lief mit der Karte in der Hand die Straße entlang in Richtung Brensbach. Er spähte durch die

Bäume an der linken Straßenseite, ob sich hinter den Stämmen ein Tal auftäte. Dann sah er grüne Lichtstreifen: von der Sonne beschienenes Gras. Er verließ die Straße und betrat das Waldstück. Unter seinen Füßen raschelte das Laub vom Vorjahr, Ästchen brachen knackend. Die Wiese öffnete sich vor ihm. Sie war lange nicht gemäht worden, stand hoch und trug gelbe Rispen, gefüllt mit Samenkörnern.

Die Jagdhütte verbarg sich auf den ersten Blick zwischen den Stämmen des Waldrandes und dem Wiesenrain. Sie war aus dunkel gebeizten Holzbalken gezimmert. Ein nicht sehr hohes Spitzdach saß auf den Balken und war bedeckt mit Teerpappe. Vor der Tür und die Vorderfront der Hütte entlang hatte man mit den gleichen Balken und dünneren Querlatten eine Art Veranda gezogen.

Er blieb stehen und überlegte, wie er vorgehen sollte. Dann entschloss er sich vorzutäuschen, dass er sich den Fuß verstaucht habe, und hinkte auf den Eingang zu. Noch bevor er ihn erreicht hatte, wurde geöffnet. Ein Mann in Jägerkleidung trat heraus und hielt ein Jagdgewehr in Händen. Buttmei fasste nach der Pistole in seiner Jackentasche, zog sie aber nicht hervor, sondern hinkte direkt auf den Mann zu.

Da der Mann keine Anstalten machte, ihn anzusprechen, begrüßte er ihn von sich aus und erklärte, er hätte sich auf einem Spaziergang im Wald an einer Wurzel den Fuß vertreten und wüsste nicht, wie er zurückkommen sollte.

Nun reagierte der Mann: »Was habe ich damit zu tun?«

Als er antwortete, stand er vor dem Mann auf der Terrasse, sah ihn an, verglich ihn in seinem Gedächtnis mit Bildern, die er von Staatsanwalt Dr. M. gesehen hatte. Das gelbe Jägerhemd und die grünen Hosen erinnerten so gar nicht an den Mann mit der schwarzen Robe. Auch das braungebrannte Gesicht passte nicht zu ihm. Trotzdem, Buttmei war sich sicher: Er war es.

Dass der Mann mit dem Gewehr in der Hand aus der Hütte gekommen war, war ein zusätzlicher Beweis Er hatte Angst, entdeckt zu werden. Buttmei musste also auf der Hut sein. Sein Alter würde ihn zunächst ausreichend davor schützen, verdächtigt zu werden. Er konnte nicht zu den Verfolgern gehören, und für einen aktiven Ermittler konnte man ihn auch nicht halten.

Er reichte dem Gegenüber die Hand: »Ich heiße Philipp Weber. Sie haben doch bestimmt ein Handy oder Telefon im Haus? Ich muss Freunde anrufen, damit sie mich abholen. Ich kann kaum noch laufen.«

Dr. M. ergriff weder die Hand, noch nannte er seinen Namen. Immerhin holte er einen Stuhl auf die Veranda und forderte Buttmei auf, sich zu setzen. Dann verschwand er im Inneren der Hütte. Derweil betrachtete Buttmei die an der Hauswand aufgehängten Hirsch- und Rehbockgeweihe. Sie erinnerten ihn an die Geweihe, die er in der Darmstädter Villa des Staatsanwalts erblickt hatte. M. war offensichtlich ein leidenschaftlicher und erfolgreicher Jäger und Sammler.

Nach einigen Minuten, die ihm länger vorkamen, als sie es in Wirklichkeit waren, kam der Mann zu ihm zurück, nun ohne Gewehr unterem Arm. Das war ein gutes Zeichen. Er reichte Buttmei ein schnurloses Telefon. Der rief Rotemeier an und hoffte, dass dieser nicht zu laut in den Hörer brüllte und schnell begriff, worum es ging.

»Jan, ich bin's!«

»Wo steckst du? Wir machen uns große Sorgen! Ist dir was zugestoßen?«

Buttmei antwortete betont ruhig und leise sprechend: »Du musst nicht so schreien, ich verstehe dich sehr gut.«

»Du bist uns eine Erklärung schuldig.«

»Ich bin auf einem Spaziergang nahe Böllstein über eine Wurzel gestolpert und habe mir den Fuß verknackst. Ihr müsst mich holen, weil ich nicht mehr laufen kann. Ein freundlicher Mann, der hier in der Einsamkeit eine Jagdhütte hat, in die er sich derzeit zurückgezogen hat, hat mich anrufen lassen. Er ist Jäger und Geweihsammler.«

»Wie heißt er?«

»Das hat er mir nicht gesagt. Es tut auch nichts zur Sache. Holt mich einfach, du und Neumann.«

Rotemeier schien zu begreifen, dass der Anruf einen besonderen Hintergrund hatte, und hörte auf zu fragen. Vielleicht hatte er auch bei den Wörtern ›Jäger‹ und ›Geweihsammler‹ und ›Einsamkeit‹ und ›Zurückziehen‹ begriffen, worum es ging.

»Wir holen dich. Gib mir eine genaue Wegbeschreibung.«

Buttmei wandte sich an M.: »Wie finden meine Freunde hierher?«

Als er die Antwort bekam, hielt er den Hörer so, dass Rotemeier mithören konnte. Sie sollten oben am Waldrand halten. M. konnte sogar die Baumgruppe genau beschreiben. Dann schlug er den Weg vor, auf dem Buttmei gekommen war.

Nun sprach Buttmei wieder in den Hörer: »Aber verstaucht euch nicht die Füße, sonst bin ich aufgeschmissen.« Er legte auf.

»Was haben Ihre Freunde gesagt?«

»Sie kommen, aber es kann eine Weile dauern.«

»Woher kommen die Freunde?«

»Aus Dieburg«, log Buttmei. Er nannte es zweckbezogenes Schwindeln und hatte es bei manchen Verhören praktiziert. »Sie kommen zu zweit und hoffen, dass sie mich bis zur Straße tragen können.«

»Ich kenne Ihren Dialekt eher aus Darmstadt«, warf der Mann ein.

Buttmei stutzte und antwortete: »Ich dachte, ich spreche keinen Dialekt.«

»Sie versuchen, keinen Dialekt zu sprechen. Aber am weich gesprochenen P, T und K und der Mühe, ein Ch zu artikulieren, merkt man, woher Sie kommen.«

»So kann man sich täuschen«, reagierte Buttmei und überlegte, wie er das Thema wechseln und Zeit gewinnen konnte.

Überdies musste er versuchen, M. dazu zu bewegen, mit ihm in die Hütte zu gehen. Wenn Rotemeier auftauchte, war es durchaus möglich, dass er ihn erkannte, weil er ihm in irgendeinem Prozess als Ermittler oder Zeuge begegnet war. Auch war die Großstadt Darmstadt trotz des Anspruchs, den sie mit dieser Bezeichnung erhob, nicht groß genug, so dass viele viele kannten, und wenn sie sich nur an das Gesicht von mehrfachem Aneinandervorübergehen erinnerten.

Die Befürchtung, dass Rotemeier in Uniform kommen würde, hegte er nicht. In der Mordkommission trugen die Beamten nur bei offiziellen Repräsentationen eine.

Er lenkte das Gespräch auf die Geweihe, fragte nach den Tieren, den Ort, an dem sie erlegt worden waren und auf welche Weise man die Gehörne präpariert. Die Antworten interessierten ihn eigentlich nicht, aber er hoffte auf den stolzen Sammler und bekam Recht. Der Mann ging von Trophäe zu Trophäe und wurde immer gesprächiger. Man spürte, dass er lange keine Ansprache erfahren hatte und nun, da sein Misstrauen geschwunden war, das Gespräch suchte.

Buttmei erhob sich, begleitete ihn von Geweih zu Geweih, vergaß einen Augenblick zu hinken. Doch der in seine Sammlung Vertiefte merkte es nicht, und Buttmei hinkte rechtzeitig wieder, bevor sie die Hütte betraten, um die Führung fortzusetzen.

Er gab sich erschöpft und sank in einen Stuhl mit breiter Lehne, als könnte er keinen Schritt mehr gehen. M. ließ sich nicht davon beirren und wanderte die Wände entlang von einem Jagderfolg zum anderen. Im Raum befanden sich nicht nur Rotwildtrophäen, dort hingen auch ausgestopfte Wildschweinköpfe, Rebhühner und ein Fuchsbalg.

Buttmei stellte Fragen, der Mann kam ins Reden, berichtete von Jagdabenteuern. Das wohl aufregendste, das er erfahren hatte, war die Begegnung mit einem Keiler, den er angeschossen hatte und der zum Angriff überging. Lebhaft schilderte er, wie er auf einen kleinen Baum kletterte und von den Hauern noch an den Schuhen erwischt wurde, weil sich der Ast, an der er sich klammerte, zur Erde bog. Der Keiler fetzte ihm die Absätze weg.

Auf diese Weise verging die Zeit, und Rotemeier musste bereits in der Nähe sein.

Buttmei konzentrierte sich so intensiv darauf, den Mann im Gespräch zu halten und gleichzeitig auf Geräusche von draußen zu hören, dass es ihm kaum möglich war, den Raum, in dem sie sich befanden, zur Kenntnis zu nehmen.

Alles, was er in seine Anspannung hinein registrierte, war ein Ensemble aus hellem und nur leicht nachgedunkeltem Holz: die Wandverkleidungen, die rustikalen Tische und Stühle, die Deckenverkleidung, der

Fußboden. Den Türen nach gab es noch zwei weitere Räume.

Endlich vernahm er Schritte. Er richtete seine Blicke auf den Waffenschrank und im Besonderen auf das Gewehr, das M. unter dem Arm hatte, als er vor die Tür trat, und nun an den Schrank gelehnt hatte. Wenn M. nach der Waffe greifen würde, würde er aufspringen und es verhindern. Es geschah nicht. Rotemeier und Neumann betraten den Raum durch die noch offen stehende Tür, gingen auf M. zu, ohne zunächst einen Blick auf Buttmei zu werfen. Sie zogen ihre Dienstausweise und hielten sie M. entgegen und erklärten ihn für festgenommen.

Völlig überrascht bewegte er sich nicht einmal von der Stelle. Erst als die Handschellen klickten, richtete er einen Blick auf Buttmei. Der erhob sich, gesellte sich, ohne weiter zu hinken, zu den beiden Beamten und sagte zu M.: »Es tut mir Leid, dass ich Sie hereingelegt habe. Aber ich fand keine andere Möglichkeit.«

Nun sahen Rotemeier und Neumann Buttmei erstaunt an. Sie wunderten sich über seine Entschuldigung.

Bevor sie aufbrachen, stellte Rotemeier erste Fragen an den Staatsanwalt. Er schien erleichtert zu sein, dass das Versteckspiel zu Ende war, und erklärte sich bereit, zu antworten, bat jedoch darum, die Handschellen zu öffnen. Der Bitte wurde stattgegeben. Schon bei den ersten Sätzen kam zu Tage, dass er bedroht und erpresst und zusätzlich hinter verschlossenen Türen von Mitarbeitern des Ministeriums unter Druck gesetzt worden war. Er sollte den Prozess unter irgendwelchen Vorwänden im Keim ersticken.

Buttmei warf ein: »Waren Sie erpressbar, weil man Ihnen mit der Ermordung ihres Sohnes gedroht hat?«

»Woher wissen Sie das?«, fragte M. und wirkte überrascht.

»Ich habe mit Ihrem Sohn gesprochen.«

»Was ist mit ihm?«

»Derzeit ist er außer jeder Gefahr!«, schaltete sich Rotemeier ein, »wir haben ihn unter glaubhaft wirkenden Vorwänden in Haft genommen.«

»Dann werde ich umfassend aussagen.«

***

Im ersten Gespräch erfuhren sie, dass der Kleiderfund im Dianateich inszeniert war. Allerdings hatte er nicht gewusst, dass der Teich inzwischen nur noch schwer zugänglich war. Der im Landgreifenteich ermordet Aufgefundene war der Kontaktmann zwischen M. und den Erpressern und hatte die Inszenierung übernommen. M. selbst hatte vorgeschlagen, den Prozess dadurch zu verhindern, dass er mitsamt den Akten untertauchte und für vermisst oder sogar tot gehalten wurde. Eine andere Lösung kam für ihn nicht infrage, weil er einen Prozess mit gefälschten Unterlagen, fadenscheinigen Argumenten und dubiosen Zeugen nicht führen wollte. Einfach davonzulaufen erschien ihm nicht ehrenwerter, aber als einzige Möglichkeit, aus der Geschichte ohne Schaden für seinen Sohn herauszukommen.

»Ich fühle mich inzwischen verantwortlich für den Weg, den mein Sohn eingeschlagen hat. Ich habe mich wenig um ihn gekümmert; es war, als existiere er nicht. Damit habe ich mich schuldig gemacht. Nun wollte ich ihn nicht endgültig im Stich lassen«, kommentierte er seine Handlungsweise, und es klang wie ein Versuch der Entschuldigung.

Nach dem Untertauchen in der Jagdhütte hatte er keine Kontakte mehr. Außer dem Ermordeten kannte niemand seine Telefonnummer im Jagdhaus; so begriff er nun, als er von der Ermordung erfuhr, warum der Kontakt abgebrochen war. Er selbst hatte keine Fühler ausgestreckt, sondern sich verkrochen und mit Sorge darauf gewartet, dass sich etwas ereignete, was ihn auffliegen lassen und den Sohn in Gefahr bringen könnte.

Zum Schluss seiner Beichte deutete er auf ein Regal: »Dort stehen die Ordner. Sie finden alles, was Sie wissen müssen. Auch mein Verhalten habe ich ohne Beschönigung bis zum heutigen Tag protokolliert und abgeheftet. Und nun nehmen Sie mich mit. Ich werde für die Fehler, die ich gemacht habe, einstehen! Die Angst und das Nachdenken in der Einsamkeit haben mir vieles klar gemacht. Ich bin nicht mehr der, der ich vorher war.«

Auf die Frage Buttmeis, wie er sich den weiteren Fortgang vorgestellt hätte, antwortete er: »Irgendwann, wahrscheinlich in einigen Wochen, wäre ich wieder aufgetaucht, ohne mich erinnern zu können, wo ich in der Zwischenzeit gewesen war.«

»Angeblich verwirrt und nicht mehr dienstfähig?«

»Ungefähr so.«

Neumann packte die Ordner, Rotemeier zog erneut die Handschellen hervor, unterließ es aber, sie anzulegen. Sie pilgerten hintereinander durch den Wald aufwärts. Zuerst Hauptkommissar Rotemeier, dann Staatsanwalt M., hinter ihm Neumann und am Schluss Ex-Hauptkommissar Buttmei. Sie schwiegen, bis sie das am Waldrand abgestellte Auto erreicht hatten. Buttmei kehrte nach Böllstein zurück. Die Dreiergruppe fuhr mit dem Auto in Richtung Darmstadt davon.

Er bestellte noch einmal eine der nicht probierten Schnitzelvariationen, dazu einen Trollinger und bat um die Rechnung für seinen Aufenthalt. Die besorgte Frage des Wirts, ob es ihm bei ihnen nicht gefallen hätte, beantwortete er mit der Ausrede, er müsste wegen dringender Erledigungen nach Darmstadt zurück. Anschließend rief er Anne Weber an und teilte ihr mit, dass er zur ihr käme und am Tag darauf mit Theo nach Hause führe, weil der Fall gelöst wäre. Zugleich versprach er ihr einen Bericht über die jüngsten Vorgänge.

Als er mit Theo im Bus nach Darmstadt saß und ihm über den Kopf strich, sagte er ihm ins Ohr: »Theo, diesen Fall habe ich ohne dich gelöst.«

Wie es zwischen Rotemeier und Dr. M. weitergehen würde, interessierte ihn zwar, aber er hatte nach dem aufregenden Kleiderfund und vielen Umwegen den vermissten Staatsanwalt gefunden. Damit war der Auftrag erfüllt.

***

Zwei Anrufe Rotemeiers brachten noch einmal Bewegung in den Fall. Kaum war Buttmei in seiner Wohnung, informierte ihn Rotemeier darüber, dass er inzwischen Colinari in seiner Zelle verhörte habe. Im Beisein des Staatsanwalts habe er nicht davon reden wollen. Das Phantombild hatte diesen Gefängnisbesuch ausgelöst. Einer der Wärter, der im Urlaub war, hatte bei seiner Rückkehr das Bild gesehen, den Mann als regelmäßigen Besucher bei Colinari identifiziert und Rotemeier darauf hingewiesen. »Damit haben wir einen der Drahtzieher. Er konnte ja nicht abhauen. Mein Besuch überraschte und beunruhigte ihn, aber ich habe nichts aus ihm herauskriegen können«, beschrieb er das Zusammentreffen.

Buttmei kommentierte: »Der ist mit allen Wassern gewaschen! Er wird nichts zugeben, selbst wenn Beweise auf dem Tisch liegen.«

»Jedenfalls scheint er von seiner Zelle aus ganz oben mitgemischt zu haben.«

»Er war schon vorher einer der Haupttäter in Darmstadt und Umgebung. Und dass sich ein Mafiaboss durch Gefängnismauern nicht ausschalten lässt, wissen wir beide. Er hat seine Leute, die alles für ihn tun, im Gefängnis und draußen.«

»Wir gehen davon aus, dass er den Mord angeordnet hat, weil die Spur von seinem Helfershelfer auf Grund der Fehler, die er gemacht hat, unweigerlich zu ihm geführt hätte. Aber nachweisen können wir es nicht.«

»Habt ihr die Zelle durchsucht?«

»Allerdings, lange und gründlich. Wir haben ein Handy gefunden. Aus den gespeicherten Nummern geht hervor, dass er am Tag vor dem Attentat auf dich mehrfach mit dem Täter telefoniert hat. Noch interessanter ist, dass er nach deinem Besuch bei der Stöcking aus Wiesbaden angerufen wurde. Aber selbst das reicht nicht aus, um ihn zu überführen.«

»Es erklärt mir trotzdem manches. Er muss einen Riesenhass auf mich haben. Schließlich habe ich ihn hinter Gitter gebracht. Da er weiß, dass ich nicht aufgebe, wenn ich einmal an einer Spur dran bin, musste er damit rechnen, dass ich ihm auf die Schliche komme.«

»Die Anrufe beginnen sich nach deinem Fund am Dianateich zu häufen.«

»Wir sind wahrscheinlich von seinen Leuten beobachtet worden.«

»Also hat deine Telefonnummer auf der aus meinem Zimmer verschwundenen Akte nichts mit den Überfällen auf dich zu tun. Das beweist, dass es keinen Maulwurf gibt, der interne Daten aus dem Kommissariat an die Mafia weitergegeben hat.« Rotemeier schien hörbar aufzuatmen.

»Er muss in Panik geraten sein, als ausgerechnet ich die Köder am Dianateich aufgespürt habe«, erklärte Buttmei.

»Auf jeden Fall«, brummte Rotemeier mürrisch, »sitzt er fest. Ich habe veranlasst, alle Hafterleichterung zu streichen, und der Handyfund wird auch einer vorzeitigen Entlassung wegen guter Führung im Weg stehen.«

»Entlassung wegen guter Führung? Das wäre ein Hohn! Aber bei den Anwälten, die die aufmarschieren lassen, ist nichts unwahrscheinlich.«

Nach dem Gespräch war Buttmei insofern erleichtert, als er sich die Angriffe erklären und davon ausgehen konnte, dass Colinari langfristig alles vermeiden würde, was ihn verdächtigen würde, also auch Attacken auf den Ex-Kommissar Buttmei und seinen Hund Theo.

Zwei Tage später rief Rotemeier erneut an und lud ihn ein, am Verhör des Staatsanwalts teilzunehmen. Der Oberstaatsanwalt sei damit einverstanden, dass er sich hinter der Scheibe im Nebenzimmer des Verhörraums befände. Es bestünde durch seine Anwesenheit immerhin die Möglichkeit, die Aussagen zu bezeugen oder zu widerlegen. Zu Buttmeis aktiver Zeit gab es einen solchen Raum mit einem nur von einer Seite her durchsichtigen Spiegel noch nicht, und er war sich nicht sicher, was wirksamer war: das scheinbar gemütliche Verhörzimmer im Büro, in dem man den Täter einlullen und überrumpeln konnte, oder die Verunsicherung durch den kahlen Raum und das Gefühl, ständig von außen durch unbekannte Personen beobachtet zu werden.

Zum mitgeteilten Termin begab er sich ins Präsidium und stand mit Neumann zusammen auf der durchsichtigen Seite des Spiegels. Im Verhörraum saß bereits der Staatsanwalt Dr. M.; er hatte die Jägerkleidung mit einem grauen Kammgarnanzug vertauscht, trug ein blütenweißes Hemd und einen silbergrauen Schlips. Sein Gesicht wirkte müde und blass. Seine Hände trommelten auf der Tischplatte. Nach kurzer Zeit betraten der Oberstaatsanwalt und Rotemeier den Raum.

Das Gespräch hatte einen überraschend freundlichen Ton, auch Rotemeier schien vor dem Verhör mit Kreide gefüttert worden zu sein – das war Buttmeis Eindruck. Nach wenigen Sätzen erkannte er, warum es so war: Der Staatsanwalt hatte alle Fakten offen auf den Tisch gelegt und wiederholte den Vorgang, um ihn unter Zeugen auf dem Diktiergerät zu dokumentieren. Außerdem hatte es – das war herauszuhören – eine Vereinbarung gegeben, ihm und seinem Sohn den Kronzeugenstatus zuzubilligen.

Interessant wurde es für Buttmei, als die Fragen gestellt wurden, die er auf der eigenen Liste stehen und nur zum Teil geklärt hatte. Der Kleiderfund erwies sich als eine Panne, weil der Staatsanwalt selbst den Dianateich bestimmt hatte, ohne zu wissen, wie verwildert und verwahrlost die Zugänge zum Teich waren. Er hatte mit sonntäglichen Spaziergängern und einer raschen Entdeckung gerechnet. Buttmei meinte bei dieser Schilderung ein Lächeln in M.s Mundwinkeln zu beobachten.

Der Mord an dem Handlangermafioso war ihm unbekannt geblieben, weil er bereits in seiner Jagdhütte untergetaucht war. Folglich wusste er auch nichts von den Überfällen auf Ex-Kommissar Buttmei. Er kannte allerdings die Namen einiger Mittelsmänner, so dass die Polizei im Rhein-Main-Gebiet zugreifen konnte. Weitere Hinweise und Namen ergaben sich aus den Akten.

Die Fragen nach einer Involvierung der Polizeipräsidentin konnte Dr. M. nicht beantworten. Er hatte die Anweisungen aus Wiesbaden erhalten und nannte auch den Namen des Gesprächspartners aus dem Ministerium. Die Anweisungen aus dem Ministerium gaben ihm die Möglichkeit, die Handlungsweise vor sich selbst zu rechtfertigen. Nun sprach er, als hielte er ein Plädoyer. Warum sollte er die Spuren einer Geldwäsche weiter verfolgen, wenn es im Landesinteresse lag, dies nicht zu tun? So hatte er es sich jedenfalls, die Anweisungen aus dem Ministerium akzeptierend, eingeredet. Danach war ihm der zweite Schritt ohne Skrupel leicht gefallen.

Die Verhörenden fragten nach, wieso er, obwohl er als Staatsanwalt an Drohungen gewöhnt war, Angst bekommen habe und untergetaucht sei; dafür gebe es keine Rechtfertigung. Nach dieser Frage machte sich spürbar Spannung in den Raum breit. Sie drang sogar durch die Spiegelscheibe. Unwillkürlich trat Buttmei einen Schritt näher an die Scheibe heran. Er erwartete, das eigentliche Motiv für das Verhalten Dr. M.s zu hören.

Es entstand eine Pause. Rotemeier und der Oberstaatsanwalt fragten nicht nach. Sie warteten. M. trommelte stärker auf der Tischplatte, unterließ es plötzlich und redete: »Sie suchen nach meinen Motiven. Ich weiß, dass ich von dem Augenblick an, als ich das Spiel mitgemacht habe und untergetaucht bin, alle Grundsätze meines Berufes über Bord geworfen und mich strafbar gemacht habe. Ja, ich hatte Angst. Ja, ich wusste eigentlich mit Bedrohungen umzugehen, ohne Zugeständnisse zu machen. Das ist alles richtig. Aber …« Er zögerte, senkte die Augen, sein Körper erstarrte. Nach einem kurzen Schweigen wiederholte Rotemeier das Wort: »Aber?« Es schien im Raum stehen zu bleiben.

Dann hob M. die Augen auf und sah zu den beiden Männern auf der anderen Seite des Tisches. »… mein Sohn! Mein Motiv war die Angst um den Sohn. Man hatte mir gedroht, ihn zu ermorden, wenn es mir nicht gelänge, den Prozess zu verhindern. Ich musste diese Drohung ernst nehmen. Meine Lösung war, von der Bildfläche zu verschwinden. Selbst die Mafiosi wussten nicht genau, wohin ich verschwunden war.«

Als Rotemeier das Kreuz auf der Odenwaldkarte erwähnt, wurde M.s Gesicht starr und bleich: »Keiner von denen hat von mir erfahren, wo ich mich aufhalte! Ich bin doch nicht lebensmüde!«

Rotemeiers Bemerkung, dass dieses Wissen mit der Ermordung des Mittelsmannes verloren gegangen war, milderte nicht M.s Erschrecken darüber, welcher Gefahr er entkommen war. Er fragte: »Und Hauptkommissar Buttmei?«

Rotemeier: »Er hat das Kreuz auf der Karte, die wir im Auto des Mordopfers gefunden habe, entdeckt und schließlich auch entziffert.«

Der Oberstaatsanwalt fragte nun, warum er den Sohn nicht in ein Zeugenschutzprogramm aufgenommen habe, um ihn auf diese Weise zu schützen und die Drohungen gegenstandslos werden zu lassen.

»Zweierlei kam zusammen«, antwortete M., und sein Tonfall wurde persönlicher und nachdenklich. »Mein schlechtes Gewissen, weil ich mich jahrelang nicht um den Sohn gekümmert hatte. Und plötzlich auf Grund der Gefahr, in der er schwebte, begriff, dass er existierte und mein Sohn war. Zuvor war er mir mit seinen Drogenproblemen fremd und lästig. Ich schob ihn zur Seite. Dann geschah alles so rasch. Die Drohungen ließen keine Frist und erst recht keine Zeit für Amtswege. Ich geriet in Panik. Was dann folgte, wissen Sie.« Wieder entstand eine Pause, dann fragte M.: »Was ist mit meinem Sohn?«

Der Oberstaatsanwalt antwortete: »Nach Ihnen werden wir mit ihm ein Gespräch führen. Wenn sich keine neuen Gesichtspunkte ergeben, werden wir ihn noch heute auf freien Fuß setzen.«

Rotemeier ergänzte: »Da er schon vor der Verhaftung versucht hatte, von den Drogen wegzukommen, haben die Tage in der Zelle den Entzug beschleunigt.«

»Ich werde mich um ihn kümmern und alles tun, damit er nicht rückfällig wird.«

Rotemeier konterte: »Falls wir Sie aus der Untersuchungshaft entlassen!«

»Nach der Kronzeugenregelung und meinem Geständnis haben Sie keine Handhabe, mich festzuhalten.«

Der Oberstaatsanwalt nickte und rügte Rotemeier: »Die Entscheidung fällt die Staatsanwaltschaft und nicht Sie.«

Buttmei ärgerte sich aus Solidarität mit Rotemeier, wusste jedoch, dass die Stellungnahme des Oberstaatsanwalts zutreffend war und M. nach dem Verhör freikommen würde – nicht nur, weil eine schwarze Robe der anderen schwarzen Robe kein Auge aushackt, sondern wegen der Rechtslage. Der Fall Dr. M. war abgeschlossen.

Nun interessierte Buttmei nur noch das Verhalten der Polizeipräsidentin. Bei einer Pizza und einem Glas Wein in einem Ristorante, das in der Nähe der Polizeidienststelle neu eröffnet hatte, erfuhr er von Rotemeier, was bei den Verhören Gerlinde Stöckings herausgekommen war. Sie war durch eine Nacht in Untersuchungshaft so erschüttert, dass sie unter Tränen alles offenbarte. Nicht neu war es für Buttmei, dass sie ihre Anweisungen aus dem Ministerum bekommen hatte. Sie nannte einen Namen. Es war derselbe, den auch Dr. M. genannt hatte. Als Grund für sein Verhalten gab sie zu, dass sie sich einen Vorteil für einen nächsten Karrieresprung versprochen hatte. Gleichzeitig berief sie sich darauf, nur Anweisungen befolgt zu haben, von denen sie annehmen musste, dass sie vom Minister ausgingen.

In den Fall Geldwäsche und Mafia sei sie nicht involviert gewesen. Das könne sie beschwören. Allerdings gebe es nichts Schriftliches. Die Gespräche und Aufforderungen seien ausschließlich telefonisch abgewickelt worden. Der Anrufer sei ihr von Dienstversammlungen her bekannt gewesen, also habe sie keinen Grund gesehen, misstrauisch zu sein. Auf Nachfragen gab sie zu, die Überwachung des Telefons von Rotemeier angeordnet und auch dafür gesorgt zu haben, dass die Akte von seinem Schreibtisch entfernt wurde. Das sei das einzige Dienstvergehen, dessen sie sich bewusst sei, und sie habe bereits um ihre vorläufige Beurlaubung gebeten. Darmstadt werde sie auf jeden Fall verlassen.

Da sie Darmstadt verlassen würde, wollte Rotemeier keine Beschwerde wegen Dienstvergehen formulieren.

Damit war der Fall, soweit er die Zuständigkeit des Kommissariats betraf, abgeschlossen. Buttmei reagierte auf die nicht ernst gemeinte Frage Rotemeiers, ob er nach Kalabrien reisen wolle, um die Mafiabosse und den entwischten Ministerialrat einzufangen, wortlos mit dem Heben des Glases und prostete seinem Nachfolger zu.

Der antwortete: »Auf ein Neues!«, und beide mussten lachen. Buttmeis Lachen klang etwas zögerlicher als das Lachen Rotemeiers.

Postskriptum

Während Buttmei wieder zusammen mit Theo durch sein Viertel streift und sich nicht mehr nach Verfolgern umschaut, sondern den Rhythmus der Hausgiebel genießt, die in ihrem Schwung und den variierten Formen miteinander wetteifern, und Theo währenddessen ihm wohlvertraute Torpfosten und Laternenpfähle markiert, möchte der Verfasser die Neugier der Leser, die bis zu dieser Stelle durchgehalten haben, befriedigen und mitteilen, was sich nach der Aussage des Staatsanwalts ereignet hat.

Der Staatsanwalt wurde – es hieß ›auf eigenen Wunsch‹ – vorzeitig in den Ruhestand versetzt, zog mit seinem aus der Haft entlassenen Sohn zusammen in die Villa und wartete darauf, als Kronzeuge aufzutreten, falls es zu einem Prozess kommen würde.

Polizeipräsidentin Gerlinde Stöcking wurde nach Kassel versetzt auf eine Stelle, die sie dem öffentlichen Verkehr entzog. Buttmei kommentiert es mit dem in Darmstadt geläufigen Satz: »Ab nach Kassel!«

Die Akten standen unter Verschluss beim Oberstaatsanwalt. Der Verbindungsmann im Ministerium tauchte nach offizieller Version, einen Teil der Bestechungsgelder im Reisegepäck, unter; man vermutete ihn in Kalabrien und hatte ihn in die internationale Fahndung gegeben. Der Minister hatte von den Verfehlungen nichts gewusst und veranlasste, dass die Parteispendenaffäre keine mehr war, indem die Gelder, deren Herkunft nicht zu klären war, einer parteinahen wohltätigen Institution übergeben wurden.

Ein Abteilungsleiter im LKA wurde wegen der Abhöraktion im Kommissariat und wegen des zweifelhaften Vorgangs an der Kugelkirche ebenfalls in den Ruhestand versetzt.

Rotemeier war mit dem Ausgang leidlich zufrieden. Er hatte sich gegenüber seinen Vorgesetzten durchgesetzt. Mehr konnte er nicht erwarten. Der Mord an dem Handlanger blieb ungesühnt. Nachdem mehrere Mafiosi verhaftet worden waren, löste sich die in der Region tätige Organisation auf. Colinari saß in seiner Zelle und schwieg. Die anderen Bosse zogen sich zu ihren ursprünglichen Standorten im Ausland zurück und warteten, bis Gras über die Sache gewachsen war. Wer sie gewarnt hatte, war nicht zu ermitteln.

Buttmei lebte wieder sein Rentnerdasein und beschränkte seine täglichen Ausgänge mit Theo auf die vertraute Ecke im Herrngarten, in der nach menschlichem Ermessen kein Mord geschehen würde.

Nun fehlt nur noch eine Schlussbemerkung: Die in dem Roman handelnden Amtspersonen sind frei erfunden und daher mit in Darmstadt existierenden Personen nicht identisch. Sie leben nur in der Fantasie des Autors und seiner Leser.